Oliver Scholz

Früher war auch schon scheiße

(Ausgewählte Texte 2015 - 2022)

AF272814

Über das Buch:

Für diese Textsammlung wurden 28 Texte aus den Jahren 2015 bis 2022 ausgewählt. Die meisten davon sind vormals in den Büchern *Das Glück liegt auf dem Küchenschrank* und *Die Rache des Regenwurms* erschienen. Neu und bisher unveröffentlicht sind die Geschichten: *Linsensuppe, Die letzte Fahrt, Von Mädchen und Fischen* und *Das Konfetti meiner Mutter.*

Zum Inhalt (Inhaltsverzeichnis siehe am Ende des Buches)**:**

Hedwig gewinnt im Lotto und segnet kurz darauf das Zeitliche. Das passt der Neu-Millionärin natürlich gar nicht. Regina sucht seit Jahren nach Erholung und erträgt fast ein halbes Leben jährliche Campingurlaube an der Ostsee. Rudi hat eines Nachts eine Begegnung der dritten Art. Kannibale Torsten bekommt Besuch von Gott persönlich. Heiner führt ein exzessives Leben. Jeder Tag besteht nur aus zwei Extremen. Heinrich hat seine große Liebe Rosa verloren. Kurt und Gabi sind ein ungleiches Paar. Während sie die Liebhaber wechselt wie ihre Unterwäsche, beschäftigt er sich lieber mit kanadischen Kuckucksarten.

Ein Motivationsseminar wird für einen Teilnehmer zum Horrortrip. Karin hat nicht mehr lange zu leben. Ihr letzter Wunsch ist es, mit der Nachbarin zu schlafen. Eine Lehrerin probt den Aufstand, eine Schildkröte entpuppt sich als Monster und Adele flirtet mit ihrem nackten Nachbarn. Norbert hat ein Waschbecken absichtlich mit der Toilette verwechselt, Emil und Joey haben nach einer Explosion Grund zum Feiern und Sabine plant einen Massenmord. Ein Alkoholiker und zwei Kampfhunde machen die Gegend unsicher. Thea lädt ihre beste Freundin zu einem außergewöhnlichen Essen ein und Frank will sich kurz vor der Hochzeit umbringen.

Oliver Scholz

Früher war auch schon scheiße

Ausgewählte Texte 2015 - 2022

Bibliografische Information der Deutschen Nationalbibliothek: Die Deutsche Nationalbibliothek verzeichnet diese Publikation in der Deutschen Nationalbibliografie; detaillierte bibliografische Daten sind im Internet über http://dnb.dnb.de abrufbar.

Kontakt:
oliverscholz82@web.de

Herstellung und Verlag: BoD – Books on Demand, Norderstedt

ISBN: 978-3-7562-1838-7

Man weiß selten, was Glück ist,
aber man weiß meistens, was Glück war.

Françoise Sagan

DAS GLÜCK LIEGT
AUF DEM KÜCHENSCHRANK

H: »Auf diesen Tag habe ich mein Leben gewartet. Nicht wegen des Babys. Das ist ein schöner Bonus. Aber endlich mal sechs Richtige plus Zusatzzahl. Wenn meine Eltern das noch erlebt hätten. Die haben auch jede Woche getippt, wissen Sie? Und nun sagen Sie mir, ich sei tot?«

T: »Ja, in der Tat, Frau Hoffmann.«

H: »Aber ich bin erst 64.«

T: »Ich weiß.«

H: »Kann es sein, dass Sie sich da nicht irren.«

T: »Keinesfalls.«

H: »Sicher?«

T: »Todsicher.«

H: »Aber ausgerechnet heute? Ausgerechnet *jetzt*? Ich meine, da scheinen mir einfach zu viele Faktoren, zu viele Umstände zusammenzukommen; bin ich denn tatsächlich schon dran? Sicher, dass Sie sich nicht doch irren? Jeder kann sich schließlich mal vertun.«

T: »Mag sein, dass Sie so empfinden, werte Frau Hoffmann. Aber es bestehen keine Zweifel. Sie stehen *hier* für *heute* auf meiner Liste. Deshalb habe ich Sie geholt. Außerdem *vertue* ich mich nicht. Sowas kann ich mir gar nicht erlauben. Ich bin der Tod. Ich mache keine Fehler.«

H: »Aber vielleicht handelt es sich gerade bei mir ja um eine klitzekleine Verwechslung. Vielleicht ist eine andere Hedwig Hoffmann gemeint. Mich schreibt mit zwei *f* und zwei *n*. Schauen Sie doch noch einmal nach. Nicht, dass Sie mich mit einer Hedwig *Hof*mann mit nur einem *f* verwechseln.«

T: »Ich irre mich nie, Frau Hoffmann. Irren ist was für Menschen und nichts für jemanden von meiner Art.«

H: »Aber gerade heute ist mein Enkel geboren. Ich habe ihn doch noch gar nicht gesehen. Und nur eine halbe Stunde zuvor habe ich im Lotto gewonnen. Und wie gesagt, ich bin außerdem erst 64. Jung und rüstig. Ich habe mich doch gut gefühlt. Ja, mir geht's gut, prima, alles bestens. Könnte gar nicht besser sein.«

T: »Mag alles sein, Frau Hoffmann. Ändert aber nichts an der Tatsache, dass ich Sie holen *musste*.«

H: »Und mein Enkel. Und der Lottogewinn?«

T: »Vielleicht war es die Aufregung.«

H: »Die Aufregung, die Aufregung. Nun hören Sie aber mal auf! Sonst rege ich mich gleich mal wirklich auf! Hören Sie, Herr Tod?«

T: »Sie können tun und lassen, was Sie wollen. Ändert alles nichts mehr. Tot ist tot.«

H: »Und sowas nennt sich nun *Glückstag*! Ich will sofort mit Ihrem Vorgesetzten sprechen.«

T: »Bitte? Welchen Vorgesetzten?«

H: »Na ja, es wird doch wohl irgendjemanden geben, dem Sie unterstehen.«

T: »Der Tod ist Chefsache, Frau Hoffmann. Wie gesagt, Sie können sich beschweren und jammern wie Sie wollen. Ändert alles nichts mehr. Glauben Sie mir, Sie sind nicht die Erste und werden nicht die Letzte sein.«

H: »Ich würde Ihnen auch die Hälfte von meinem Lottogewinn abgeben.«

T: »Lassen Sie uns bitte kurz den Papierkram erledigen, um die Sache zu Ende zu bringen.«

H: »Dreiviertel des Gewinns?«

T: »Ich mache mir nichts aus Geld, Frau Hoffmann.«

H: »Den ganzen Gewinn plus Ersparnisse?«

T: »Geld spielt in meiner Welt keine Rolle.«

H: »Gibt es denn nicht irgendwas, dass ich tun kann, um die Angelegenheit rückgängig zu machen.«

T: »Nein. Sie können mit mir jetzt diesen Fragebogen ausfüllen und dann legen wir Ihr Leben zu den Akten. Normales Prozedere.«

H: »Ein Fragebogen? Was soll denn das nun wieder? Was wollen Sie mit einem Fragebogen? Ich bin doch angeblich *tot*. Oder ist das hier sowas wie *Versteckte Kamera*?«

T: »Diese Befragung ist gemäß unseren AGBs absolut notwendig und von jedem ausgeschiedenen Lebewesen zu absolvieren.«

H: »Moment mal. AGBs? Was ist das denn für ein hirnverbrannter Schwachsinn?«

T: »Können wir nun endlich anfangen, Frau Hoffmann?«

H: »Und was soll das für eine Befragung sein, wenn ich fragen darf?«

T: »Eine Meinungsumfrage. Eine Art Zufriedenheitsstudie. Wir wollen feststellen, wie Ihnen das Leben auf der Erde gefallen hat. Wir wollen das Produkt schließlich stetig verbessern.«

H: »Das Produkt? Das Leben ist für Sie also ein Produkt?«

T: »Natürlich. Was dachten Sie denn, Frau Hoffmann?«

H: »Jedenfalls nicht, dass es sich bei meinem Leben, um ein Produkt handeln könnte. Wann wollen Sie mir das denn verkauft haben?«

T: »Genau genommen haben wir es ja nicht *Ihnen*, sondern Ihren Eltern verkauft. Aber, ob das Produkt gefallen hat, können selbstverständlich nur *Sie* uns sagen. Als Userin sozusagen. Können wir nun also beginnen?«

H: »Userin? Aber bitte. Wenn es unbedingt sein muss.«

T: »Frage 1: Auf einer Skala von 1 bis 10, wobei 1 den schlechtesten und 10 den besten Wert darstellt: Würden Sie sagen, Sie haben Ihre Lebenszeit sinnvoll genutzt?«

H: »So ein Schwachsinn. Das ist doch absurd.«

T: »Frau Hoffmann. Bitte machen Sie einfach mit.«

H: »Was soll ich dazu so spontan sagen? Ich habe drei Kinder großgezogen, war fürsorgliche Hausfrau, Mutter und Ehefrau. Ich denke schon, dass es sinnvoll war.«

T: »Bitte verwenden Sie die Skala von 1 bis 10.«

H: »Dann 4.«

T: »4? Sie sagten doch gerade, dass Sie Ihre Existenz für sinnvoll erachtet haben. Das klingt für mich nach mindestens einer 8. Also vielleicht einer 10 mit Abstrichen.«

H: »Soll ich hier den Fragebogen ausfüllen oder wollen Sie das übernehmen?«

T: »Sie haben Recht. Also meinetwegen. Eine 4. Ist vermerkt. Obwohl ich es nicht verstehe. Aber zu den Gründen kommen wir ohnehin später noch.«

H: »Später? Wie lange geht denn Ihre Studie?«

T: »Frage 2: Gibt es etwas, dass Sie nun, da Sie nicht mehr unter den Lebenden verweilen, bereuen?«

H: »Das können Sie sich ja wohl denken. Ich bin gerade Oma geworden und habe im Lotto den Jackpot geknackt! Frischegebackene Millionärin und Großmutter! Hallo? Da liegt es wohl auf der Hand, dass ich es bereue, weder meinen Enkel noch das Geld je zu Gesicht zu bekommen!«

T: »Nun, das kann ich nachvollziehen, Frau Hoffmann. Aber ich möchte hier vielleicht noch einmal darauf hinweisen, dass es darum geht, ob Sie etwas bereuen, was Sie zu *Lebzeiten* getan oder eben *nicht* getan haben? Ich hake hier deshalb nach, da Sie der Tod, zugegebenermaßen, vom Timing her, etwas unglücklich erwischt hat.«

H: »Wie das klingt. Vom Timing her. Der Tod war vom Timing her ungünstig. Gibt es denn ein ideales Timing, um den Löffel abzugeben?«

T: »Bitte, bleiben wir beim Thema, ja? Also, Ihr Tod trat nun einmal unmittelbar nach der Geburt Ihres Enkels und der Bekanntgabe des Lottogewinns ein. Sie hatten zu Lebzeiten also gar keine Chance mehr Ihren Enkel zu sehen und den Lottogewinn zu erhalten. Genauso wenig hatten Sie die Chance, durch Ihren eigenen Einfluss die Geburt oder den Lottogewinn zu beschleunigen. Es lag nicht in Ihrer Macht.

Unsere Frage zielt jedoch genau auf diesen Aspekt ab. Gibt es etwas, dass Sie bereuen, getan oder eben nicht getan zu haben, obwohl die Möglichkeit dazu jederzeit bestanden *hätte*?«

H: »Sie haben ja echte Probleme.«

T: »Nun, Ihre Antwort bitte.«

H: »Natürlich gibt es Dinge, die ich bereue. Ich hätte vieles anders machen können. Wenn ich mich mit Peter und Susanne nicht so verkracht hätte, hätte ich vielleicht noch Kontakt zu Ihnen. Und ich wollte immer mal eine Kreuzfahrt machen, wenn die Kinder aus dem Haus sind. Ich wollte reisen, die Welt sehen und nicht immer nur hier in Kleinkleckersdorf herumbutschern. Wenn Sie verstehen, was ich meine?«

T: »Peter und Susanne sind bitte wer?«

H: »Zwei meiner Kinder. Und Sabine ist meine jüngste Tochter. Die, die heute das Baby bekommen hat. Der Peter ist ja leider Gottes schwul und Susanne Nonne geworden.«

T: »Können wir *Gott* aus dem Spiel lassen?«

H: »Ok, von mir aus.«

T: »Sie bereuen also, zu zweien Ihrer drei Kinder keinen Kontakt mehr zu haben? Und Sie bereuen, dass Sie nicht öfters verreist sind?«

H: »Ja. Aber was heißt *öfters* verreist? Ich bin noch nie in meinem Leben verreist. Ich habe mein ganzes

Leben hier verbracht. Bin nie rausgekommen. Sie können sich vorstellen, als da heute Abend auf dem Bildschirm meine sechs Zahlen mit Zusatzzahl kamen; da habe ich mich schon auf dem Deck eines Luxuskreuzfahrtschiffes gesehen. In der Südsee. Mit einem Cocktail ... eine Villa ...«

T: »Schon gut, Frau Hoffmann. Ist notiert. Ich denke, ich habe verstanden. Kommen wir zu Frage 3: Warum haben Sie die Dinge, die Sie bereuen nicht zu Lebzeiten getan?«

H: »Das ist doch ganz einfach.«

Kurzes Schweigen. Stille.

T: »Frau Hoffmann?«

H: »Ja?«

T: »Ihre Antwort.«

H: »Ach so. Ja. Also ... ähm ... äh ...«

T: »Warum haben Sie die Dinge, die Sie bereuen, nicht einfach bereits zu Lebzeiten getan?«

H: »Wann denn? Erst waren da die Kinder, auf die ich Rücksicht nehmen musste. Dann hatten wir Eheprobleme. Da konnte ich auch nicht. Das fühlte sich nicht richtig an. Und der Haushalt musste ja trotzdem gemacht werden.«

T: »Nach meinen Unterlagen hat Sie Ihr Mann für eine andere Frau verlassen.«

H: »Eheprobleme. Sage ich ja.«

T: »Das war vor über fünfzehn Jahren.«

H: »Wie das dann eben so ist, Herr Tod. Kennen Sie das denn nicht?«

T: »Mit Verlaub, Frau Hoffmann. Das kenne ich nicht.«

H: »Immer denkt man sich: Morgen gehe ich es an. Ab morgen lebe ich mein Leben. Und dann kommt immer wieder etwas dazwischen. Und wenn es nur die Wäsche ist. Und dann verschiebt man es. Wieder und wieder und ...«

Erneute Stille.

H: »... und wieder.«

T: »Ich nehme jetzt einfach mal auf, dass es Ihnen Ihre häuslichen Pflichten nicht ermöglichten, Ihr Leben zu leben und zum Beispiel zu reisen. Ist das in Ordnung?«

H: »Was spielt das jetzt noch für eine Rolle?«

T: »Brauchen Sie ein Taschentuch?«

H: »Nein, warum?«

T: »Für mich sieht es so aus, als würden Sie weinen.«

Hedwig Hoffmann schluchzt leise.

H: »Kein Problem.«

T: »Und dieser Streit mit Ihren Kindern, den Sie erwähnten und bereuen; hatte die Beilegung auch etwas mit Ihren häuslichen Pflichten zu tun?«

H: »Natürlich nicht.«

T: »Sondern?«

H: »Mit Stolz, Herr Tod. Einfach nur mit Stolz.«

T: »Stolz?«

H: »Stolz und Dummheit dann eben.«

T: »Können Sie das näher ausführen?«

H: »Sie klingen wie ein Richter.«

T: »Noch nie was vom *Jüngsten Gericht* gehört?«

H: »Sitze ich hier etwa auf der Anklagebank?«

T: »War nur ein Scherz, Frau Hoffmann. Nur ein unbedeutender Jux. Unangebracht von mir. Entschuldigen Sie, bitte. Natürlich ist das hier *kein* Gericht. Es ist eine Meinungsumfrage. Die übrigens erheblich länger dauert als sonst üblich. Vielleicht daher auch mein unangemessener Anflug von Heiterkeit. Bitte entschuldige Sie vielmals. *Der Tod* zu sein, ist selbstverständlich eine seriöse Tätigkeit.«

H: »Diskretion, hm?«

T: »Das trifft es am besten, Frau Hoffmann, ja.«

H: »Also, um das Ganze zu Ende zu bringen: Ich war eventuell einfach zu stolz und zu dumm, um wieder auf meine Kinder zuzugehen. Ich war enttäuscht, als Peter mir sagte, er lebe mit einem Mann zusammen. Nicht, weil er schwul ist, sondern weil er es mir so spät gesagt hatte. Warum hatte er nicht schon früher mit mir geredet? Ich dachte immer, ich wäre eine gute

Mutter. Ich dachte immer, mit mir könne man über alles reden. Mir vertrauen. Stattdessen hat mein Ältester jahrelang ein großes Geheimnis vor mir. Wissen Sie, wie man sich da als Mutter fühlt?«

Der Tod runzelt die Stirn.

Er atmet hörbar ein und hält die Luft an. Dann hebt er kurz einen Zeigefinger, lässt ihn aber wieder sinken.

H: »Na ja, und die Susanne ist ja ins Kloster gegangen. Sie hat gesagt, ich hätte mich versündigt, weil ich Rainer verlassen habe.«

T: »Rainer?«

H: »Mein Ex.«

T: »Ah ja, richtig.«

H: »Dabei hatte er *mich* doch verlassen. Betrogen und verlassen. Und Susanne gab mir die Schuld. Weil die Kirche sagt, dass Ehebruch eine Sünde ist. Sie gab *mir* die Schuld an *allem*. Das konnte ich ihr nicht verzeihen.«

T: »Aber letztlich wären Sie froh, wenn Sie doch noch einmal mit Ihr gesprochen hätten?«

H: »Ja, sie hat mehrfach versucht, mich anzurufen. Aber ich bin nicht rangegangen.«

T: »Lassen wir das so stehen. Frage 4: Würden Sie sagen, dass Ihr Leben glücklich war, insofern sich dieses nicht bereits aus den Fragen 1 bis 3 ergeben hat?«

H: »Hm, da muss ich nachdenken.«

T: »Wir haben aber keine Zeit.«

H: »Ich bin tot. Da habe ich ja wohl alle Zeit der Welt.«

T: »Würde ich nicht sagen.«

H: »Warum?«

T: »Weil der Nächste bereits vor der Tür wartet, Frau Hoffmann. Was haben Sie denn gedacht? Dass Sie heute die Einzige sind, die gestorben ist? Das Wartezimmer ist proppevoll. Also, bitte. Beantworten Sie einfach kurz und präzise die vierte Frage. War ihr Leben ein glückliches Leben? *Ja* oder *Nein*?«

H: »Als wenn man das mal eben so kurz beantworten kann. Da muss man ja auch einiges erklären. Ich meine, was ist denn schon *Glück*? Ein Augenblick in einem langen Leben, den man vielleicht nur ein einziges Mal so fühlt. Vielleicht zwei Mal, im besten Falle drei Mal. Aber was anderes ist Glück doch nicht. Glück ist immer nur ein kurzer Moment. Wir suchen und streben ein Leben lang danach. Und wenn es dann mal anklopft, sind wir nicht zu Hause.«

T: »Frau Hoffmann, es geht hier nicht um die Definition oder Ihre Interpretation des Begriffes *Glück*, sondern um die Frage, ob *Sie* glücklich waren mit *Ihrem* Leben.«

H: »Ist doch egal. Ich bin tot. Was spielt es jetzt noch für eine Rolle, ob ich *glücklich* war?«

T: »Es mag für Sie nie eine Rolle gespielt haben und auch jetzt keine mehr spielen, aber für unsere Studie und damit die Verbesserung des Produktes spielt es sehr wohl eine Rolle. Tun Sie doch einfach Ihren Nachfolgern auf Erden einen Gefallen. Ihrem Enkel zum Beispiel.«

H: »Herrgott noch mal! Nein, mein Leben war nicht glücklich. Zufrieden?«

T: »Ich bitte Sie noch einmal darum, Gott aus dem Spiel zu lassen, Frau Hoffmann.«

H: »Entschuldigung. Was haben Sie denn gegen Gott?«

T: »Was soll ich gegen ihn haben? Wir sind nur nicht gut aufeinander zu sprechen. Aber das tut hier auch nichts zur Sache. Also! Ihr Leben war *nicht* glücklich. Meinen Sie denn, Ihr Leben wäre glücklicher gewesen, wenn Sie all die Sachen getan *hätten*, die Sie bereuen nicht getan zu haben?

H: »Hätte, wäre, könnte. Was soll das? Steht das da *alles* in Ihrem Fragebogen?«

T: »Nein, das interessiert mich bei dieser Form der Antwort nur immer persönlich.«

H: »Wenn das so ist. Dann können Sie mich mal am Arsch lecken, Herr Tod.«

T: »Ich kann verstehen, dass Sie gereizt sind, Frau Hoffmann. Aber es besteht kein Grund für Verbalentgleisungen. Sie sollten dem Tod mit *Respekt* begegnen.«

H: »Respekt? Sie bringen mich hier geradewegs in mein Grab und da soll ich vor Ihnen auch noch salutieren und dankbar sein, oder was?«

T: »Sagen Sie mir doch einfach, was Ihrer Meinung nach für ein glückliches Leben notwendig gewesen wäre.«

Wieder kurze Stille.

H: »Ich habe mir darüber nie Gedanken gemacht, ok? Ich habe jung geheiratet. Da stand die Familie immer an erster Stelle. Und als mich mein Mann später verlassen hat und die Kinder aus dem Haus waren, da war ich doch schon zu alt für den ganzen Quatsch.«

T: »Sie nennen es Quatsch? Gerade eben sagten Sie noch, Sie fühlen sich jung und rüstig und sind erst 64 und ...«

H: »Ok, hören Sie zu, ich sage es Ihnen, weil Sie es ja offensichtlich hören wollen! Und weil es Ihnen große Freude bereitet, sich im Unglück anderer zu wälzen: Ich war in meinem Leben nie glücklich! Ich habe immer nur für andere gebuckelt und nie an mich selbst gedacht. Ich wurde zu einer unansehnlichen verschrumpelten alten Hausfrau und deshalb hat mich mein Mann auch irgendwann verlassen. Ich kann ihm deshalb nicht mal böse sein. Und Susanne hatte recht! Ich habe Rainer mit meiner vergrämten Art ja geradezu in die Arme dieser anderen Frau getrieben. Und eine *soooo* tolle Mutter kann ich auch nicht gewesen sein. Sonst hätte der Peter ja früher mit mir geredet. Aber ich habe mich ja lieber hinter Wäschebergen, Staubsaugen und Blumengießen versteckt. Immer nur versteckt. Die ganze Zeit. Anstatt auch *mal* an mich zu denken. Oder an etwas Schönes. Und es ist mir bewusst, dass es im Leben auch darum geht. Man kann nicht immer nur für andere da sein. Man muss auch *mal* Egoistin sein und an sich selbst denken. Leben! Ich wollte doch eigentlich nur leben. Ganz einfach nur leben. Nicht bloß existieren! LEBEN! Verstehen Sie?«

Schweigen. Der Tod schenkt sich Kaffee nach. Das Heißgetränk plätschert in seinen Becher mit der Aufschrift LANG LEBE DER TOD. Wie sehr Hedwig Hoffmann frischen Kaffeeduft liebt. Gerne hätte sie auch ein Tässchen gehabt, wusste aber, dass die Frage danach überflüssig gewesen wäre.

H: »Herr Tod? Verstehen Sie, was ich meine?«

T: »Fahren Sie einfach fort.«

H: »Ich glaube, ich habe den Karren voll an die Wand gefahren. Ich habe alles kaputt gemacht, was mir je etwas bedeutet hat. Und zu allem Hohn kommt dann noch dazu, dass mein Leben gerade heute eine Wendung nehmen sollte. Mein Enkel wird geboren und ich gewinne im Lotto.«

T: »Und in diesem Moment, *da* fühlten Sie sich glücklich?«

H: »Na klar! Natürlich! *Das* war so ein Moment des Glücks. Ich wollte überschäumen voller lauter Glück. Das war irgendwie ... *geil*! Das sagen doch die jungen Leute immer so, oder? Ja, genau! Geil, war das! Einfach nur geil. Ein geiles Gefühl, Herr Tod! Und dann kommen Sie einfach so, mir nichts, dir nichts daher, und nehmen mir mein Leben einfach weg. Genau in diesem *geilen* Moment?«

T: »Scheiß Timing, sage ich ja.«

H: »Und dann stellen Sie mir hier diese saudämlichen Fragen, um mir am Ende meiner Zeit noch einmal einen richtigen Arschtritt zu verpassen. Ich kann Ihnen nicht sagen, was hätte anders sein müssen, um glücklich zu sein. Wahrscheinlich alles! Ich hätte einfach alles anders machen müssen. Und wenn Sie mich noch einmal zurückschicken könnten, dann würde ich sehr wahrscheinlich alles anders machen und mich ändern und endlich leben. Endlich glücklich sein.«

Stille. Der Tod nippt vorsichtig am heißen Kaffee.

H: »Herr Tod? Bitte! Ich glaube, ich habe es jetzt *wirklich* kapiert. Ich werde mich ändern. Wenn Sie mir die Chance dazu geben, werde ich mich ändern! Das verspreche ich Ihnen hoch und heilig!«

T: »Wenn ich jedes Mal einen klitzekleinen Blumentopf für *diesen* Satz, in *diesem* Raum bekommen hätte, besäße ich nun einen hektargroßen Urwald. Glauben Sie mir.«

H: »Können Sie denn nicht eine Ausnahme machen? Nur eine winzige Ausnahme. Ich habe es doch nun wirklich verstanden. Versprochen! Ehrenwort! Ich schwöre!«

T: »Aber so ist es ja nun einmal mit dem Leben und dem Tod, Frau Hoffmann. Sie hätten sich darum früher Gedanken machen können. Jeder muss einmal sterben. Dessen sollte man sich bereits zu Lebzeiten stets bewusst sein. *Danach* ist es zu spät. Wir können nichts dafür, wenn Sie und die Menschen da unten ihre Lektion nicht schon früher lernen. Es tut mir leid, Frau Hoffmann. Es tut mir wirklich sehr leid.«

H: »Und wie geht es nun weiter?«

T: »Ich habe noch eine letzte abschließende Frage: Was können wir Ihrer Meinung nach tun, um das *Produkt Leben* noch besser zu machen?«

Sie blicken sich tief in die Augen. Stimmung wie in einem Western. Plötzlich ertönt „Spiel mir das Lied vom Tod".

T: »Sorry, mein Handy.«

Der Tod drückt auf den roten Hörer.

T: »Nun?«

H: »Ja, also, wenn ich das alles abwäge und wenn ich es genauer betrachte, dann ...«

T: »Ja, Frau Hoffmann? Dann?«

H: »Nehmen Sie Ihr Produkt am besten vom Markt!«

T: »Warum sollten wir das tun?«

H: »Weil es keine Rolle spielt, ob Ihr Produkt gut oder schlecht ist. Ob es zufrieden stellt oder Anlass für eine Reklamation bietet. Am Ende stehen Sie doch sowieso mit Ihrem beschissenen Fragebogen vor einem und sagen: *Das hätten Sie sich früher überlegen müssen, Frau Hoffmann. Das hätten Sie schon zu Lebzeiten erledigen können, Frau Hoffmann* ... Was macht es da für einen Unterschied, ob mich Ihr Produkt zwischenzeitlich *begeistern* konnte oder nicht.«

T: »Aber das macht einen *gewaltigen* Unterschied, Frau Hoffmann. Einen *ganz* Gewaltigen sogar. Schauen Sie mal: *Vor* Ihrer Zeit war das große Nichts. Da gab es Sie einfach *noch* nicht. *Nach* Ihrer Zeit folgt wieder das große Nichts. Da gibt es Sie *nicht mehr*. Und dazwischen, ja, dazwischen, da liegt einfach alles, Frau Hoffmann. Zwischen Geburt und Tod liegt einfach alles.«

H: »Ach, was wissen Sie als Tod schon von der Zeit dazwischen.«

T: »Was ich damit sagen will, Frau Hoffmann, ist, dass jede Sekunde des Lebens kostbar ist. Das mag in Ihren Augen, zum jetzigen Zeitpunkt, nicht mehr von Relevanz sein. Aber wenn Sie jede Sekunde mit wertvollem Leben füllen und Ihre Zeit nutzen, dann haben Sie ein Leben gelebt, von dem Sie am Ende mit einem weinenden Auge, aber auch mit einem lachenden Auge Abschied nehmen können. Und wenn wir es einrichten können, dann gehen Sie sogar mit *zwei* lachenden Augen. Weil Sie gerne gelebt haben. Weil Sie etwas, aus der Ihnen geschenkten Zeit gemacht haben. Und weil Ihr Leben erfüllt gewesen ist. Mehr kann man vom Leben nicht verlangen.

Aber es ist nun mal an Ihnen, die Zeit auch mit Leben zu füllen und sie so zu gestalten, dass sie lebenswert und möglichst voller Glücksmomente ist. Uns oder vielmehr *mir*, dem Tod, können Sie am Ende doch nicht die Schuld in die Schuhe schieben, Ihr Leben nicht so gelebt zu haben wie Sie wollten. Habe ich Sie etwa daran gehindert? Habe ich es Ihnen verboten oder Sie von irgendwas abgehalten? Nein. Im Gegenteil. Sie wissen, seit Sie denken können, dass jedes Leben endlich ist und dass am Ende der Tod steht. Und gerade, weil dieses so ist, hatten Sie genug

Möglichkeiten und Chancen, *vorher* etwas zu unternehmen. Gerade *weil* Sie wissen, dass Sie nicht ewig leben werden. Die Zeit vor dem Tod, nennt sich Leben, Frau Hoffmann. Bei einem Tier könnte ich es eventuell noch nachvollziehen. Ein Tier weiß nicht, dass es mal sterben wird. Das ist ein Fluch und ein Segen zugleich. Ein Tier lebt ganz einfach. Es lebt. Es lebt, obwohl es nicht weiß, dass es einmal sterben wird. Müsste der Mensch dann nicht noch viel mehr leben und noch viel mehr aus seiner Zeit machen, Frau Hoffmann? Gerade weil er das einzige Lebewesen ist, das um seinen Tod und die Endlichkeit weiß? Wissen Sie, Frau Hoffmann, mit dem Glück ist es manchmal wie mit einer Tafel Schokolade, die vor einem Kind versteckt wird. Es liegt ganz oben auf dem Küchenschrank, doch es ist nicht vollkommen unmöglich, es zu erreichen.«

Hedwig Hoffmann senkt den Kopf und schluckt.

H: »Was soll ich sagen, Herr Tod? Schuldig?«

T: »Geben Sie nur nicht mir die Schuld an Ihrem Tod oder vielmehr, an dem, was einmal Ihr Leben gewesen ist. Sie wussten fast Ihr Leben lang, wo die Schokolade versteckt ist. Ob Sie sich ein Stückchen oder gar die ganze Tafel holen, lag immer nur bei Ihnen, Frau Hoffmann. Nur bei Ihnen! Aber auch Schokolade hat nun einmal ihr Verfallsdatum.«

H: »Sind wir dann fertig?«

T: »Ich glaube, dann haben wir es, Frau Hoffmann. Wenn Sie dann bitte hier noch unterschreiben würden?«

H: »Eine Unterschrift?«

T: »Nur für die Akten. Die Bürokratie endet selbst im Tode nicht, sage ich immer.«

H: »Und wie geht es jetzt weiter?«

T: »Gar nicht, Frau Hoffmann. Sie gehen nun bitte durch diese Tür dort und dann war es das.«

H: »Was ist denn hinter der Tür?«

T: »Nichts. Hinter dieser Tür ist nichts.«

H: »Ich gehe also da durch und dann ist nichts?«

T: »Ja, zumindest nehme ich das an. Durch diese Tür gehen alle nach der Befragung. Was *genau* dahinter ist, weiß ich natürlich nicht. Bisher ist jedenfalls noch keiner zurückgekommen, falls Sie das meinen.«

H: »Kann ich nicht einfach durch die Tür gehen, durch die ich hineingekommen bin?«

T: »Das Thema hatten wir doch schon. Ich muss Sie nun leider wirklich bitten zu gehen. Draußen warten, wie gesagt, noch andere Kandidaten. Kommen Sie, ich halte Ihnen die Tür auf.«

H: »Eins will ich Ihnen aber noch sagen, Herr Tod.«

T: »Ja, bitte.«

H: »Wenn es nach dem Tod so etwas wie eine Wiedergeburt gibt, dann werde ich es im nächsten Leben besser machen. Das verspreche ich Ihnen trotzdem.«

T: »Nun denn, Frau Hoffmann. Dann wünsche ich Ihnen eine fröhliche Wiedergeburt und auf ein Neues.«

H: »Man sieht sich immer zwei Mal!«

T: »Im Leben.«

H: »Was?«

T: »Das Sprichwort besagt, dass man sich immer zwei Mal *im Leben* sehen würde.«

H: »Ach so, ja. Stimmt.«

T: »In diesen Räumlichkeiten sieht man sich in der Regel nur ein einziges Mal.«

H: »Sicher sind Sie sich aber auch nicht, Herr Tod, oder?«

T: »Gute Reise, Frau Hoffmann. Was auch immer hinter der Tür kommen möge.«

Hedwig Hoffmann schreitet über die Schwelle und verschwindet.

»Ja, ja, immer wieder die gleiche Leier. Ich kann es bald nicht mehr hören. Wer *vorher* lebt, der stirbt entspannter«, sagt der Tod, während er in die Leere blickt.

Er schließt die Tür.

»So. Dann wollen wir mal. Einen schaffe ich vor dem Mittag noch. Der Nächste, bitte.«

K tritt ein.

K: »Das kann gar nicht sein. Das kann alles überhaupt gar nicht sein. Es muss sich um einen fürchterlichen Irrtum handeln. Ein schreckliches Missverständnis.«

T: »Guten Tag. Ich bin der Tod und Sie sind hier, weil Sie gestorben sind.«

EIGENARTIGES LEBEN

Heiner Lehmann führt ein eigenartiges Leben. Jeden Morgen steht er um 7:00 Uhr auf. Dann macht er Kaffee, putzt sich die Zähne, das Übliche. Gegen 9:00 Uhr beginnt Heiner mit dem richtigen Frühstück. Denn erst ab 9 hat er so richtig Appetit. Es ist jedes Mal ein nie enden wollendes Frühstück und geht quasi automatisch ins Mittagessen über. Er isst und isst und kann einfach nicht aufhören, so einen Hunger hat er. Und alles schmeckt ihm, alles könnte er essen, den ganzen Vorrat; nicht nur das, was im Kühlschrank ist, sondern auch die Sachen, die er noch im Keller lagert. Er schlingt nicht. Er isst gemütlich, mit Bedacht. Dennoch sind es vermutlich mehr als eintausend Kalorien pro Stunde, die er seinem Körper zumutet.

Spätestens um 13 Uhr hat er so viel gegessen, dass er todmüde auf dem Sofa einschläft. Suppenkoma, Fressnarkose. Ende im Gelände. Heiner Lehmanns Magen bietet schließlich keine endlosen Kapazitäten.

Gegen 14 Uhr wacht er wieder auf, reckt und streckt und dehnt sich ausgiebig. Dann schlüpft er in seine Sportklamotten und beginnt auf bestialische Art und Weise mit dem Training. Bis circa 19 Uhr gönnt er sich keine Pause.

Er joggt wie ein Irrer ums eigene Haus. 50, 60, 70 Runden im Höchsttempo, bis sein Kopf puterrot ist und er sich fast erbrechen muss. Danach Liegestützen. Manchmal bis zu 200 Stück pro Tag; bis ihm sämtliche Muskeln brennen und er sich selbst zu hassen beginnt.

Dann ab auf den Heimtrainer. Vollgas bis sich das Herz kreischend überschlägt und Heiner tiefschwarz vor Augen wird. Es folgen 80 Klimmzüge, 220 Sit-Ups, 115 Kniebeugen und 158 Crunches. Obwohl Heiner Lehmann glaubt, dass Crunches doch irgendwie das gleich sind wie Sit-Ups. Vielleicht macht er die Übung auch einfach nur verkehrt. Und selbst wenn, es ist ihm herzlich egal. Sein Training ist gnadenlos und Namen spielen keine Rolle.

Neu in Heiners Sortiment: ein Springseil. Das Seilspringen verlangt ihm noch einmal alles ab. 10 Minuten am Stück, so viel muss er schaffen. Er muss, er muss, er muss. Alles unter 10 Minuten am Stück zählt nicht.

Und dann geht's noch 45 Minuten auf den Cross-trainer, der mangels Platzes in der Küche steht. In der Küche hat sein Tag begonnen, hier endet er. Erst nach 5 Stunden nimmt der Spuk ein Ende.

Erschöpft und schweißgebadet und vollkommen hinüber schmeißt sich Heiner wieder auf das Sofa. Zum Duschen fehlt ihm die Kraft. Nur, wenn ihn sein eigener Körpergeruch nervt, wenn der Geruch so richtig schön penetrant beißt, gönnt er sich eine Dusche. Sein Körper nimmt den folgenden Tiefschlaf aber auch ohne Dusche dankend an.

Er schläft ausgiebig. Heiners geschundener Körper braucht die Erholung. Schließlich klingelt um 7 Uhr schon wieder der Wecker. Und dann geht alles von vorne los.

Bei einem so eng getakteten Tagesablauf braucht man an andere Dinge gar nicht erst zu denken. Familie, Freunde oder arbeiten zum Beispiel.

Wie soll er bei all dem Stress auch noch einer geregelten Arbeit nachgehen? Er findet oftmals ja nicht einmal mehr die Zeit oder die Kraft, um zu duschen, geschweige denn, um sich nach einem Job auch nur *umzuschauen*.

Heiner Lehmann fragt sich, ob er jemals Arbeit, eine Frau oder Glück finden wird. Eine Verpflichtung dazu besteht ja nicht. Das wäre auch noch schöner. Eine *Pflicht*, glücklich zu sein. Wie die Wehrpflicht. Sinnlos und komplett schwachsinnig.

URLAUB, URLAUB

Wäre sie als Junge geboren worden, hätten ihre Eltern sie *Reginald* nennen wollen.

»Allen Ernstes! Ohne Scheiß! Reginald!«, lallt sie.

Zum Glück ist Regina dann aber ein Mädchen geworden. Es sei das erste und letzte Mal in ihrem Leben gewesen, dass sie *wirklich* Glück hatte.

Wir kennen uns nicht, hocken am Tresen, sind die letzten Gäste in der Bar. Der Barkeeper deutet auf eine imaginäre Armbanduhr. Wir haben sowieso genug. Ich habe genug und Regina schon lang. Sie hat mir ihre halbe Lebensgeschichte erzählt. Ob sie das alles ernst meint oder der Rum aus ihr spricht, lässt sich nur schwer sagen.

***

Regina freute sich auf den Urlaub mit ihrem Mann. Es sollte ihr erster Urlaub zu zweit sein. Nur Rolf und sie. Ein Urlaub ganz ohne Kinder. Ohne Stress, ohne enges Campingmobil, ohne weitere Verantwortung für einen anderen Menschen. Ohne die Abhängigkeit von Schulferien und ohne das ständige Gemurre der jungen Leute, die sowieso viel lieber zu Hause geblieben wären und und und. Da gab es noch viele weitere

Gründe, was im kommenden Urlaub anders, ja, *schöner* werden würde, dachte Regina. Endlich würde sie einen Urlaub erleben, der das bewerkstelligen sollte, für was er angedacht war.

Erholung. Allein schon dieses Wort. *Erholung.* Es besaß etwas Magisches, etwas Krampflösendes, etwas Schwereloses. Aber das war nicht immer so. In ihrem bisherigen Leben stand dieses Wort lediglich für eine Lüge. Für ein trügerisches Ziel, eine Fata Morgana. Ein sich nicht erfüllender Traum und Sehnsucht. *Erholung.* Regina wollte das gelobte Land der Erholung endlich selbst erleben. All die Jahre konnte sie nur davon träumen. Und nun sollte es tatsächlich soweit sein. Sie konnte es fast nicht glauben.

***

Als sie ihren Mann Rolf vor fünfundzwanzig Jahren kennengelernt hatte, wurde sie sehr bald schwanger. An Urlaub war da gar nicht zu denken. Auch nicht in den darauffolgenden vier Jahren. Schließlich hatten Regina und Rolf mit Kind 2, 3 und 4 noch für Nachschub gesorgt.

Den ersten gemeinsamen Urlaub gab es erst viel später. Da waren sie bereits sechs Jahre verheiratet. *Was für eine Zeit.* Regina stellte es sich von Anfang an stressig vor. Aber irgendwie freute sie sich auch. Wie naiv sie damals doch war. Oh ja. Sie kann sich noch gut erinnern. Ihr erster gemeinsamer Familienurlaub; er hatte den Namen nicht verdient und wurde zum Desaster. Zu einer absoluten Katastrophe. Eine Zerreißprobe. Wie viel »Urlaub« konnte Reginas Liebe aushalten?

Sechs Leute in einem Wohnmobil. Das musste man sich mal vorstellen. Zu sechst ganze vier Wochen lang in so einer Hütte auf Rädern. Platzangst, Lagerkoller, Null Intimsphäre. Ein Campingplatz an der Ostsee. Fischland-Darß-Zingst. So hieß der Ort. Eine Halbinsel. Allein schon dieser Name. Der Älteste war da nicht einmal sieben Jahre alt, die Jüngste kurz vor ihrem zweiten Geburtstag. Regina stand schon am ersten Abend kurz vor einem Nervenzusammenbruch. An Erholung war da nicht mehr zu denken. An Schlaf im Übrigen auch nicht. Statt Schlaf bekam Regina dicke dunkle Augenränder. Sie hatte das Gefühl, ihre Kinder würden nie schlafen. Oder zumindest nie gleichzeitig. Regina wollte wieder nach Hause. Wie sollte sie dieses Szenario vier Wochen aushalten? Es gab immer mindestens ein Kind, das heulte. Auf diese Konstante konnte Regina sich verlassen. Der Rest war ein Brei aus Streitigkeiten und Prügeleien um das Strandspielzeug, den Gameboy oder den Fußball.

Und warum war die Welt so ungerecht? Mama, warum darf der Junge ein Eis und ich nicht? Warum ist es so heiß im Wohnmobil? Das Essen schmeckt nicht. Mich hat eine Biene gestochen. Mir ist langweilig. Ich will nach Hause.

Mama, wann spielst du mit mir?

- Weiß ich nicht, frag doch mal Papa.

Mama, kommst du mit ins Wasser?

- Jetzt nicht, frag doch mal Papa.

Wo ist Papa denn?

Durchfall. Mückenstiche. Verschmierte Sonnencreme. Sand in den Augen. Pflaster und noch mehr Tränen und noch mehr Streit und noch mehr Gekreische. *JA! UND WO IST PAPA EIGENTLICH? WO?*

Warum musste sie eigentlich alles allein machen? Und die Nachbarn würden auch schon gucken, beschwerte sich Regina. Und Rolf saß einfach nur da, mit seinem Sonnenbrand, und sagte, sie solle sich mal entspannen. Regina wäre fast ausgerastet. Sie schäumte vor Wut. Ihr Puls raste. Hoch roter Schädel. Schweißperlen. Das war das Gegenteil von Erholung. *Erholung, Erholung! Urlaub, Urlaub!* Wenn Regina diese Wörter nur hörte, konnte sie austicken. Am liebsten hätte sie Rolf vor die Füße gekotzt.

Die vier Wochen auf dem Campingplatz bekamen sie dann aber doch irgendwie rum. Vollkommen geschlaucht, ausgepumpt und kurz vor einem Burn-Out kam Regina aus dem sogenannten Urlaub wieder nach Hause. Und sie schwor sich: Nie wieder!

Und aus diesem „Nie wieder" wurden unzählige weitere Campingurlaube an der Ostsee. Irgendwann hatte Regina aufgehört zu zählen. Immer Fischland-Darß-Zingst. Immer Parzelle 7a. Immer zwischen Günther und Gertrud und Klaus und Heike. Diese Spießer! Regina hasste es.

Die Kinder aber mochten Onkel Günther und Tante Gertrud. Denn das ältere Ehepaar liebte Kinder über alles. Sie hatten sich immer Eigene gewünscht, aber nie welche bekommen. Umso mehr freute es Gertrud und Günther, wenn die Kinder von Parzelle 7a wieder da waren. Dann wurde Mensch-ärgere-dich-nicht gespielt oder gebacken oder zusammen im Meer gebadet. Ein kleiner Lichtblick in Reginas erschütterter Welt. Dann hieß es Durchatmen. Wenn auch nur stunden- oder minutenweise.

Doch so richtige Urlaubsstimmung wollte sich bei Regina nie einstellen. Die Jagd nach ihrem persönlichen kleinen Stück vom Kuchen des Friedens, nach Erholung und Entspannung blieb erfolglos. In all den Ostsee-Jahren hatte sie nie finden können, was sie *wirklich* suchte. Auch wenn Regina gar nicht konkret sagen konnte, *was* sie denn eigentlich suchte.

Sei's drum, dachte Regina dann immer. Irgendwann kommt die Zeit der Entspannung. Wenn nicht dieses Jahr, dann im Nächsten oder Übernächsten. Oder später. Aber sie wird kommen. Da war sich Regina sicher.

Zunächst jedoch kamen einige wenige Jahre ohne Urlaub. Rolf wurde arbeitslos und die Familie musste den Gürtel enger schnallen. So hatte es ihr Mann jedenfalls immer genannt. *Den Gürtel enger schnallen.*

Regina war es egal. Für sie spielte es keine Rolle, ob ihr die Kinder samt Ehemann zu Hause oder in Fischland-Darß-Zingst auf die Nerven fielen.

Während Rolf sich um Arbeit bemühte, schrieb auch Regina fleißig Bewerbungen. Sie schaffte es sogar, noch vor ihrem Mann eine Anstellung zu finden. Zwar nur halbtags, aber immerhin.

Es folgten zwei Türkeiurlaube. Der Älteste war da schon nicht mehr dabei; hatte kein Bock mehr auf Mama und Papa. Regina konnte es nur recht sein. Eine Sorge weniger. Dann aber machte sie die Erfahrung, dass ein Urlaub mit drei oder vier Kindern im Gepäck im Grunde überhaupt gar keinen Unterschied machte. Unabhängig von der Anzahl war Urlaub mit Kindern in der Pubertät oder in der vorpubertären Phase nicht weniger anstrengend als Urlaub mit einer Handvoll Kleinkindern. Urlaub mit Kindern war einfach grundsätzlich kein Urlaub! Urlaub mit Kindern war einfach nur scheiße. Das wurde Regina erst nach etlichen Jahren schmerzhaft bewusst. *Urlaub mit Kindern.* Das machte in etwa so viel Spaß, wie eine Darmspiegelung oder sich selbst mit einer Nagelschere die Augenlider abzuschneiden.

In den darauffolgenden Jahren ging es wieder an die Ostsee. Natürlich wieder Campingplatz Fischland-Darß-Zingst. Natürlich wieder Parzelle 7a. Wohin auch sonst? Die Welt war einfach zu klein.

Noch einmal zu fünft, im Jahr darauf sogar nur noch zu dritt. Das war das Jahr, in dem Onkel Günther gestorben war und Gertrud sich so sehr gewünscht hatte, dass Regina mit den Kindern vorbeikommen würde. Mit *allen* Kindern natürlich. Zu Gertruds Missfallen kam aber nur die Jüngste mit. Die »*Lütte*« wie Gertrud immer sagte.

Gertrud war jetzt ganzjährig auf dem Campingplatz anzutreffen. Völlig verlottert vegetierte sie in ihrem Camper vor sich hin. Allein, ungewaschen, ein Schatten ihrer selbst. Aus der lieben Tante Gertrud war ein Wrack geworden. Sie fing schon morgens an zu trinken und hörte erst spät abends auf. Sie sah aus wie eine Mumie. *The Walking Dead*. Zombie-Apokalypse auf dem Campingplatz Fischland-Darß-Zingst. Gertrud war völlig fertig, wirklich völlig fertig. Und das war noch untertrieben. Ob Regina auch einmal so enden würde?

Sie überlegte, ob sie Gertrud von dem Techtelmechtel hinter dem Sichtschutz erzählen sollte. Fünf oder sechs Jahre musste das mittlerweile schon her sein. Günther war sturzbetrunken und hatte versucht Regina zu küssen und zu befummeln. Doch Regina war wieder einmal viel zu müde gewesen und fühlte sich ausgelaugt und ausgebrannt und war am Ende mit den Nerven. Ein normaler Tag also. Ein ganz normaler Urlaubstag. Zumindest für Regina. Ein Tag, an dem sie sich der Nervenheilanstalt mal wieder näher fühlte als dem Meer. Sie fühlte sich wie ein geschundener Esel. Wie ein trauriges Schwein auf dem Weg zur Schlachtbank. Traurig deshalb, weil das Schwein genau wusste, welches Schicksal es am Ende des Weges zu erwarten hatte.

Für einen Moment hatte Regina damals tatsächlich überlegt, sich Günther einfach hinzugeben. Er sah schließlich nicht schlecht aus für sein Alter und wäre es nicht ein Abenteuer, eine klitzekleine Verfehlung wert gewesen? Nur, um zu testen, ob sie selbst überhaupt noch lebte oder nur noch gelebt wurde. Oder war bereits alles an ihr fremdgesteuert? Funktionierte sie nur noch? War sie überhaupt noch in der Lage selber zu fühlen, zu entscheiden, zu genießen?

Schließlich entschied sie sich aber gegen Günther und schubste ihn unsanft von sich. Und Günther krachte mit dem Rücken voran in den Sichtschutz.

Wenn Regina der frischgebackenen Witwe Gertrud nun davon erzählen würde, würde es ihr vielleicht bei der Trauerbewältigung helfen. Dann hätte sie einen Grund, um auf Günther sauer zu sein. Dann würde sie vielleicht aufhören, ihn so schrecklich zu vermissen. Aufhören mit dem Gesaufe, sich wieder waschen, wieder lachen.

Aber die Idee war eigentlich auch vollkommener Blödsinn und nicht gerade empathisch. Wie sollte ihr das helfen? Wie sollte Gertrud überhaupt irgendwas helfen?

Gertrud würde ihren Günni für immer vermissen, für immer saufen, für immer stinken. So war das nun einmal mit dem Leben. Auf Empathie ist da auch geschissen. Gertrud war doch genauso verloren wie sie selbst.

An einem ihrer letzten Tage auf dem Campingplatz bekamen sie einen Anruf von der Polizei. Die daheimgebliebenen Kinder hätten eine Party gemacht, die vollkommen aus dem Ruder gelaufen sei. Offensichtlich hatte irgendjemand das Event auf Facebook als „öffentlich" geteilt. Es wären wohl rund einhundertfünfzig Jugendliche erschienen. Entsprechend sähe nun das Haus der Familie aus. Und es wäre besser, wenn sie sofort nach Hause kämen. Also kehrte Regina mal wieder völlig entnervt und schwerst gebeutelt aus dem Urlaub zurück. Alles wie immer. *Home sweet home.* Und alles war verwüstet.

Das gesamte Haus glich einer Mülldeponie; als hätte eine Bombe eingeschlagen. Zerbrochene Scheiben, vollurinierte Teppiche, umgeworfene Möbel, überall Kippenstummel und leere Flaschen und Bierdosen. Es stank wie auf einer Bahnhofstoilette. Graffiti an den Wänden. Bisher dachte Regina immer, sowas wäre nur ein blödes Klischee. Doch die Bestandsaufnahme des Grauens war noch nicht beendet: Jemand hatte in die Badewanne geschissen. Ihr Ehebett war durch ein riesiges Loch in der Matratze im wahrsten Sinne des Wortes gebrandmarkt worden. Und die Katze saß mit weit aufgerissenen Augen in der hintersten Ecke der Küche. Dabei hatte die Familie gar keine Katze.

Das Vertrauensverhältnis zwischen Eltern und Kindern war danach erst einmal gestört. Und irgendwie sollte es nie mehr so werden wie früher. Und überhaupt war nichts mehr wie früher. Die Kinder wurden viel zu schnell groß.

Vermisste Regina etwa die Zeit, in der sie damals wochenlang zu sechst im sargengen Camper hausten? Kompletter Unfug. Sowas vermisst man doch nicht. Wäre ja auch schön bekloppt.

Bis zum heutigen Tage kann sich niemand erklären, woher damals die Katze kam. Sie war einfach nur einer von vielen ungeladenen Partygästen. Und da sie scheinbar keiner vermisste, behielt Regina die Katze einfach. Sie nannte sie *Auto*. Irgendwie erinnerten Regina die weit aufgerissenen Augen an Autoscheinwerfer. Ok, an sehr kleine Autoscheinwerfer. Wie auch immer. Jedenfalls hieß *Auto* deshalb *Auto*. Ungewöhnlicher Name, ja. Nicht besonders kreativ, nein. *Na und, scheiß drauf!* Ich habe keine Zeit für konservative Namensgebungen, dachte Regina.

Der richtige Nervenzusammenbruch kam nie. Oder sie hatte ihn damals vor lauter Aufräumen und Renovierung erfolgreich verdrängt. *Egal, was soll's.*

Erholung. Das war es, was Regina sich immer gewünscht hatte. Und das Blatt schien sich in den folgenden Monaten tatsächlich zu Reginas Gunsten zu wenden.

Es war eine Weihnachtsüberraschung. Die Kinder hatten zusammengelegt. Eine Reise. Ein Erholungsurlaub für zwei. Nur Mama und Papa. Gleich nach

Silvester sollte es losgehen. Zwei Wochen! Ein Urlaub. Ein echter, echter Urlaub. Ein Urlaub, der es wert war als solcher bezeichnet zu werden. Was hatte sie nur für wundervolle Kinder! Jetzt bin ich dran, dachte Regina. Endlich ich. Endlich auch *einmal* ich.

Goodbye Fischland-Darß-Zingst.

Goodbye Parzelle 7a.

Goodbye Ostsee und goodbye Deutschland.

Welcome Asien – Welcome Malediven.

Vor lauter Freude hatte Regina das Glas in ihrer Hand zerdrückt. Nicht so schlimm, sagte sie. Scherben bringen Glück. Nicht einmal die Schnittwunde an der Hand und der Blutfleck auf dem neuen Teppich konnten ihre Laune trüben.

***

Regina stopfte letzte Sachen in den Reisekoffer. Sie hatte Mühe, ihn zu schließen. In drei Stunden schon würde der Flieger gehen. Schmetterlinge im Bauch. So fühlte es sich an. Sie wollte gerade noch einmal auf die Toilette gehen, als ihr Mann mit bedröppeltem Gesicht ins Zimmer kam.

»Was ist denn los?«, fragte Regina und grinste ungläubig.

Und Rolf sagte, er habe soeben erfahren, dass Gertrud gestorben sei. Man habe sie in ihrem Camper tot aufgefunden. Schon vor zwei Wochen. Vermutlich Organversagen. Regina musste schlucken. Die Zeit raste unaufhaltsam. Günther und Gertrud sind unter der Erde. Die Kinder aus dem Haus. *Na ja, alle bis auf die »Lütte«.*

Vor ihrem inneren Auge sah Regina wie alle zusammen am Tisch hocken und eine Partie *Mensch-ärgere-dich-nicht* spielen. Über eintausend Jahre war das her. Eine Ewigkeit. Die letzte Partie war längst gespielt. Und eine Revanche würde es nie wieder geben.

Wir leben nicht ewig, dachte Regina. Umso wichtiger, dass wir die Zeit genießen. Vor allen Dingen die Urlaubszeit. Dann fragte sie sich, ob es gesund war, so zu denken. Schließlich hatte Gertrud erst vor zwei Wochen den Löffel abgegeben. Durfte man dann so über die Verstorbenen denken? So unterkühlt, so egoistisch, so skrupellos. Und wie konnte sie ausgerechnet jetzt noch an Urlaub denken? Wie konnte sie überhaupt immer nur an Urlaub denken? Der Mensch zeichnet sich doch nicht durch die Anzahl seiner Urlaube aus. Wer unbedingt Urlaub braucht, lebt falsch, hatte Rolf mal gesagt. *Wir müssen den Gürtel enger schnallen.*

Und dann zerstörte er mit einem einzigen Satz einfach alles. Rolf riss Regina aus den Gedanken und gleichzeitig aus dem Leben.

Er fragte, ob sie eigentlich wisse, dass er mal was mit Gertrud gehabt hätte.

Sie starrte ihn an.

Mit Scheinwerferaugen.

Wie Auto. Damals in der Küchenecke.

Regina stockte der Atem.

Ihre Gedanken liefen Amok.

Hilfe!

Was?

Wie war das?

Spul mal bitte kurz zurück, Rolf.

Ich glaube, ich habe nicht verstanden, was du gerade gesagt hast.

Willst du wissen, was ich verstanden habe?

Völlig absurd!

Mir war, als hättest du gesagt, dass du mal was mit Gertrud …

»Ich habe immer gedacht, du wüsstest davon. Und, dass du es irgendwie toleriert hättest. Deshalb habe ich damals auch erst mal nichts gesagt. Aber sicher war ich mir nie. Und später war es dann irgendwie, na ja, später eben, später, zu spät. Ist ja nun auch schon sehr lange her das alles und damals haben wir ja auch in dieser Krise gesteckt und so und du warst immer so gereizt und müde und ... und so was eben.«

Und Regina hatte ihren Mann, mit dem sie ein Vierteljahrhundert verheiratet gewesen war, nur angeglotzt. Den Mann, von dem sie glaubte, ihn zu kennen. Besser zu kennen als jeden anderen Menschen auf der Welt. Und dann hatte Regina »*Wie bitte*« gesagt. Mehr nicht. Jedenfalls kann sie sich nicht an mehr erinnern. Einfach nur *WIE BITTE*. Ein leises Flüstern. Zwei Worte. Zwei Lippen. Raue, zitternde Lippen. Lippen, die die beiden Worte von selbst geformt hatten. Und irgendwas in ihrem trockenen Hals hatte die passenden Töne dazu erzeugt.

Rolf setzte sich neben sie auf das Bett.

»Gertrud meinte damals, ich solle mir keine Gedanken machen. Weil du ja schließlich auch was mit Günther am Laufen hättest. Oder irgendwie so. Ziemlich bescheuert, oder? Alles keine große Sache auf jeden Fall.«

Und dann faselte er noch irgendwas.

Doch seine Worte drangen nicht mehr zu ihr durch. *Keine große Sache also. Klar! Selbstverständlich! Keine große Sache!* Es konnte sein, dass Regina mit dem Kopf schüttelte oder noch einmal WIE BITTE sagte oder zumindest dachte. Aber auch daran kann sie sich nicht mehr genau erinnern. Denn alles wurde von einem dichten dunklen Schleier verhüllt. Und die Luft stand still. Und die Zeit auch.

Warum?

Und warum ausgerechnet jetzt?

Dann bemerkte sie, dass der schwarze Schleier, gar kein Schleier, sondern eine dünne Glasschicht war. Sie war in einer Schneekugel gefangen. Und dann zerbrach das Glas und es regnete Scherben. Der Regen war fein und langsam. Wie Staub.

Regina wusste nicht, was sie mehr verletzte; dass ihr Mann sie betrogen hatte oder dass er ihr das Gleiche zutraute und unterstellte. Und warum kam er nach all den Jahren ausgerechnet *jetzt* mit diesem Thema um die Ecke?

Scheinwerferaugen.

Starren.

Nicht glauben wollen.

Tränen fluteten ihre Augen.

Keine große Sache.

Natürlich nicht.

Eigentlich war ja nie *irgendetwas* eine große Sache. Regina machte nur immer aus allem eine große Sache; aus allem ein Drama, aus einer Mücke einen Elefanten. Sie bauschte die Dinge unnötig auf. Am Ende war selbstverständlich alles, aber auch wirklich alles *nur* ihre Schuld.

Regina musste sich einfach mal entspannen, hatte Rolf gesagt und dabei mit einem Sonnenbrand in der kühlen Abendluft gesessen. Den Gürtel enger schnallen, hatte er gesagt. Und Fischland-Darß-Zingst sei doch schon so etwas wie eine zweite Heimat. Auch das hatte er gesagt.

Dann schwiegen beide fast fünf Minuten.

Rolf blickte auf seine Uhr.

»Wir müssen jetzt wirklich los. Der Flieger wartet nicht.«

Er lächelte.

Und Regina hätte ihm sein Grinsen am liebsten mit einer Kettensäge aus der Visage gefräst.

Sie fuhr weder an diesem Tag noch zu einem anderen Zeitpunkt mit Rolf in den Urlaub. Rund zwölf Monate später waren sie offiziell geschieden.

Ihr Mann behielt Haus und Auto.

Die Katze hatte Regina mitgenommen.

Anmerkung des Autors: Reginas Geschichte wird mit der Story „Frittenbude d´amour", die Sie ebenfalls in diesem Buch finden, fortgesetzt.

DER VERLIEBTE
KANNIBALE

Eines Abends, nachdem Torsten Menke gebetet hatte und gerade zu Bett gehen wollte, klopfte es an seine Fensterscheibe.

»Na nu?«, dachte Torsten. »Wer kann denn das sein? Wer klopft denn an meine Scheibe? Hier im dreizehnten Stock?« Er öffnete das Fenster.

Ein älterer Herr in einem weißen Gewand schwebte hinein.

»Du hast mich gerufen, hier bin ich«, sagte der alte Mann.

Torsten erinnerte der Auftritt an den Schulden-berater Peter Zwegat. Nur, dass Peter Zwegat in der Regel nicht durchs Fenster hineingeflogen kam. Torsten ahnte ja nicht, dass es *Gott* höchstpersönlich war, der ihn besuchte. Gott richtete sein makelloses Gewand und holte ein Klemmbrett hervor.

»Chef-Visite«, murmelte Gott. »Nun wollen wir doch mal sehen.« Er kratzte sich nachdenklich am bartlosen Kinn.

»Du bist also verliebt, und ich soll dir helfen. Ist das korrekt?«

Torsten guckte ungläubig, zuckte mit den Schultern und stammelte: »Äh ... ja ... wenn du das denn kannst.

Aber woher weißt du das überhaupt? Also, dass ich verliebt bin und so.«

»Du weißt jetzt aber schon, wer ich bin, ne?«, fragte Gott.

Keine Reaktion. Torsten verzog die Mundwinkel.

»Kai Pflaume vielleicht?«

»Kai Pflaume, bei dir hackt es wohl. Kai Pflaume! Alter! Ich bin Gott«, sagte Gott.

»Oh ...«, staunte Torsten.

»Ja, oh ... oh ... da guckste, ne? Also, was kann ich tun? Was ist dein Problem? Ich hab echt nicht den ganzen Tag Zeit.« Gott tippte auf seine Mickey-Maus Armbanduhr am Handgelenk: »Termindruck!«

»Ja, also es geht um Susi Sauerland aus der Metzgerei Sauerland von gegenüber. Die ist wirklich toll. Ich liebe sie.«

»Und wie soll ich dir dabei helfen? Ich bin bestimmt nicht den ganzen Weg hierher geflogen, um den Verkuppler zu spielen. Das kannst du vergessen. Für so was hat man als Gott nämlich keine Zeit.«

»Mein Problem ist, dass ich nicht mit ihr zusammen sein kann. Weißt du das denn nicht? Ich dachte, Gott weiß alles?«

»Ich weiß viel. Aber *alles* weiß auch ich nicht. Und vieles will ich auch gar nicht wissen. Also, was ist jetzt Sache? Komm´ zum Punkt!« Wieder deutete er auf seine Uhr.

»Ok, dann versuche ich es kurz zu machen!«

53

»Ich bitte darum!«

»Ich bin ein Kannibale.«

»Hui!«, staunte Gott, »einem echten Kannibalen bin ich *so* auch noch nie begegnet. Krass!«

»Ja, das kann zu einem echten Problem in einer Beziehung führen. Die Susi Sauerland aus der Metzgerei Sauerland, die liebe ich nämlich wirklich und ich will nicht, dass ihr was passiert. Meine Ex-Freundin habe ich ja auch schon aufgegessen. Aber das ist quasi im Affekt passiert. Danach war ich sehr traurig und es tat mir leid. Also erst war ich hungrig, dann traurig und dann tat es mir leid. Dabei hatte sie nicht mal gut geschmeckt. Im Gegenteil. Mir wurde regelrecht schlecht beim Essen.«

»Eine Heißhunger-Attacke also?«, fragte Gott.

»Hmmm.« Der Kannibale nickte eifrig.

»Und die Susi Sauerland aus der Metzgerei Sauerland, die findest du nun also auch zum Anbeißen, oder was?«

»Ja, kann man wohl so sagen.«

»Und da behaupte noch mal einer, Liebe ginge nicht durch den Magen.«

»Ja«, sagte der Kannibale.

»Du hast die Susi wohl auch zum Fressen gerne, was?«

»Ja. Und wie. Aber ich will die ja gar nicht aufessen.«

»Das glaube ich dir«, sagte Gott.

»Dir würde es wohl schon reichen, ein bisschen an ihren Ohrläppchen zu knabbern, hm?« Gott musste sich tüchtig zusammennehmen, um nicht lauthals loszulachen. »Und du hast wohl statt Schmetterlingen, im Moment was ganz anderes im Bauch, oder?«

»Mensch, Gott, jetzt hör doch mal auf mich zu verarschen, du Verarscher«, beschwerte sich der Kannibale.

»Ja, ja, so seid ihr Menschen! Es besteht schon ein himmelweiter Unterschied zwischen Gotteslästerung und Gottes´ Lästerung, was?«

»Bitte, was?«

»Ach egal, ich hätte da doch eine Idee.«

»Und was?«

»Lade die Susi doch mal zum Essen ein.«

Der Kannibale warf ihm einen bösen Blick zu.

»Schon gut, schon gut. Wollen wir doch mal sehen, was ich da machen kann.«

Gott kritzelte etwas auf seinem Klemmbrett herum, dann riss er ein kleines Stück Papier ab und reichte es dem Kannibalen.

»Was ist das?«, fragte der Kannibale.

»Ein Rezept.«

»Ein Rezept?«

»Ja, damit gehst du in die Apotheke nebenan und legst ...«

»Ich weiß, was ein *Rezept* ist«, grätschte der Kannibale dazwischen. »Aber in meinem Falle helfen doch keine Medikamente!«

»Doch, da gibt es jetzt was von Ratiopharm.«

»Gute Preise?«

»Gute Besserung.«

»Manno, jetzt mal in echt. Ich soll einfach irgendwelche Pillen oder Säfte schlucken und dann habe ich keinen Appetit auf Menschen mehr?«

»Du lässt mich ja nicht ausreden.«

»Ok, Entschuldigung.«

»Also, du gehst mit dem Rezept in die Apotheke nebenan und legst ... dich mit dem Apotheker an.«

»Ach?«

Gott nickte dem Kannibalen zu.

»Was soll ich?«

»Du brichst einen Streit vom Zaun. Du zettelst was an! Provozier´ den Apotheker, bis ihm die Hutschnur platzt.«

»Und was soll das?«, fragte der Kannibale und dachte, dass Gott vollkommen übergeschnappt war.

»Sobald der Apotheker handgreiflich wird, haust du ihm eine rein! Aber mal so richtig. Links, rechts, links ... bis der Apotheker umkippt.«

»Und das soll mir helfen?«

»Nein, aber mir. Ich habe noch eine alte Rechnung mit dem Apotheker offen und ich will ihm eine auswischen. Ich kann schließlich nicht selbst in die

Apotheke latschen und ihm eine scheuern. Was würde da morgen in der Zeitung stehen: GOTT SCHLÄGT APOTHEKER INS KOMA! Stell dir das mal vor. Das geht doch nicht. Was sollen die Menschen dann von mir denken?«

Der Kannibale zuckte ahnungslos mit den Schultern.

»Und wenn die Polizei dich erwischt, sagst du einfach, der Apotheker ist zuerst handgreiflich geworden. Und das stimmt dann ja auch. Du hast dich nur gewehrt. Notwehr also. Dann kann dir keiner was. Ich schwöre!«

»Du schwörst? Bei Gott, oder was?«, fragte der Kannibale.

Gott legte den Kopf schief. »Echt jetzt? Soll das witzig sein?«

Der Kannibale hob abwehrend die Hände. »Okay, okay ... aber ... was soll ich mit dem Rezept?«

»Nichts. Das ist nur, damit es erst einmal so aussieht, als hättest du ein Rezept. Dann wiegt sich der Apotheker in Sicherheit, wenn du reinkommst. Spielt aber im Grunde keine Rolle.«

Der Kannibale blickte jetzt zum ersten Mal auf den Zettel in seiner Hand. Darauf stand: DER TEUFEL IST DOOF!

»Aha ...«, sagte der Kannibale. »Und was ist jetzt mit Susi und mir?«

»Also, ich befürchte, da musst du selbst gucken, wie du das regelst.«

»Und dafür bist du extra vorbeigekommen?«

»Na ja, man tut, was man kann. Aber wenn du dem Apotheker eine schallerst, hat es sich ja doch gelohnt. Jedenfalls für mich.«

»Du bist ja ganz schön egoistisch.«

»Und du frisst Menschen! Findest du das etwa nicht egoistisch?«

Der Kannibale sah eingeschüchtert zu Boden.

»Ja, schon.«

»Lieber Egoist als Menschen essen«, sagte Gott. »Das ist ein guter Aufdruck für meine SAMMLUNG. Cool!«

»Was denn für eine Sammlung nun wieder?«

»Ich sammle' T-Shirts mit lustigen Sprüchen drauf.«

»Das ist aber ein eigenartiges Hobby«, stellte der Kannibale fest.

»Warum?«, fragte Gott.

»Schließlich bist du Gott! Hast du da nichts Besseres zu tun als T-Shirts mit komischen Sprüchen zu sammeln?«

Jetzt wurde Gott sauer.

»Was willst du eigentlich von mir?«

Gott konnte es auf den Tod nicht ab, wenn jemand was gegen eines seiner Hobbys sagte. Er verschränkte die Arme vor dem Körper.

»Bist du jetzt sauer, oder was?«, fragte der Kannibale.

»Hm«, machte Gott, zuckte mit den Schultern und guckte beleidigt in die Zimmerecke, wo das Cover einer alten Eric-Carmen-Vinyl-Single hing.

Hungry Eyes, dachte er und schüttelte den Kopf. *Das glaubt mir keiner.*

Auf dem Boden darunter hatte der Kannibale einen alten Schleich Bauernhof aufgebaut.

»Du, Gott?«

»Was denn?«

»Tut mir leid, wenn ich dich irgendwie beleidigt haben sollte.«

»Schon gut. Aber auch Götter haben Gefühle, merk dir das. Ich muss jetzt sowieso weiter.«

»Aber was soll ich tun? Hast du nicht wenigstens einen kleinen Tipp für mich?«

»Lass am besten die Finger von der Metzgerin! An der beißt du dir nur die Zähne aus.«

Der Kannibale nickte traurig und eine kleine Träne rann ihm über die Wange.

Das Thema war also gegessen.

»Obwohl«, sagte Gott, »schade eigentlich. Ihr wäret sicherlich ein grandioses Paar. Sie schlachtet Tiere und du schlachtest Menschen. Ihr habt also praktisch das Schlachten als gemeinsame Leidenschaft.

Ihr könntet in einer Schlachterei heiraten. Das wäre doch gar nicht so schlacht – äh – schlecht!«

»Du meinst also, das wird doch was mit Susi und mir? Du meinst, sie könnte mich lieben? Wir könnten ein Paar werden, heiraten, Kinder bekommen und glücklich bis an unser Lebensende sein?«

»Nö, eigentlich nicht ... lass die Finger von ihr.«

Ein kalter Luftzug wehte durchs Zimmer.

»Ist wirklich besser für alle.«

Gott fuhr einen kleinen Propeller aus seinem Rücken.

»Du hast ja einen kleinen Propeller auf dem Rücken.«

»Ach, was.«

»Wie Karlson vom Dach!«

»Yo«, sagte Gott und schwebte aus dem Fenster.

Der Kannibale sah noch lange hinaus in die kalte Winternacht. Gott war längst über alle Berge verschwunden. Dann machte sich Torsten auf den Weg zur Apotheke.

Er hatte Hunger.

DAS GEHT SIE GAR
NICHTS AN, MISTER

Ein Mann nahm jeden Morgen den Sechsuhrzug Richtung Innenstadt. Meistens war er müde. Während der fast einstündigen Fahrt nickte er oft noch einmal ein. Das Rauschen der Gleise. Die monotonen Motoren. Schwere Augenlider. Stimmen im Kopf, die ihm verrieten, dass er bereits träumte.

Ein einziges Mal versuchte sich der Mann im Sudoku. Aber er konnte Zahlen noch nie etwas abgewinnen. Er war lieber ein stiller Beobachter, auch wenn der Blick aus dem Fenster wenig Abwechslung bot.

Eines Tages stieg ein Junge zu. Es war 6:22 Uhr. Der Junge nahm gegenüber Platz. Der Mann sah bald mehr als nur seine Beinfreiheit bedroht. Musste der Knabe ausgerechnet dort sitzen? Der halbe Zug war menschenleer. Der Junge glotzte den Mann an.

»Was glotzt du so?«, sagte der Mann.

Der Junge ließ sich nicht irritieren.

»Hör auf mich so anzustarren!«

Doch der Junge dachte gar nicht daran, seinen Blicken auszuweichen, geschweige denn, der Bitte des Mannes Folge zu leisten. Der Mann hatte Schweißperlen auf der Stirn. Er fühlte sich unwohl. Er fragte sich, wie alt der Knirps wohl sein mochte und was er zu dieser frühen Stunde im Zug zu suchen hatte. Dann sagte der Mann: »Hör sofort auf damit oder ich bringe dich um.«

»Das dürfen Sie gar nicht!«, erwiderte der Junge.

Der Mann drehte sich um. Sie waren allein im Abteil.

»Und ob ich das darf«, sagte der Mann.

»Schon mal was von Notwehr gehört?«

»Notwehr? Ich habe Ihnen doch gar nix getan.«

»Wie alt bist du eigentlich?«

»Neun. Wieso?«

»Und was machst du um diese Zeit im Zug?«

»Das geht Sie gar nichts an, Mister!«

Mister.

Wie kam dieser Bengel dazu, ihn *Mister* zu nennen? Hatte er das vielleicht aus dem Fernsehen? Der Junge war ziemlich frech für sein Alter, fand der Mann.

»Würde es dir etwas ausmachen, dich woanders hinzusetzen?«

»Setzen Sie sich doch woanders hin, *Mister*.«

»Aber ich sitze immer hier. Seit mehr als fünfzehn Jahren. Jeden Morgen zwischen sechs und sieben Uhr sitze ich genau hier.«

»Traurig, Mister. Das ist wirklich sehr traurig.«

Der Junge nickte, seine eigene Feststellung bestätigend.

Der Mann gab dem Jungen eine Backpfeife. Es hallte kurz und heftig im Abteil. Der Mann wollte etwas sagen, doch er hatte nie gelernt, sich zu entschuldigen. Eine unangenehme Gefühlsarmee von Schuld, schlechtem Gewissen und der Einsicht, einen Fehler begangen zu haben, rumorte in seinem Magen. Auf der Wange des Jungen zeichnete sich ein roter Abdruck ab. Der Mann musste unbedingt etwas sagen. Er tat es aber nicht. Abrupt stand er auf und schob sich umständlich aus der Sitzreihe heraus. Er stolperte. Dann verließ er das Abteil. Er stieg zwei Haltestellen zu früh aus.

Er hätte den Jungen nicht schlagen dürfen, dachte er. Und jetzt würde er zu spät zur Arbeit kommen. Zumindest dann, wenn er noch eine Arbeitsstelle hätte. Er wartete zehn Minuten und stieg in die nächste Bahn Richtung Heimat.

An diesem Tag war er bereits um kurz vor acht wieder zu Hause. Seiner Frau erzählte er, er würde sich nicht wohlfühlen und habe sich krankgemeldet. Er sei zwar erst noch in Richtung Innenstadt gefahren, aber dann ging es ihm so schlecht, dass es unverantwortlich gewesen wäre, weiterzufahren. Arbeiten könne er heute auf gar keinen Fall. Obwohl es ihm mittlerweile schon wieder etwas besser gehen würde.

Seine Frau feudelte den Boden und hörte ihm nur mit einem Ohr zu. Das andere Ohr hatte sie in ihrer Jugend bei einem Autounfall verloren. Sie murmelte kurz so etwas wie: »Hmm, ok ...«

Wie immer hatte der Mann den Eindruck, als nehme seine Frau kaum Notiz von ihm. Und wann hatten sie eigentlich zuletzt miteinander geredet, richtig geredet? Sich unterhalten und ausgetauscht, Pläne geschmiedet? Der Mann wusste es nicht. Die Frau feudelte um ihn herum. Ihre Füße schwitzen in den Gartenclogs. Unter den Armen schwitzte sie ebenfalls. Das konnte man sehen, aber auch riechen.

Der Mann kochte Kaffee. Er dachte an den Jungen. Der Junge hatte recht. Sein Leben war traurig. Es *ist* traurig.

Doch gab es auch nur *einen legitimen* Grund dafür, den Jungen zu ohrfeigen? Noch dazu in aller Öffentlichkeit. Spielt es eine Rolle, ob man ein Kind in der Öffentlichkeit oder hinter verschlossenen Türen schlägt? Kind ist Kind. Schlag ist Schlag. Und Wahrheit ist Wahrheit. Und die Wahrheit konnte der Mann nur schwer ertragen. Vor allen Dingen dann, wenn es um ihn selbst ging und die Wahrheit nicht bloß eine maskierte Lüge war.

Und vielleicht war das auch der Grund, der Auslöser und seine Rechtfertigung. Das, und, dass der Junge ihn angestarrt hatte. Er hatte ihn angestarrt und mit seinen Augen kleine Löcher in die Fassade des Mannes gebohrt. Der Junge hatte ihn durchschaut. Einfach so. Er wusste Bescheid. Oder? Dabei kannte er ihn doch gar nicht. Der Junge hatte zu *dieser* Zeit in *diesem* Zug und in *seinem* Abteil absolut nichts zu suchen. Stattdessen hatte der Junge gebohrt und gelöchert und provoziert und dem Mann damit ein schauriges Unbehagen bereitet. Und er hatte einfach nicht mehr aufgehört damit. Selbst dann nicht, als er ihn ausdrücklich darum bat. Ja, ihm sogar drohte.

Aber rechtfertigt das die schallende Backpfeife? Durfte er ein Kind schlagen, weil es ihn anstarrte? Nein. Unmöglich. Es konnte einfach keinen triftigen Grund dafür geben, ein Kind zu schlagen.

Der Mann kaute an seinen Fingernägeln. Das erste Mal seit der Bundeswehrzeit. Damals rauchte er auch noch. Jetzt war der beste Moment, um wieder mit dem Rauchen anzufangen, dachte er. Eine Zigarette würde ihm jetzt guttun.

Natürlich hätte der Mann an diesem wie an jedem Morgen nicht zwingend in dem Zug sitzen müssen. Er wusste das. Aber schließlich brauchte er auch keinen Grund. Das wäre ja auch noch schöner, dachte der Mann.

Achtung, Achtung: Bitte beachten Sie unsere neuen Beförderungsbedingungen: Neben der Fahrkarte ist ab sofort auch ein begründeter Anlass für die Zugfahrt in Schriftform beizubringen. Bitte verwenden Sie unbedingt die dafür vorgesehenen amtlichen Antragsformulare. Wer ohne einen genehmigten Antrag eine Zugfahrt antritt, muss mit einer Freiheitsstrafe von bis zu ...

Der Mann blickte in einen Spiegel und erschrak. Seine Mundwinkel zogen sich zusammen und der Anflug eines traurigen Lächelns verschwand. Es war ihm, als hätte er für den Bruchteil einer Sekunde das verschmitzte Gesicht des Jungen gesehen.

Wenn er normal gewesen wäre, hätte er seiner Frau von Anfang an gestanden, dass er bereits vor zwei Jahren die Arbeitsstelle beim Ordnungsamt verloren hatte. Dann hätte er seine Frühpensionierung leben können, wie ein früh Pensionierter eine Frühpensionierung eben lebt. Ruhig. Entspannt. Mit Genuss. Dann wäre er nie in dem Zug gewesen. Dann wäre er nie auf den Jungen getroffen. Dann hätte er ihn nie geschlagen. Der Mann schwankte bei der Schuldfrage zwischen ehemaligem Vorgesetzten, Ehefrau und eigener Feigheit. Der Mann entschied sich für die Frau. Nur ihretwegen veranstaltete er schließlich den ganzen Zirkus.

Einmal, vor fast zehn Jahren, es war auf dem Schützenfest, da hatte sie ihn einen Feigling genannt. Nie wieder sollte sie ihn so nennen. Deshalb durfte sie auch nichts davon erfahren, dass die Stellenkürzung im Amt gerade ihn getroffen hatte. Der Mann ging fest davon aus, dass sich die Frau hätte scheiden lassen. Stattdessen fuhr er lieber jeden Tag in die Stadt und tat so als ob. Das war besser, als sich vor seiner eigenen Frau die Blöße zu geben.

Den Tag verbrachte der Mann meist am Bahnhof. Dort gab es immer was zu sehen. Und Essen und Trinken gab es auch. Dann dachte er daran, dass es gut war, dass sie getrennte Girokonten hatten.

Wenn er nicht am Bahnhof war, schlug er die Zeit in der Spielothek tot. Wenn er was gewann, gönnte er sich ein üppiges Mittagessen. Meistens verlor er.

Am nächsten Tag ging er wie gewohnt um 5:40 Uhr aus dem Haus, lief aber noch einen gehörigen Umweg durch die hiesigen Parkanlagen, durchquerte ein matschiges Waldgebiet und fuhr erst um 7 Uhr Richtung Stadt. So wollte er sicherstellen, dass er dem Jungen nicht erneut begegnete. Was sollte er ihm auch sagen?

Mittags hatte er Kopfschmerzen und schob es auf die Abweichung im Tagesablauf. Er beschloss sofort, dass er nie wieder einen anderen als den Sechsuhrzug nehmen würde. Außerdem hatte er unkontrolliert und in geistiger Umnachtung fast 100 Euro in der Spielo verplempert. Aber auch davon würde seine Frau nie erfahren.

An einem der Bahnhofsgleise fand er unter einem Mülleimer einen Geldschein. Er lächelte. 50 Euro! Toll!

Manchmal läuft nicht alles nach Plan, aber irgendwann geht es immer wieder bergauf. Manchmal dauert es ein wenig und mal geht es schneller, als man denkt. Es war ein guter Tag. Es war ein gutes Leben, dachte der Mann. Und wenn man es sich lange genug einredet, dann glaubt man es irgendwann sogar. Und das reicht dann ja auch.

Nur noch gelegentlich bildete er sich ein, der Junge würde ihn aus dem Spiegel heraus beobachten. Mit der Zeit jedoch dachte er immer seltener an ihn. Aber auch das hörte irgendwann auf. Sie sind sich nie wieder begegnet.

DAS ABENDESSEN

»Ruf ihn doch noch einmal an!«, schlägt Nina vor.

»Bringt nix, sein Handy ist aus!« Thea entgeht nicht, dass Nina an ihren Fingernägeln kaut.

Sie ist nervös.

»Komisch, dass Michael noch nicht da ist. Dein Mann ist doch eigentlich die Pünktlichkeit in Person und nun ist er schon eine ganze Stunde zu spät. Er hätte sich wenigstens melden und Bescheid sagen können. Das passt gar nicht zu ihm.«

Thea zuckt nur teilnahmslos mit den Schultern, wohl wissend, dass ihr Mann weder an *diesem* noch an irgendeinem anderen Abend wieder nach Hause kommen würde.

»Mach du dir da mal keine Sorgen, Liebes!«

Nina bemerkt Theas leicht verächtlichen Tonfall und fragt sich, welche Laus ihrer besten Freundin, die sie seit über dreißig Jahren kennt, wohl über die Leber gelaufen ist.

»Machst du dir denn keine Sorgen?«

»Na hör´ mal. Michael ist ein erwachsener Mann. Er kann doch Tun und Lassen, was er will. Sicherlich ist er ganz plötzlich in etwas völlig Unerwartetes hineingeraten. Kennen wir doch alle. Lass uns doch schon mal anfangen, sonst ist gleich das ganze Essen kalt.«

»Wenn du meinst. Aber vielleicht rückst du dann auch endlich mit der Sprache raus, warum ihr mich heute zum Abendessen eingeladen habt. Das klang am Telefon ja nahezu mysteriös. Ich bin schon ganz neugierig.«

Thea verschwindet in der Küche und kommt kurz darauf mit einer Auflaufform zurück. Sie stellt den dampfenden Auflauf auf den Tisch. Eigentlich hatte Nina nur wenig Appetit, aber nun läuft ihr das Wasser im Mund zusammen. Thea löffelt freudig eine große Portion auf Ninas Teller.

»Lass uns erst was essen, danach erzähle ich dir alles.«

»Nun mach´ es doch nicht so spannend! Bitte! Sag mir wenigstens schon einmal, worum es geht.«

»Nina Neugier macht ihrem Namen wieder alle Ehre, was? Probiere doch erst mal das Essen. Bin gespannt, was du sagst.«

Nina kann Theas Rehaugen und ihrem Grinsen nichts abschlagen. Wie immer. Thea hofft, dass ihr Lächeln nicht zu aufgesetzt wirkt. Der Auflauf ist hervorragend und für einen Moment ist Ninas Neugier verflogen. Sie nimmt sogar einen doppelten Nachschlag.

»Dir scheint es ja richtig zu schmecken, Liebes. Das freut mich wirklich sehr«, bemerkt Thea ohne jeden Gesichtsausdruck.

Nina, die mittlerweile drei Portionen verdrückt hat, lobt mit vollem Mund: »Dieser Auflauf ist der absolute Wahnsinn ...«

Dann fügt sie schmatzend hinzu: »Warum isst du denn eigentlich nichts?«

»Ich kann dir ja mal das Rezept geben.« Theas Blick wirkt plötzlich leer. »Aber ich glaube, in *dieser* Form, bekommst du den Auflauf nicht noch einmal hin.«

»Warum? Findest du etwa, ich bin eine schlechte Köchin?«

»Eine schlechte Köchin nicht, Liebes ... *aber* ...«

Mit einem Satz springt Thea auf. Sie nähert sich Nina bis auf wenige Zentimeter und blickt ihr mit einem dunkel bösen Blick direkt in die Augen.

»... aber eine miese Freundin!«

Plötzlich herrscht eisige Stille am Esstisch. Nina muss schlucken.

»Was? Ich verstehe nicht. Was hast du denn auf einmal?«

»Denkst du denn, ich wüsste nicht, was los ist?«

Nina schüttelt ungläubig den Kopf. Angst kriecht ihr in die Beine, die sich jetzt wie Pudding anfühlen.

»Jetzt tu´ bloß nicht so, du kleine Schlampe. Glaubst du, ich hätte von dir und Michael nichts mitbekommen? Glaubst du, ich weiß nicht, was schon seit Monaten mit euch beiden läuft?«

Nina senkt ihren hochroten Kopf. Tränen schießen ihr in die Augen. Sie ringt um Worte.

»Das ist es also? Was du mir sagen wolltest ...«, flüstert sie verschämt.

»Nicht nur *das*, du billige Hure!«

»Thea, es tut mir leid, es war nur ... ich wollte ... wir wollten ... es tut mir ...«

Dann brechen die Tränen aus ihr heraus und sie schlägt die Hände vors Gesicht.

»Schätzchen, es braucht dir nicht leidzutun.« Theas Stimme klingt jetzt wieder wie die vertraute Stimme ihrer besten Freundin. Freundlich und beruhigend. Nina blickt Thea ungläubig über ihre Fingerkuppen hinweg an.

»Was?«

»Dir braucht nichts leidtun, Liebes. Dein Herumgehure mit meinem Mann ist ab sofort beendet! Für immer! Mach´ dir da also keine Hoffnungen. Deshalb will ich auch keine Ausreden oder Entschuldigungen hören. Außerdem wird Michael mir *nie wieder* fremdgehen. *Darauf kannst du Gift nehmen* ... und darauf sollten wir trinken!«

Hatte Thea noch alle Tassen im Schrank?

War die Sache damit für sie erledigt?

Plötzlich stockt Nina der Atem.

Darauf kannst du Gift nehmen?

Hatte sie das eben gesagt?

Gift!

Das Essen!

Gift!

Thea hatte sie vergiftet.

Nina stürzt in die Küche, wo Thea gerade dabei ist, zwei Sektgläser einzuschenken.

»Thea, bitte, war was in dem Essen? *Gift*? War *Gift* in dem Essen? Du willst mich umbringen, oder? Ist das deine Rache?«

Thea bricht unvermittelt in schallendes Gelächter aus, so dass nun auch ihr Tränen in den Augen stehen. Nina versteht die Welt nicht mehr.

»Gift ... keine schlechte Idee, Liebes. Gar keine schlechte Idee. Verdient hättest du es. Aber nein, ich muss dich leider enttäuschen. *Gift* war nicht im Essen.«

Kein Gift.

Nina atmet aus und beruhigt sich für den Bruchteil einer Sekunde.

Doch irgendetwas stört sie. Es war die Art und Weise, *wie* Thea den letzten Satz gesagt hatte.

Sie betonte, G i f t wäre keines im Essen gewesen.

Aber was dann?

»Thea ... was willst du damit sagen? Kein *Gift*, aber etwas anderes war in dem Essen?«

»Natürlich, Liebes. Denkst du denn, ich lasse *dich* ungestraft davonkommen?«

Thea schüttelt verständnislos den Kopf.

»Nina, Nina, Nina ... Kennst du mich denn so schlecht? Glaubst du allen Ernstes, ich würde meine beste Freundin einfach umbringen?

Glaubst du wirklich, dass du so glimpflich aus der Sache kommst?«

»Aber was war denn mit dem Essen? Sag doch ...«

Ninas Magen verkrampft sich und ein Brechreiz kriecht ihr den Hals hinauf.

»Und wieder ist Nina Neugier im Einsatz, was? Glaube mir, Schätzchen, das heute, ist erst der Anfang!« Thea setzt ihr finsterstes Grinsen auf.

»Da musst du schon selbst draufkommen, *was* da im Essen war.«

Dann hebt sie ihr Sektglas und prostet Nina zu.

»Du könntest natürlich auch Michael fragen, aber ich fürchte, der wird nicht mehr kommen. Wie schon gesagt, er ist sicherlich ganz plötzlich in etwas völlig Unerwartetes hineingeraten ...«

LINSENSUPPE

Er weiß es nicht genau.

In letzter Zeit weiß er eigentlich gar nichts mehr. Wenn man ihn sieht, denkt man, was für ein starker Mann. Er ist fast zwei Meter groß, hat eine kräftige Statur und noch immer volles Haar, trotz seiner neunundsechzig Jahre. Der starke Heinrich. Aber keiner blickt in ihn hinein.

Er ist im Ruhestand, macht viel im Garten und er kümmert sich um das Finanzielle. So hat es Rosa immer gesagt. Heinrich, der macht das, Heinrich, der weiß sowas. Aber jetzt weiß Heinrich nichts mehr. So, als hätte er von heute auf morgen Alzheimer bekommen. Er weiß nicht, wann er morgens aufstehen soll. Und wenn er aufgestanden ist, weiß er nicht, ob er sich erst anziehen oder erst frühstücken soll. Und was er anziehen soll oder was er frühstücken könnte, weiß er auch nicht. Und wofür soll er sich überhaupt etwas anziehen. Für wen denn! Und Appetit verspürt er auch nicht. Also wofür frühstücken? Warum nicht einfach den ganzen Tag im Bett bleiben? Aber am Ende zieht er sich dann doch etwas an und macht sich eine Scheibe Toast, von der er einmal abbeißt. Für Rosa. Weil Rosa es so gewollt hätte. Und weil Rosa auch gewollt hätte, dass er sich weiterhin um den Garten kümmert, geht er raus, schneidet ein paar Äste, mäht den Rasen, gießt die Rosen. Rosas Rosen. Und weil er danach wirklich nicht mehr weiß, was er tun soll, setzt er sich vor den Fernseher und stellt irgendeinen Sender ein. Dann schließt er die Augen und fühlt sich weniger allein. Am frühen Nachmittag schaltet er das Gerät aus. Rosa hätte es nicht gut gefunden, wenn man mittags schon vor der Glotze sitzt. Die Glotze, so hatte Rosa den Fernseher immer genannt. Früher den Röhrenfernseher, später den Flachbildschirm. Für sie war es immer nur die Glotze.

Heinrich weiß nicht, ob er einkaufen muss. Er schaut in den Kühlschrank. Zwei Eier, etwas Butter, eine harte Scheibe Käse. Milch. Der Kaffee ist leer, das Brot schimmelig. Rosa hätte gewollt, dass Kaffee im Hause ist. Ein Kaffee wäre gut, denkt Heinrich und dann geht er einkaufen und kauft Kaffee. Und zwei Äpfel. Weil Rosa immer gesagt hat, dass ein Apfel am Tag den Arzt away keepen würde. Oder so ähnlich. Heinrich weiß nicht genau, was das heißt. Es ist ihm auch egal. Aber er ahnt, dass Rosa damit meinte, dass Äpfel gesund seien. Äpfel sind gesund. Davon war Rosa überzeugt. Auch dann noch, als sie längst krank war.

Heinrich steht vor dem Kühlregal und überlegt. Er könnte sich ein Fertig-Sandwich kaufen. Thunfisch, Gouda oder Schinken stehen zur Auswahl. Rosa hätte das nicht gefallen. Sie fand, man müsse sich gesund ernähren, sich genug bewegen. Aber jetzt war sie einfach nicht mehr da. Trotz aller Äpfel und trotz aller Bewegung. Sie war nicht mehr da!

Anfang des Jahres war sie noch bei ihm. An Silvester hatte Rosa den Vorsatz gefasst, dass sich Heinrich im neuen Jahr gesünder ernähren müsse. Er fand das eigenartig, dass seine Frau für ihn gute Vorsätze fasste. Heinrich hielt nichts von Vorsätzen. Aber er wusste, dass Rosa es nur gut meinte. Ok, hatte Heinrich gesagt. Und dann hatten sie mit einem Glas Sekt angestoßen. Und dann war Silvester und Neujahr vorbei und der Januar auch. Der Winter ging und im Frühjahr kamen die Krokusse und Rosas Bauchschmerzen.

Heinrich solle an den Frühjahresputz denken, sagte sie. Rosa lag in Zimmer 4, Station 7. Wenigstens ein bisschen solle er an den Frühjahrsputz denken und ans Obstessen und an Proteine und genug trinken und auch einmal spazieren gehen. Heinrich hatte genickt. Ja, ja, der Frühjahrsputz. Natürlich war das auch wichtig, dachte Heinrich. Damit nicht alles so unordentlich ist, wenn Rosa wieder nach Hause kommt.

In den Tagen danach hatte er nicht geputzt. Er hatte weder Obst noch sonst etwas gegessen. Er trank nur wenig. Er saß Tag und Nacht an Rosas Bett. Rosa kam nicht mehr nach Hause. Plötzlich war sie nicht mehr da.

Heinrich entscheidet sich für zwei Sandwiches mit Gouda. Er ahnt, dass er mindestens eines davon, irgendwann verschimmelt, wegwerfen würde. Seit Rosa nicht mehr da war, ist Heinrich dünner geworden. Er sieht zwar noch immer kräftig aus, aber schon etwas weniger kräftig als früher. Er löst sich langsam auf. Vielleicht verblasst er Stück für Stück und ist eines Tages unsichtbar. Er wünscht sich seine Frau zurück. Er überlegt, ob er ihr nicht einfach folgen kann.

Am späten Nachmittag klingelt Martha. Martha wohnt nebenan. Sie wolle mal nach Heinrich schauen und habe eine Suppe gekocht; ob er vielleicht eine Portion wolle. Heinrich will keine Suppe. Er nimmt sie trotzdem. Er bedankt sich. Heinrich ist höflich. Bei ihrer allerersten Verabredung hatte Rosa ihn einen Gentleman genannt.

Ob sonst den Umständen entsprechend alles in Ordnung sei, fragt Martha. Heinrich nickt und zuckt mit den Schultern. Er weiß es nicht. Natürlich ist nichts in Ordnung. Alles ist in Unordnung. Dabei wollte Rosa doch, dass er ein bisschen Frühjahrsputz macht, damit eben nicht alles in Unordnung ist, wenn sie wieder-kommt. *Aber sie kommt ja nicht wieder!* Martha berührt ihn leicht am Arm. Wird schon wieder, soll die Geste wohl heißen. Eine Geste des Trosts. Heinrich kann sowas aber nicht fühlen, weil er nichts mehr fühlen kann. Nicht einmal sich selbst. Keinen Hunger, keinen

Durst. Nur noch Leere und Schmerz. Für etwas anderes gibt es keinen Platz.

Heinrich schüttet Marthas Suppe in den Ausguss. Weil die Suppe stinkt. Nein, sie stinkt nicht. Es ist Linsensuppe. Mit Würstchen. Und der Geruch erinnert ihn an Rosas Linsensuppe. Und deshalb muss die Suppe und der Geruch von Linsensuppe weg. Sonst tut es noch mehr weh.

Alles erinnert ihn an Rosa. Das Stück Seife im Bad, mit dem sie sich noch vor ein paar Wochen die Hände gewaschen hatte. Ihre Haarbürste. Es war der Morgen, an dem er sie ins Krankenhaus gefahren hatte. Rosa hatte sich die verbliebenen Haare noch einmal gekämmt. Den Rest hatte ihr die Chemo genommen. Sie nahm die Bürste nicht mit. Vielleicht weil sie dachte, dass es sich nicht lohnen würde. Oder *nicht mehr* lohnen würde? Nur ein paar Haare von ihr sind Heinrich geblieben. Auf dem Esstisch liegt eine aufgeschlagene Zeitung mit einem angefangenen Kreuzworträtsel. Rosa wollte es fertig machen, wenn sie wieder da wäre. Heinrich räumt die Zeitung nicht weg. Man kann die Staubschicht deutlich sehen.

Im ganzen Haus riecht es nach ihr. Besonders im Schlafzimmer. Gläser und Tassen, aus denen sie getrunken hat und nie wieder trinken wird. Ihr geliebtes Sofa. All die Bücher. Zwei Karten für ein Konzert, das sie besuchen wollten und die längst verfallen sind.

Heinrich reißt alle Fenster auf. Er muss den Geruch der Suppe rauslüften. Ansonsten kann er die Augen nicht schließen. Wenn er jetzt die Augen schließen würde, würde er ein Klappen hören und fest der Überzeugung sein, Rosa werkelt in der Küche und ruft ihn gleich zum Essen. Es gäbe Linsensuppe. Raus mit dem Geruch! Durch die geöffneten Fenster dringen Sonnenstrahlen. Bald schon steht der Herbst vor der Tür. Man müsse öfters mal die Sonne reinlassen, hatte Rosa immer gesagt. Nicht nur durch die Fenster, auch in sein Herz. Sonst geht das nicht mit dem Leben. Sonst geht alles kaputt, auch ein Herz. Und Heinrich weiß, dass sein Herz kaputt ist. Aber er beschließt, jetzt öfters die Sonne hereinzulassen. Zumindest durch die Fenster.

Die Abende sind lang. Sehr lang. Am Abend fehlt Rosa am meisten. Sie fehlt natürlich in *jeder* Sekunde, aber am Abend immer noch ein Stück mehr.

Morgens will Heinrich nicht aus dem Bett, abends nicht ins Bett. Er weiß, warum.

Er schält einen Apfel und isst dann sogar ein ganzes Sandwich. Das Sandwich ist gar nicht so schlecht, wie Rosa immer gesagt hat, denkt er. Jetzt erinnert ihn schon ein Gouda-Sandwich an Rosa.

Dann beschließt er noch einmal rauszugehen. Draußen ist es angenehm kühl. Tagsüber klettert das Thermometer auf dreißig Grad. Die Nächte sind angenehmer. Heinrich geht in die Garage.

Fahrradfahren. Darauf hätte er jetzt Lust. Dann fällt ihm das Skateboard auf. Lenny muss es hier vergessen haben. Er nimmt das Skateboard und stellt sich drauf. Es wackelt, aber Heinrich hält das Gleichgewicht. Dann geht er mit dem Skateboard zur Straße. Es ist dunkel, keiner sieht ihn. Dann setzt er einen Fuß auf das Board und gibt mit dem anderen leicht Schwung. So wie er es bei seinem Enkel gesehen hat.

Die Straße ist leicht abschüssig. Das Fahren fällt Heinrich erstaunlich einfach. Im Haus schweigt die Leere. Da tobt der Schmerz. Aber hier draußen in der Nacht, denkt Heinrich, ist es anders. Er spürt den kühlen Fahrtwind. Das einzige Geräusch sind die Rollen des Skateboards. Rosa hat gesagt, man müsse sich genug bewegen. Und Heinrich rollt. Zum ersten Mal seit so vielen Wochen spürt er so etwas wie Leben in sich. So, als ob etwas zurück an die Oberfläche will, was Heinrich längt verloren glaubte. Er weiß, dass es noch eine Ewigkeit dauern wird, bis er das Gefühl greifen kann, aber dieser Moment auf dem Skateboard ist ein Anfang. Vielleicht ein Hoffnungsschimmer. Rosa hätte das gemocht. Und dann kommt er doch noch aus dem Tritt. Er verliert das Gleichgewicht und fällt. Das Board rollt noch etliche Meter weiter. Heinrich liegt auf der Straße. Sein Bein tut weh. Er lacht.

Er nimmt das Skateboard unter den Arm und humpelt um die nächste Straßenecke. Dort ist das Lokal, in dem er mit Rosa oft war. Meist, um eine

Kleinigkeit zu essen. Oft waren sie mit gemeinsamen Freunden hier zu Gast. Es wurde getrunken und bis in die Morgenstunden gelacht und geredet. Heinrich starrt durch die hohe Fensterscheibe in das Lokal. Es ist schon spät. Der Laden ist wie ausgestorben. Nur noch ein letzter Gast ist da. Er scheint einsam zu sein. Für einen Moment überlegt Heinrich, ob er hineingehen und dem Mann Gesellschaft leisten sollte. Der Mann sieht zu Heinrich. Seine Augen sind todtraurig, denkt er. Synchron heben beide zaghaft die Hand. Der Mann, der ihm aus dem Lokal zuwinkt, ist er selbst. Im Halbdunkel und mit dem ungewohnten Bart hatte er sein Spiegelbild kaum wiedererkannt.

Martha fragt, ob er letzte Nacht auf der Straße mit *diesem Ding* herumgefahren sei. Heinrich sagt, ja. Und Martha sagt, na ja, wenn es dir hilft. Dann fragt sie, wie ihm die Linsensuppe geschmeckt hätte. Heinrich übergibt ihr den gesäuberten Topf und sagt, die Suppe habe gutgetan.

Am Mittag geht er zu Rosas Grab. Der Friedhof hat in den Mittagsstunden ein freundliches Gesicht. Er lässt die Sonne rein. Heinrich berichtet Rosa vom Skateboardfahren. Er erzählt ihr vom Sandwich, von der Linsensuppe und von ihren geliebten Rosen. Und natürlich davon, dass er sie schrecklich vermisst. Jede Sekunde. Und er fragt sie, wann der Schmerz endlich vorbei sein oder wenigstens weniger werden würde.

Er fragt, wie soll das alles weitergehen? Ohne dich! Kannst du mir das mal verraten? Aber Rosa hat keine Antwort darauf. Auf ihrer Beerdigung waren über einhundert Trauergäste. Heinrich hatte nur die Wenigsten gekannt.

Auf dem Weg zurück denkt Heinrich, dass keine Antwort auch eine Antwort ist. Wenn Rosa ihm nicht antwortet, dann muss er es selbst herausfinden. Das ist die Antwort.

Die Leere neben ihm würde immer wehtun. Das weiß er schon jetzt. Die Leere, die Trauer und alle anderen Dinge, die gekommen sind als Rosa gegangen ist. Er muss lernen mit all dem zu leben. Auch mit der Einsamkeit. Er wird diese Dinge nie mögen, aber er wird lernen sie zu akzeptieren. Und vielleicht lässt der Schmerz ja eines Tages wenigstens ein bisschen nach. Aber bis dahin dauert es noch lange. Sehr, sehr lange. Sowas braucht Zeit. Und das ist bestimmt auch in Ordnung so. Und bis es soweit ist, geht Heinrich wieder in sein Schneckenhaus, auch wenn er es lieber als seinen Laubhaufen bezeichnet. Ein Igel im Laubhaufen. Das mit dem Igel gefällt ihm. An das Schneckenhaus klopft ständig jemand an. Ein Igel aber hat Stacheln.

Was war ihre Frau für ein Mensch? Was machte sie aus? Was machte sie besonders? Heinrich zuckte bei den Fragen des Pastors nur mit den Schultern. Tja, wer war sie. Was sollte der Pastor in seiner Trauerrede über sie sagen? Und: war es überhaupt wichtig. Ein guter Mensch, hatte Heinrich schließlich gesagt. Ein sehr guter Mensch, der beste Mensch, den ich kenne. Sie war eine Mutter, sie war meine Ehefrau. Sie hat sich um andere gekümmert. Das war schon immer so. Sie hat eine Ausbildung in der Finanzverwaltung gemacht. Da war sie noch keine achtzehn. Aber sie hat es gehasst. Zahlen waren nicht gerade ihre Leidenschaft. Später hat sie dann Steuererklärungen beim Finanzamt geprüft. Sie aber hatte sich schon immer mehr für die Menschen hinter den Zahlen interessiert. Bei keiner Steuererklärung hatte sie etwas zu beanstanden. Im Gegenteil. Wenn sie aufgrund der Zahlen und Daten ahnte, dass der Mensch dahinter es im Moment vielleicht nicht gerade leicht hatte, mogelte sie noch die ein oder andere Zahl hinzu, damit die Steuererstattung höher ausfiel. Ich verteile die Steuergelder nur ein bisschen um, hatte sie mal gesagt. Das merkt doch keiner und schadet niemandem. Und dann merkte es eines Tages doch jemand und Rosa verlor den Job. Und dann kam Mia und als Mia zur Schule ging, ging Rosa auch noch einmal zur Schule. Sie begann ein Studium der Sozialwissenschaften, aber selbst das empfand sie noch als viel zu realitätsfern. Damit ist doch keinem geholfen, sagte sie und brach das Studium ab. Danach begann sie, älteren Leuten für ein paar Mark die Haare zu schneiden. Sie hatte es nie gelernt, aber wen interessierte das schon. Erst der Haarschnitt, dann eine Runde Halma oder Dame oder einfach nur eine Tasse Tee. Viel verdiente sie damit nicht, aber es machte sie irgendwie glücklich. Ich glaube, sie wollte einfach immer nur andere Menschen glücklich machen, sagte Heinrich. Das war ihr Ding. Genau wie all diese vielen Stunden, die sie auf der Straße verbrachte und sich um Obdachlose kümmerte. Manche Leute wollen auch einfach nur reden und ihr Herz ausschütten. Manche wollen gar nicht mehr. Man müsste ihnen nur einmal zuhören, sagte sie immer. So war Rosa. *So* ein Mensch war sie. Sie hatte sich immer mehr um andere und um ihre Rosen als um sich selbst gekümmert. Und einmal hat sie einen Nazi verprügelt.

Der Pastor sagte, was bitte? Ja, sagte Heinrich, da war so ein Nazi-Typ, so ein bedrohlicher Kerl. Einer ohne Haare, dafür mit diesen Stiefeln und Bierfahne. Und der Nazi ist mit Rosa in den vollen Bus eingestiegen. Und im Bus saß eine Frau, die hatte dunkle Haut. Und der Kerl mit der Glatze hat zu der Frau mit der dunklen Haut gesagt, steh auf, mach´ schon, für sowas wie dich gibt es hier keinen Platz. Als die Frau sich weigerte, packte dieser Trottel sie am Arm und zerrte sie von ihrem Sitzplatz. Und Rosa hatte das alles gesehen. Sie hatte ihren Schirm dabei. Und mit dem Schirm hatte sie dem Nazi dann eins über die kahlköpfige Rübe gezogen. Dann hat der Kerl die andere Frau losgelassen. Der Bus hielt an einer

Haltestelle und als sich die Tür öffnete, hob Rosa erneut ihren Regenschirm und sagte zu dem Nazi, dass er den Bus jetzt sofort verlassen solle. Und der Typ tat das dann auch. Er blutete ein bisschen an der Stirn. Dann haben die Leute im Bus geklatscht und die Frau mit der dunklen Haut hatte Rosa die Hand gegeben und *Danke* auf englisch gesagt.

Auch *so* konnte Rosa sein. Als sie mir davon erzählte tat ich so, als wäre ich empört und besorgt, weil sie sich in solche Gefahr begeben hätte und das Gewalt nie eine Lösung sei. Außerdem sei sie über sechzig. Aber insgeheim war ich wahnsinnig stolz auf meine Rosa. Sie hatte dann gesagt, ich verprügele diese Nazis auch dann noch, wenn ich über neunzig bin.

Der Pastor grinste hinter vorgehaltener Hand. Dann klappte er den Notizblock zu.

Vor einer halben Ewigkeit, er war gerade wieder ein Jahr älter geworden, hatte Heinrich etwas gedacht. Nur einen Moment lang. Dann aber hatte er den Gedanken weggewischt wie einen Kreidestrich auf der Tafel. Weil der Gedanke furchterregend und nicht zu ertragen war. Er wollte so etwas nicht denken. Auf gar keinen Fall. Aber der Gedanke kam wieder. Nach einer Weile schimmerte die Kreide wieder durch. Es war unumstößlich. Es stand fest. Von Anfang an. Entweder er würde vor Rosa oder Rosa würde vor ihm sterben.

Es gab nur diese zwei Optionen, von denen eine eines Tages Realität sein würde.

Entweder er stirbt und lässt Rosa allein zurück in der Welt oder sie stirbt zuerst. Das würde ihn brechen, ahnte er damals und sollte recht behalten. So oder so: die Angst ist da und grinste ihm aus der Zukunft entgegen. So oder so: es würde sehr schlimm werden.

Was das kleinere Übel wäre, konnte Heinrich damals nicht sagen. Er wollte es auch gar nicht. Beide Szenarien waren unerträglich. Am Ende gibt es eben kein Happy End. Ganz am Ende gibt es so etwas nie. Wer etwas anderes behauptet, kann Heinrich gestohlen bleiben.

Heinrich hat Angst vor dem Sterben. Schon als Kind hatte er diese Angst, die er sich nicht erklären konnte. Diese Angst vor dem Tod und dass sich die Erde danach einfach weiterdreht, obwohl er nicht mit mehr dabei war. Alle anderen würden einfach weitermachen; morgens aufstehen, den Tag leben und abends wieder einschlafen und dann wieder von vorne. Man würde Geburtstage und Weihnachten feiern. Dinge würden auf der Welt passieren und in den Nachrichten erwähnt werden. Die nächste Fußball-WM würde kommen und vier Jahre später wieder eine und vier weitere Jahre später noch eine … und immer so fort. All das ging einfach so weiter. Ohne Rosa, ohne ihn, und natürlich auch ohne Mia und Lenny. In seinem Kopf drehte sich der Erdball wie ein Ventilator.

Eines Tages würde es niemanden mehr geben, der sich an Heinrich erinnerte. Und warum auch? Das machte ihm Angst.

Es ist schon so viele Jahre her, als ihn all diese Gedanken in die Dunkelheit hüllten. Doch es kommt Heinrich so vor, als wäre ihm die Erkenntnis mit den zwei Möglichkeiten erst vor ein paar Tagen gekommen. Und auf einmal soll eine der beiden Sanduhren schon abgelaufen sein? Was hatte sich dieses beschissene Universum bloß dabei gedacht!

Und jetzt, da er weiß, wie es ist Rosa zu verlieren, wünscht er sich, es hätte ihn zuerst getroffen. Rosa hat das mit dem *nicht mehr am Leben sein* einfach nicht verdient. Nicht sie! Nicht seine Rosa.

Heinrich wählt Mias Nummer. Sie geht ran. Mia fragt, wie es ihm gehe und er fragt, wie es ihr gehe und was Lenny mache. Alles gut, sagt Mia, sollen wir am Wochenende vorbeikommen? Heinrich sagt, dass er noch immer ein bisschen allein sein möchte. Ich kann das mit dem Besuch noch nicht, sagt er, aber bald. Bestimmt, ganz bald. Er hält die Luft an und wischt sich eine Träne aus dem Augenwinkel. Lennys Skateboard ist noch in der Garage, sagt er.

Das nächtliche Skateboardfahren hilft ihm besser einzuschlafen. Er hat sich eine kleine Abendroutine aufgebaut. Erst isst er eine Kleinigkeit, danach geht er nach draußen und holt das Skateboard. Im Schutz der

Dunkelheit fährt er einmal um den Block; in letzter Zeit sogar, ohne hinzufallen. Dann geht er duschen, putzt sich die Zähne und legt sich ins Bett. Heinrich kann sich sogar vorstellen, demnächst vor dem Einschlafen noch ein paar Seiten in einem Buch zu lesen. So wie Rosa es immer gern gemacht hat. Sie hatte immer gesagt, das Lesen würde sie entspannen und besser einschlafen lassen. Vielleicht würde es Heinrich ähnlich ergehen. Wenn der Winter kommt, würde es mit dem Skateboardfahren nämlich schwieriger werden.

Im November wird er 70. Rosa wäre in zwei Wochen 65 geworden. Er weiß nicht, wie er ihren oder seinen Geburtstag begehen soll und ob überhaupt. Er weiß auch nicht, wie er Weihnachten überstehen soll oder Silvester und ob er in Rosas Sinne wieder einen Vorsatz fassen soll.

Er weiß nur, dass er auch den morgigen Tag so gut wie möglich leben wird. Und wenn er morgen früh wieder nicht weiß, ob er überhaupt aufstehen soll, dann ist das einfach so. Denn manchmal ist Nicht-Wissen wahrscheinlich auch einfach in Ordnung und eine Sache, die er akzeptieren darf.

Oder? Rosa?, denkt Heinrich. Vielleicht flüstert er es auch einfach in die nächtliche Stille. *Oder?*

Als der Winter kommt, holt Heinrich eine Katze aus dem Tierheim. Die Katze ist schon alt, hat nur ein Auge und braucht viel Zuwendung, hat die Pflegerin gesagt.

Und Heinrich hat gedacht, bis auf das Auge, trifft das auch auf ihn zu. Die Katze heißt Ronja. Auf den Tag genau vor sechs Monaten ist Rosa gestorben. Heute zieht Ronja ein. Sie macht es sich sofort auf Rosas Sofa bequem und schnurrt.

Auf den Tag genau sechs Monate ist es jetzt her. Ein halbes Jahr. Rosa war es in der Nacht schlecht ergangen. Heinrich hatte ihre Hand gehalten. Rosa hatte Schmerzen. Es sähe nicht gut aus, sagte ein Arzt. Sie würden ihr Morphium geben. Mehr könne man nicht tun. Eine andere Ärztin fragte, ob Heinrich schon an ein Hospiz gedacht habe. Heinrich konnte Rosa nicht leiden sehen und hielt trotzdem tapfer ihre Hand. Sie waren beide tapfer. In den Morgenstunden hatte sich Rosas Körper beruhigt. Sie schlief im Bett und Heinrich auf dem Stuhl an ihrer Seite, und hielt noch immer ihre Hand.

Als Heinrich aufwachte, schlief Rosa noch immer. Sie sah friedlich aus. Heinrich sagte der Ärztin, er wolle seine Frau in kein Hospiz geben. Sie hätte noch einmal nach Hause gewollt. Auch wenn er nicht geputzt hatte und alles in Unordnung sei. Aber sie hätte trotzdem nach Hause gewollt. Die Ärztin sagte, in Ordnung. Sie bespreche das mit den Kollegen und versprach, dass alles vorbereitet werden würde.

Rosa wollte nichts essen, doch der Pfleger überredete sie. Er sagte, wenn sie einige Löffel zu sich nehmen würde, dann dürfe sie mit ihrem Mann nach

Hause. Und dann hat Rosa brav den Mund geöffnet und sich wie ein Baby füttern lassen. Der Brei rann ihr aus dem rechten Mundwinkel wieder heraus. Heinrich schaute weg, so als gäbe es in der Zimmerecke etwas Spannendes zu sehen. Später erklärten ihm die Ärzte wie sie es machen würden und was er machen müsse, wenn Rosa zu Hause sei. Das sei alles sehr wichtig, denn Rosa habe starke Schmerzen, und auch wenn es ihnen leidtäte, es so sagen zu müssen, aber Rosa läge mehr oder weniger bereits im Sterben. Heinrich müsse sich darauf einstellen, dass es jederzeit sehr schnell gehen könne und Rosa von den Schmerzen erlöst werden würde.

Rosa flüsterte, Heinrich flüsterte.

Er verstand sie nicht. Sie war zu leise. Er hielt wieder ihre Hand. Er sagte, ich liebe dich. Sie sah ihn an, fast entspannt.

Heinrich musste unwillkürlich an das Hotel in Venedig denken. Niemand hatte davon gewusst. Rosa war mit Mia schwanger und sie waren einfach nach Venedig gefahren und hatten dort geheiratet. Und am Morgen nach der Hochzeit wachte Heinrich auf und Rosa sah ihn an. Sie lächelte. Es war ganz ruhig. Da waren nur sie und er und ihr Lächeln und durchs Fenster bahnte sich das Sonnenlicht seinen Weg in ihr Zimmer. Die Welt stand still. Es war einer dieser besonderen Momente, von denen man erst viel später weiß, dass es so ein Moment gewesen war. So ein Moment, der für immer bleibt.

Und für eine Sekunde waren Rosa und Heinrich nicht mehr Krankenzimmer, sondern wieder in diesem Hotel. Es war ruhig. Helles Licht. Sonne flutete den Raum. Sie lächelte. Das letzte Mal. Heinrich wollte ihr gerade erzählen, dass sie jetzt nach Hause fahren würden. Dann machte Rosas Kreislauf schlapp. Er sah das Weiße in ihren Augen. Die Geräte piepten. Es wurde laut. Mehrere Personen kamen ins Zimmer. Sie bewegten sich schnell. Sie fummelten an Rosa herum. Sie schoben Heinrich zur Seite. Sie fühlten ihren Puls. Heinrich konnte nur die Rücken der Pfleger sehen. Und dahinter, hinter diesen weißen Rücken, starb seine Rosa. Er konnte sie nicht sehen.

Nachdem Rosa gegangen war, durfte Heinrich noch einen Moment bleiben. Ein Pfleger öffnete das Fenster. Damit die Seele frei ist, sagte er. Gerade hatte Heinrich noch ihre Hand gehalten und jetzt flog Rosa also durch den schmalen Spalt aus dem Fenster. So ein Schwachsinn, hatte Heinrich bestimmt gedacht, aber auch das weiß er nicht mehr so genau. Möglicherweise ist sie ja wirklich da hinausgeflogen. An einen besseren Ort ohne Schmerzen. Der Ort, wo Engel fliegen.

Vom Rest des Tages weiß Heinrich nichts mehr. Will er auch nicht. Hatte er zu Hause übernachtet oder hatte Mia ihn mitgenommen? Hatte er geweint oder nur vor sich hingestarrt. Er weiß es nicht. Vielleicht hat dieses ganze mit dem Nicht-Wissen an diesem Tag, vor genau sechs Monaten, begonnen. Sechs Monate, die ihm nicht wie ein ganzes halbes Jahr erscheinen.

Ronja schnurrt auf dem Sofa. Heinrich fühlt sich ein bisschen weniger allein und vielleicht kommt jetzt auch die Zeit, in der er weniger allein sein will. Vielleicht kommt jetzt die Zeit, in der das mit dem Besuch wieder erträglich wird. Und in all seinem Nicht-Wissen, in all seinem Nicht-Mehr-Wissen-Wollen, weiß er dann plötzlich doch eines ganz genau; dass Rosa es so gewollt hätte. Er kann ihre Stimme hören. Sechs Monate Schneckenhaus sind ok, aber nun raus da. Stück für Stück, jeden Tag ein bisschen. Los, du oller Kauz! Und er weiß, dass Rosa recht hat. Weil sie immer recht hat. Weil Obst und Bewegung auch dann noch gesund sind und bleiben, wenn man selbst krank ist.

Er sieht sie lächeln. Sie ist überall gleichzeitig, an jedem Ort. Sie ist in Venedig und hier bei ihm im Raum. Sie ist um ihn herum und in ihm drin. Sie ist im Garten bei ihren Rosen, sie ist bei Mia und Lenny und auf den Straßen, bei ihren Freunden und in allen Bussen dieser Welt, um dämlichen Nazis mit ihrem Regenschirm eins über die Rübe zu ziehen. Sie ist auf Reisen. Sie ist vorgegangen. Aber sie ist nie weg und sie bleibt an seiner Seite. Für immer.

Als Mia und Lenny am darauffolgenden Wochenende vorbeikommen, reden sie viel, meist über Rosa. Das tut eigenartigerweise gut, denkt Heinrich. Manchmal vergießt jemand die ein oder andere Träne, manchmal weinen sie zusammen. Aber meistens lachen sie, wenn sie von Rosa erzählen.

Heinrich zeigt Lenny, dass sein Opa nun auch Skateboardfahren kann. Und obwohl er so viel geübt hat und die letzten Male sicher auf dem Board stand, kommt er ins Straucheln und fällt. Lenny lacht und Mia schlägt sich die Hand vor den Mund und ruft, mein Gott, Papa! Und dann lacht auch Heinrich und dann lachen alle und dann gibt es Pfannkuchen mit Sirup.

Heinrich ist nach fünf Pfannkuchen pappsatt, auch wenn Lenny wieder einmal *einen mehr* als Opa und Mama geschafft hat.

Am Sonntag fragt Mia, ob Heinrich an Weihnachten nicht zu ihnen kommen möchte. Er könne über die Feiertage und bis ins neue Jahr bei ihnen bleiben. Das wäre schön. Und Heinrich sagt, dass er es nicht wisse. Schließlich hat sich das mit dem Nicht-Wissen noch nicht geklärt. Also sagt er eben, wie es ist. Ich weiß es nicht. Erst schaut Mia ihn traurig an. Doch dann hellt sich ihre Miene auf. Denn der Satz geht noch weiter.

»Ich weiß es nicht … aber ich glaube schon. Ja, ich glaube schon.«

UNTERSCHIEDLICH

Eigentlich mache ich mir nichts aus den Beatles. Nicht viel jedenfalls. Tolle Band, tolle Songs, legendär und so weiter, bla, bla, bla. Ja, mag alles sein. Aber davon gibt es viele. Zu viele. So viele, dass ein einziges Leben gar nicht ausreicht, um alles, aber auch wirklich alles, was richtig gut ist, hören zu können. Gebührend hören zu können. Nicht oberflächlich, sondern ganz intensiv. So, wie man früher Musik gehört hat. Damals, als Kind, als Jugendlicher, als man schon aufgrund seiner limitierten Sammlung notgedrungen intensiver gehört hat. Rauf und runter, jede gute Platte; bis man alle Texte mitsingen konnte; bis man sämtliche Songs voller Inbrunst mit Luftgitarren und Schlagzeug begleiten konnte.

So müsste man das ganze unglaubliche Zeug konsumieren. Ausgiebig. In vollen Zügen. Genießen. Jeden Akkord zelebrieren. Sich jeden Ton in den Ohren zergehen lassen. So und nicht anders. Einfach alles. Aber keiner kann das. Es gibt einfach zu viel davon. Zuviel des Guten.

Musik ist vielleicht die einzige Sache auf der Welt, von der es zu viel des Guten gibt. Im Überfluss. Natürlich trifft das auch auf die Liebe zu. Liebe ist genauso unendlich, grenzenlos. Aber Liebe tut auch weh. Musik nicht. Musik ist selbst dann noch da, wenn die Liebe dich schon längst zerrissen hat.

Das Leben ist ohnehin zu kurz. Und definitiv zu kurz dafür, um sich zu viel aus den Beatles zu machen. Zu kurz, um sich nur auf eine einzige Band, einen einzigen Künstler zu fokussieren. Die Interpreten sollten wie Unterhosen sein. Sie können dich jahrelang begleiten, aber man sollte sie täglich wechseln. Immer nur die Beatles hören, ist wie jeden Tag den gleichen ollen Schlüpper zu tragen.

Und trotzdem sind es gerade die Beatles, die genau in diesem Moment mit nur einem einzigen Song die Unterschiede zwischen uns gnadenlos offenlegen. Zumindest glaube ich das.

Ich liege auf dem Sofa. Auf dem Rücken. Die Hände über dem Bauch verschränkt. Ich bin entspannt. Man, was bin ich in diesem Augenblick entspannt. Entspannter geht es gar nicht mehr. Ich bin sogar entspannter als entspannt. Wäre ich noch entspannter, wäre ich tot. Ich liege einfach nur da, denke an Musik und Unterhosen und daran wie entspannt ich bin. Und dann läuft eben dieser eine Song von den Beatles.

Day Tripper.

Und nach dem ersten Refrain werden mir plötzlich all diese Unterschiede zwischen uns bewusst. So *richtig* bewusst, meine ich. Die Erkenntnis schlägt ein wie ein kilometergroßer Asteroid. Da ist eine richtige Kluft zwischen uns. Ein Krater, so tief wie der Marianengraben und so weit wie der Atlantik. Und du bist irgendwo da hinten. Ganz weit hinten. Ein kleiner Punkt, ein Pünktchen. Irgendwo am Horizont. So weit weg, dass ich dich schon gar nicht mehr sehen kann; oder vielleicht auch noch nie sehen konnte.

Day Tripper. Das Lied. Unsere Unterschiede. Zu viele Unterschiede, eigentlich *nur* Unterschiede, keine Gemeinsamkeiten. Und die Musik ist der beste Indikator dafür.

Du hörst ja so gar keine Musik. Selten, sehr selten. Und wenn, dann nur Radio. Und nur im Auto. Notgedrungen. Weil du auf den Verkehrsfunk achten musst. Da du aber so wenig Auto fährst, wundert es mich, dass du überhaupt weißt, wo man das Radio einschalten kann.

In deiner Wohnung hast du kein Radio. Keinen Plattenspieler. Natürlich auch keine Platten.

Platten hab´ ich höchstens mal im Fahrradreifen, hast du gewitzelt. Aber das war nicht komisch. Nicht einmal annähernd. Das war traurig. Fast abstoßend.

Du hast keinen CD-Player. Und natürlich auch keine CDs. Keinen mp3-Player, keinen iPod. Keine Kopfhörer. Ein alter Walkman oder ein Discman aus alten Jugendtagen? Kassetten? Fehlanzeige. Nix. Gar nix.

Kein einziger Gegenstand, der auch nur annähernd dazu im Stande wäre einen Ton Musik wiederzugeben. Du besitzt nichts dergleichen; du hast sowas alles nie besessen; und wahrscheinlich wird das auch immer so bleiben. Schrecklich. Selbst Taube hören mehr als du.

Und wenn der Nachbar die Musik mal zu laut aufdreht, hämmerst du mit deiner kleinen Faust unrhythmisch und frustriert und böse gegen die Wand. Dir fehlt einfach das Taktgefühl. Auf allen Ebenen.

Disko, Kneipen, Partys. Machst du alles nur sehr selten. Mittlerweile eigentlich gar nicht mehr. Vielleicht hast du eine Musikallergie. An der Musik würde es nicht liegen; das wäre ja Unsinn, hast du gesagt. Eher an den ganzen Menschen. An den Massen. Zu viele schwitzende Leute auf einem Haufen. Zu viele Idioten, Alkohol, Zigarettengestank, sinnlose Gespräche. Dass die Musik dann meistens auch noch scheiße ist, wäre nur das i-Tüpfelchen. Aber im negativen Sinne.

Musikalisch wird es bei dir nur, wenn dein Handy klingelt. Aber meist ruft dich sowieso keiner an. Auf deinem Smartphone befinden sich dreiundsiebzig Apps, hast du mal gesagt. Darunter ist aber keine einzige App, die Musik abspielen könnte. Das klang fast so, als ob du stolz darauf wärest. Und ein Musikinstrument hättest du auch noch nie in der Hand gehabt. Schrecklich, schrecklich, schrecklich, denke ich und kratze mich zwischen den Beinen. Ein Leben ohne Musik. Wie machst du das nur? Wie kann man so leben? Wie kann man so *über*leben?

Auf einem Konzert oder einer anderen musikalischen Liveveranstaltung warst du auch noch nie. Kein Konzert, keine Oper, kein Musical. Wenn du an einem Straßenmusiker vorbeikommst, machst du einen weiten Bogen. Und dann summst du apathisch vor dich hin, damit du bloß nichts hören musst. Ein monotoner Summton ist das. Melodien kennst du ja nicht.

Das geht doch alles gar nicht. Ich könnte das nicht. Auf gar keinen Fall. Ein Kieselstein ist musikalischer als du.

Wir sind wahnsinnig unterschiedlich. Wir sind so unterschiedlich, wie es unterschiedlicher schon gar nicht mehr geht.

Wenn ich *Day Tripper* höre, denke ich an die Beatles. Du denkst bei *Day Tripper* wahrscheinlich an eine 24-stündige Geschlechtskrankheit.

FRITTENBUDE
D´AMOUR

Regina beschleunigt.

Das englische Gegröle des offensichtlich volltrunkenen Obdachlosen macht ihr Angst. Die Zeilen stammen von den *Supremes*. Glaubt sie zumindest. Wie heißt der Song noch? Baby Love? So gut kennt sie sich mit Musik nicht aus. Warum singt der Kerl, sobald sie an ihm vorbeikommt? Glaubt er, dass er so auch nur einen müden Cent mehr bekommt? Und in die Hose gepisst hat er sich auch. Ekelhaft. Er könnte Regina fast leidtun, wenn er nicht so unangenehm penetrant wäre. Er ist einfach aufgesprungen und hat angefangen zu singen. Wenn man es denn überhaupt *singen* nennen kann. Vielleicht hätte sie sogar etwas Geld erübrigen können. Aber so?

Dreißig Sekunden später kann Regina ihn nicht mehr hören. Während sie um die nächste Straßenecke biegt, blickt sie flüchtig über ihre Schulter. Er hat sich wieder hingesetzt. Fast kommt es ihr vor, als hätte sie sich alles nur eingebildet.

Na klar, Regina! Du hast es dir eingebildet, weil du es dir insgeheim wünschst, von einem Obdachlosen in vollgepissten Hosen angemacht zu werden. Und alles nur, weil du einfach überhaupt mal wieder angemacht werden

willst. Egal, von wem oder was. Hauptsache irgendjemand
nimmt dich wahr. Oder? Oh ja! Natürlich! Ganz bestimmt.
Du bist ja so einsam, so verzweifelt und keiner fickt dich.

»Halt' deinen Mund!«

Ja, ja, schon gut, schon gut.

Als sie zu Hause ankommt, räumt sie zuerst das Bier
in den Kühlschrank. Wenn schon aus PET-Flaschen,
dann wenigstens kalt, denkt Regina. Dann gießt sie sich
ein großes Glas Sekt ein und macht den Fernseher an.
Was ist nur aus den guten alten Talkshows der
Neunziger geworden? Notgedrungen sieht sie sich
deshalb das Ende vom Morgenmagazin an. Besser
solche als gar keine Gesellschaft. Mit gleicher
Begründung könnte sie auch mit ein paar Flaschen Bier
runter, zu diesem singenden Obdachlosen, gehen.

Ja. Vielleicht macht sie das. Später. Wenn sie ihren
Pegel hat.

Du hast es ja echt nötig, Regina.

»Du sollst deinen Mund halten!«

Auto, wie Reginas Katze hieß, war vor wenigen
Wochen verstorben. Seitdem ist es schlimmer
geworden. Die Einsamkeit, das Trinken und alles
andere auch. Regina denkt in letzter Zeit wieder
häufiger an Gertrud. Auch Gertrud ist mittlerweile tot.
Sie war mehr eine Campingplatz-Bekanntschaft als eine
Freundin. Eine sinnbefreite Urlaubsbekanntschaft wie
sie jeder kennt. Nicht mehr und nicht weniger. Gertrud

hatte auch getrunken. Und sie hatte mit Reginas Mann Rolf eine Affäre. Als Regina davon erfuhr, hat sie ihn verlassen. Seitdem ist Rolf auch tot. Zumindest für sie. Und obwohl Regina sich bereits vorher wie in einer stetigen Abwärtsspirale gefühlt hatte, so hat sie nun das Gefühl, gänzlich am Ende zu sein. Tiefer kann sie eigentlich nicht mehr fallen, denkt sie manchmal. Ein Denken, was vielmehr auch ein Hoffen ist.

Regina kommt einer von diesen dämlichen Sprüchen in den Sinn: *Meine Familie war im Urlaub und das Einzige, was sie mir mitgebracht haben, ist dieses lausige T-Shirt ...*

Welche arme Sau wohl auf die Idee mit diesem T-Shirt-Spruch kam? Wahrscheinlich irgendjemand, dessen gesamte Familie ohne ihn Urlaub gemacht hat. Klar. Aber warum wohl? Vielleicht war dieser jemand so unausstehlich, dass man ihn in der schönsten Zeit des Jahres nicht dabeihaben wollte? Es war bestimmt ein ER. Vielleicht ein in den Keller gesperrter Mann. Oder es war so ein Kevin-allein-zu-Haus-Junge. Ein kleiner Junge, den man, vielleicht sogar absichtlich, zu Hause vergessen hat. Und dann: ab in den Urlaub! Zwei Wochen ohne Kind und Kegel! Herrlich. Der Kevin im Film hat die paar Tage schließlich auch überlebt. Aber da das Leben nun einmal kein Film ist, ist der Junge in der Realität ohne Familie einfach komplett irregeworden und hat sich T-Shirt-Sprüche ausgedacht.

Regina war früher immer mit der ganzen Familie im Urlaub. Obwohl, *Urlaub* konnte man es eigentlich nicht nennen, wenn man mit vier Kindern jedes Jahr in einem Campingmobil an der Ostsee hockt. Regina hatte es beinahe den Verstand gekostet. Von einem richtigen Urlaub konnte sie nur träumen. Selbst jetzt. Aber sie wusste, dass sie niemals Urlaub machen würde. Jetzt nicht mehr.

Ich war mit meiner Familie im Urlaub und das Einzige, was wir mitgebracht haben, ist eine zerstörte Ehe.

Zum Glück sieht Tobias hin und wieder nach ihr. Ansonsten würde Regina sehr wahrscheinlich den ganzen Tag nur im Schlafanzug oder nackt in der Wohnung hocken. Nur zum Bier holen würde sie sich was überziehen. Ist ja nicht weit bis zum Supermarkt. Eine Strickjacke würde genügen. Die Frau in Strickjacke und Pyjamahose, würde man sie nennen. Und wahrscheinlich wäre es ihr egal. Nicht von Anfang an, nein. Aber mit der Zeit wäre es ihr egal geworden. Die Fertige, die Alkoholikerin, die Säuferin. Aber all diese Namen hätten keine Bedeutung für Regina. Denn Regina gehört nicht mehr dazu. Aber weil sie nicht weiß, wann Tobias kommt und auch, weil sie jeden Tag zum Supermarkt geht, zieht sie jeden Tag ihre ausgebeulte und mittlerweile vier Nummern zu große Jeans an. Regina hat stark abgenommen. Sie muss aufhören mit dem Trinken, sie muss mehr essen.

Sie muss zurück an die Oberfläche. Sie muss zurück ins Leben. Sie muss ganz einfach. Aber sie will nicht. Sie will nicht, weil sie nicht kann. Wie denn? Wo denn? Wo ist denn das Leben? Wo ist die Oberfläche? Wo ist oben? Regina weiß nur eines: da, wo sie ist, ist unten. Aber wo genau ist oben? Wo? Oben ist nicht die Zimmerdecke über ihr, oben ist auch nicht die Wohnungstür und oben ist auch nicht, wenn man vom Balkon springt und hofft, das Genick würde beim Aufprall brechen.

»Oben ist überall, nur nicht hier«, hat Tobias mal gesagt und Regina hat die Augen verdreht.

So viele Momente im Leben rauschen einfach nur an uns vorbei. Ungelebt. Ungelebte Momente, Minuten, Stunden, die zu Tagen, Monaten und Jahren werden. Sie fliegen vorbei wie Bäume und Felder an einem ICE-Fenster. Wir nehmen sie wahr, sehen sie jedoch nicht. Nicht richtig jedenfalls. Weil alles so schnell geht. Weil der Zug rast, weil die Zeit rast. Unser Leben rast. Wir sind der ICE, der von A nach B und dann wieder zurück nach A pendelt. Er hat kein wirkliches Ziel. Es ist ihm egal. Er fährt und fährt. Erst hier hin, dann dort hin. Er fragt auch nicht mehr. Nicht nach dem Sinn und auch nicht, ob das wirklich alles so sein muss, wie es ist. Er muss immer nur seinen nächsten Bahnhof erreichen. Schnellstmöglich. Ein Zuhause kennt er nicht. Er ist ein ICE, und ein ICE macht das eben so, wie ein ICE das machen muss. Ein ICE hat keine Zeit für Blumen, Felder, Bäume und das Leben da draußen. Er muss funktionieren. Und wenn er nicht mehr funktioniert, ist er wertlos. Und wenn er entgleist, dann erst recht. Das kann man kaum noch reparieren. Ein ICE muss eben so funktionieren wie es die Menschen von ihm erwarten. Er muss pünktlich sein, halten, was er verspricht, er muss Geborgenheit bieten und Essen und Trinken am Platz, im Winter Wärme und im Sommer funktionierende Klimaanlagen.

Regina starrt aus dem Fenster.

»Als Mutter bist du wie ein ICE.« Ihre Worte sind kaum mehr als ein Wispern, eine gelähmte Bewegung auf ihren trockenen Lippen mit Kaffeerändern in den Mundwinkeln. Ihre Gedanken sind klar und abgrundtief, ihr Blick verschwommen. Sie ist verträumt, müde, und versinkt immer mehr in ihren Zweifeln und der Erkenntnis, dass ihre Lebensbilanz auf eine Insolvenz hindeutet. Nicht zaghaft. Nein, die Zeit der kleinen Alarmsignale ist vorbei und die Grüße mit dem Zaunpfahl auch.

Jetzt ist die Zeit, wo jede Faser und jede Zelle ihres Körpers kreischt, dass sie verloren hat. Auf allen Ebenen. Geld, Liebe, Glück.

Bankrott. Sie ist bankrott.

Und mittlerweile weiß sie das auch. Früher hatte sie es nur vermutet. Heute ist sie sicher. Damals dachte sie noch, dass sie nur mal ein bisschen Urlaub, ein bisschen Entspannung und ein bisschen Zeit für sich bräuchte. Aber das war es alles nicht. Stattdessen hätte sie lieber die Reißleine ziehen sollen. Das Leben bietet schließlich immer eine Reißleine. Eigentlich sind es sogar zu jeder Zeit und in jeder Situation sehr viele Reißleinen. Optionen gibt es immer.

Die Einfachste heißt:

Tod - Kill yourself!

Die Schwierigste heißt:

Umdrehen - Neustart - Fuck yourself!

Um*drehen* statt um*bringen*!

Ein gutes Motto, denkt Regina.

Das sollte man mal auf ein T-Shirt drucken.

Regina hatte den Absprung verpasst. Zwar hatte sie sich nach fünfundzwanzig Jahren Ehe von Rolf getrennt, doch das war einfach nur eine der Reißleinen, durch die man vom Regen in die Traufe kommt. Und vielleicht war es ja auch tatsächlich immer so, dass es egal war, was man tat.

Alles ändert sich, doch die Scheiße bleibt. Sie verändert ihr Aussehen, ihren Namen; sie verstellt ihre Stimme und ihren Charakter, doch am Ende ist und bleibt sie die Alte. Die alte Scheiße. Die Steine im Magen, die Stimme im Kopf und das schwere Ausatmen, während man im Selbstmitleid zerfließt.

Vielleicht oder gerade deshalb hält es Regina für die beste Idee, sich wie Nicolas Cage in *Leaving Las Vegas* einfach totzusaufen. Nur eben mit weniger Las Vegas. Ihre Wohnung ist schließlich kein Vergnügungsdomizil mit grellbunten Lichtern, Glücksspiel und Party around the clock. Sie hat stattdessen Bier aus PET-Flaschen und das Morgenmagazin von ARD und ZDF. Vormittags genehmigt sie sich auch gerne einmal ein Fläschchen Sekt, lässt sich von *Volle-Kanne-Susanne* berieseln und nachmittags kommt *Sturm der Liebe*, und manchmal kommt eben auch Tobias. Und wenn er kommt, dann macht er meist die Deckenlampe im Wohnzimmer an. Die ist zwar auch grell, aber nicht bunt und Regina mag es lieber, wenn das Zimmer nur vom Flimmern des Fernsehers erleuchtet wird. Und jedes Mal sagt Regina dann zu Tobias, dass sie seit vier Tagen nicht mehr geschlafen hätte. Vier Tage. Es sind immer vier Tage. Und dann fragt Tobias jedes Mal, warum sie nicht schlafen kann, und Regina sagt dann, dass sie zwar schon können, aber gar nicht wollen würde, weil schlafen die größte Verschwendung von Lebenszeit wäre. Und deshalb könne sie das helle Licht *heute* auch nur schwer ertragen, deshalb muss *heute* ausnahmsweise der Fernseher als Lichtquelle reichen. Und wie jedes Mal sagt Tobias dann, dass sie mehr schlafen müsse und Schlaf sehr wichtig sei. Und wie jedes Mal denkt er dann, dass Regina dringend einen Entzug machen und wieder in die Spur finden muss.

Aber Regina will so etwas nicht hören und Tobias will so etwas nicht sagen. Und dann sagt er eben wie immer nichts und Regina kneift die blutunterlaufenen Augen zusammen und nuckelt an ihrer PET-Flasche. Dabei weiß Tobias es besser und Regina erst recht. Tobias denkt dann immer, dass es doch auch nicht normal wäre, solche Gespräche mit der eigenen Mutter zu führen.

Das mit dem Schlafentzug nennt sie manchmal *Kompensation*. Verlorene Lebenszeit wieder reinholen. Weniger schlafen, mehr leben, sagt sie. Und dann kichert sie, wird albern, zu albern. Weil man ohne Schlaf irgendwann plemplem und weich in der Birne wird. Der Alkohol trägt seinen Teil dazu bei. Und dann ist plötzlich alles zum Kichern. Aber nur für einen selbst. Wie Minderjährige, die zum ersten Mal nach zwei Zügen am selbstgebauten Joint high sind. Alles lustig, alles schön, alles butterweich. Regina gluckst vor sich hin und Tobias macht sich Sorgen.

Aber so etwas sagt man eben nicht. Nicht zu seiner Mutter. Mütter machen sich Sorgen um ihre Kinder und nicht umgekehrt. Oder? Tobias weiß es nicht.

Wann das mit der Schlaflosigkeit angefangen hat, will Tobias dann aber doch wissen. Und wie sie darauf käme, dass sie so mehr vom Leben hätte. Immer müde. Immer Blut in den Augen, immer glucksen, immer albern sein. Reginas Antwort ist kurz.

»Ich habe das Kind verloren«, sagt sie.

»Welches Kind?«, fragt Tobias.

»Mein Kind.«

»Aber ich bin doch dein Kind. Und die anderen auch. Du hast keinen von uns verloren.«

»Ich meine mein inneres Kind, Tobi. Das verstehst du nicht. Außerdem ist das Leben zu kurz für Schlaf.«

»Wenn du zu wenig schläfst, stirbst du früher. Am Ende ist es ein Nullsummenspiel, Mum.«

»Hör auf, mich *Mum* zu nennen. Wir sind hier nicht in irgendeiner verfickten amerikanischen Sitcom.«

Wenn ihre Wortwahl bereits am Vormittag so prekär ausfällt, lässt das auf eine rasantere Vernichtung des Biervorrates schließen. Sowohl davor als auch danach. Der Tag ist dann im Prinzip gelaufen. Nicht, dass Regina irgendetwas vom Tag zu erwarten gehabt hätte. Der frühzeitig hohe Pegel lässt vielmehr vermuten, dass sie heute mal wieder den Weg ins Bett nicht schaffen und irgendwann auf dem Sofa wegdämmern würde. Der Schlaf rettet sie vor einer Vergiftung und Schlimmerem. Zum Beispiel davor, einfach rauszugehen und auf der Straße was von den *Supremes* zu singen. Und am nächsten Morgen wird sie behaupten, sie habe wieder nicht geschlafen. Und irgendwie stimmt das ja auch. Denn der Schlaf im Vollrausch ist kein Erholungsschlaf.

»Ich bin kein Kind von Traurigkeit«, hatte Regina früher immer gesagt. Ein Kind von Fröhlichkeit war sie aber auch nie. Nicht in ihrem tiefsten Innern.

Auf alten Fotos sieht sie glücklich aus. Regina aber findet, sie sieht wie Regina aus. Was sagen Fotos schon wirklich über uns? Nichts. Das Festhalten der Zeit für eine Sekunde. Eine Sekunde, für die wir alles sein können; glücklich, fröhlich, verrückt und bescheuert, ausgelassen, müde und verliebt. Für eine Sekunde kann sich jeder verstellen und eine Maske tragen.

»Fotos lügen nicht«, sagt ein Mann im *Tatort*.

»Bullshit ... scheiß Fotos«, lallt Regina und will irgendwas auf den Fernseher werfen. Unkontrolliert grabscht sie nach einer Pulle Bier, woraufhin gleich ein Dutzend leerer Flaschen wie Dominosteine umfallen und sich auf Tisch und Boden verteilen.

In der nächsten schlaflosen Nacht hat Regina einen Traum. Sie will mit dem Obdachlosen einen Imbiss überfallen. Der Imbiss heißt *Frittenbude d'amour*. Der Obdachlose heißt Rudi. Sie sind fest entschlossen ihrer Armut ein Ende zu bereiten und den Imbiss bis auf den letzten Cent auszunehmen. Zur Not würden sie auch schießen, wenn der Imbiss-Typ Stress macht.

Woher sie wohl die Maschinengewehre gehabt haben sollen, fragt sich Regina erst am nächsten Morgen. Schließlich fragt man im Traum nicht nach dem Sinn oder dem warum. So sollte es im Leben auch sein, denkt Regina. Man sollte sowieso vielmehr aus Träumen lernen. Nach drei Flaschen Bier hat Regina diese Gedanken jedoch schon wieder vergessen.

Genau wie ihren Traum, in dem Rudi und Regina maskiert die *Frittenbude d'amour* gestürmt haben. Bereit zu allem, auf dem Weg in die Freiheit.

Der Mann hinter dem Tresen sieht lieb aus. Anfang sechzig, freundliches Gesicht, dickliche gerötete Wangen, herzliches Lächeln. Mit den Augen heißt er einen Willkommen. So ein lieber Mann ist das. So einen hätte Regina mal abbekommen sollen. Da wäre es ihr egal gewesen, dass er jeden Tag abartig nach Imbissbude stinken würde. Regina richtet das Maschinengewehr auf den lieben Mann.

»Geld her. Alles. Aber ein bisschen plötzlich. Sonst baller' ich dir die Birne weg.«

Regina tut es im selben Moment leid, dass sie den lieben Mann so unfreundlich behandeln muss. Das spürt sie selbst im Traum. Der liebe Mann nimmt die Hände hoch. Das hatte keiner von ihm verlangt. Warum nehmen manche Menschen automatisch die Hände hoch, wenn man ihnen eine Waffe vor die Nase hält. Das ist doch vollkommener Schwachsinn.

Rudi brüllt: »Los. Vollmachen. Das Geld. Mach schon!« Er deutet mit dem Lauf seiner Waffe erst auf den ranzigen Edeka-Stoffbeutel, den er auf die Theke geworfen hat, dann auf den lieben Mann.

»Ok«, sagt der liebe Mann. »Viel habe ich aber nicht. Ist ja erst zehn Uhr.«

Blöd, denkt Regina. Natürlich hat der liebe Mann morgens um zehn noch nichts eingenommen.

Wer isst schon so früh in einer Frittenbude? Dafür lohnt es sich jetzt doch nicht, sein Leben zu riskieren oder vielleicht sogar in den Knast zu gehen. Wenn es hier sowieso nichts zu erbeuten gab, dann …

»Äh … könnten wir das mit dem Überfall eventuell noch mal rückgängig machen?«

Der liebe Mann schaut ungläubig aus seinen kleinen Schweineaugen.

»Ich meine, würde es sie sehr stören, wenn wir einfach noch mal reinkommen? Also ohne Masken, ohne Waffen, als Kunden? Und Sie tun dann einfach so, als ob sie uns das erste Mal sehen würden. Und wir würden dann nur normal was bestellen? Geht das?«

Der Mann zuckt mit den Schultern. Er hat sicherlich eine liebe dicke Frau zu Hause, die sich freut, wenn er abends heimkommt. Egal wie sehr er stinkt. Regina beneidet die Frau, von der sie nicht einmal weiß, ob sie existiert.

»Was macht du denn?«, fragt Rudi vor der *Frittenbude d'amour* und streift sich die Maske ab.

»Das bringt doch überhaupt nichts hier. Wegen fünf Euro werde ich doch nicht zur Kriminellen und lasse mich von der Polizei wegen eines Raubüberfalls suchen.«

»Vielleicht sind es ja mehr als fünf Euro.«

»Ja, vielleicht. Vielleicht zehn oder zwanzig oder hundert. Dafür lohnt es sich doch genau so wenig.«

»Und was schlägst du nun vor?«

»Jetzt essen wir erst mal was.«

»Meinetwegen«, sagt Rudi. »Also heute dann kein Überfall mehr?«

Regina und Rudi hängen ihre Maschinenpistolen am Jackenständer auf. Wieder stehen sie vor der Theke. Der liebe Mann hat sein Lächeln verloren. Sicherlich gibt es nicht viele Momente, in denen er kein Lächeln erübrigen kann, doch dieser Moment ist ein solcher.

Regina und Rudi beäugen verwundert die Speisekarte. Was es hier alles gibt. Merkwürdig. Liebesfrikadellen, Kuschelgyros, Currywurstküsse und Schmuse-Schnitzel.

Regina kramt drei Zwei-Euro-Münzen aus der Tasche.

Wenn der Täter mehr Geld zum Überfall mitbringt als das Opfer, denkt sie. Eigentlich müsste der Imbissbetreiber *sie* überfallen.

Sie legt das Geld auf die Theke, bestellt drei Liebesfrikadellen und sagt: »Der Rest ist für Sie. Und eine Liebesfrikadelle würde ich Ihnen auch spendieren, wenn Sie mögen. Als Friedensangebot so zu sagen.«

Der liebe Mann sieht aus, als hätte er soeben ein paar Außerirdische gesehen. Er runzelt die Stirn, dann macht er sich daran, die Liebesfrikadellen zu-zubereiten.

Sie essen und verabschieden sich überfreundlich. Wie peinlich, denkt Regina. Sie beschließt, wieder umzuziehen. Weg aus dem Norden, irgendwo in den Süden. Und das macht sie dann auch. Es ist so einfach. Sie fühlt sich leicht und unbeschwert und der Rest ihres Lebens liegt vor ihr.

Und dann wacht Regina auf. Ihr Schädel pocht und wirft kleine schmerzende Blitze von der einen auf die andere Seite. Es ist 6:41 Uhr. Sie liegt auf dem Sofa. Ihre Blase drückt wie bekloppt. Der Fernseher läuft noch immer. Das Bild zeigt Thomas Gottschalk. Gottschalk ist bestimmt schon achtzig, sieht aber immer noch aus wie Anfang dreißig.

»Scheiß Fotos«, denkt Regina, während sie auf dem Klo hockt. »Alles nur Fassade. Immer.«

Dann entleert sich ihre Blase. Und als der Urin sanft, und mit gleichmäßigem Ton, in die Keramikschüssel gleitet, verspürt sie eine wohlige Erleichterung. Die erste Aufgabe des Tages ist erledigt. Jetzt ist alles möglich.

AUTOKAUF

Gabi Schmidt aus Ostwestfalen-Lippe lässt nichts anbrennen, wie man so schön sagt. Sie ist fünfundzwanzig und damit glatte dreißig Jahre jünger als ihr Mann Kurt. Da braucht man das noch. Das findet auch Kurt. Schließlich hat Gabi sich noch nicht richtig ausgetobt. Noch lange nicht. Und Kurt toleriert das. Auch weil er denkt, dass er an so eine Frau wie Gabi sonst eben nicht rankommt. Oder vielmehr: Nicht *mehr* rankommt. Und überhaupt würde er sehr wahrscheinlich keine andere Frau mehr finden. In seinem Alter! Wer will schon einen untersetzten, fast grauhaarigen Busfahrer mit Schmerbauch und bleichkäsiger Haut, der auf die sechzig zugeht? Da muss man Abstriche machen, denkt Kurt. Soll Gabi doch ihren Spaß haben. Auch mit anderen Männern. Warum auch nicht. Am Ende des Tages aber wäre sie doch immer noch *seine* Frau. Und darauf ist er stolz.

Gabi Schmidt ist eine Granate. Vielleicht nicht vom Denken, also vom Kopf her. Nein, ganz gewiss ist Gabi nicht die hellste Kerze auf der Torte. Aber das macht sie durch ihr Äußeres und andere innere Werte wieder wett, sagt Kurt immer. Einige von Kurts Kollegen sind der Meinung, Gabis Alter entspräche ihrem IQ. Aber die sind nur neidisch. Denn Gabi ist alles andere als dumm. Sie denkt eben nur langsamer. Und manchmal denkt sie vielleicht auch gar nicht. Sie fühlt einfach lieber. Sie entscheidet nach Gefühl. Ein Gefühlsmensch. Was soll daran denn verkehrt sein? Oder was soll daran gar *dumm* sein, wenn ein Mensch nach Gefühl entscheidet?

Wie können Gefühle oder die Auslegung von Tatsachen nach Gefühl als dämlich abgestempelt werden? Nur, weil Gabi nicht spontan die Hauptstadt von Spanien oder den Namen der Bundeskanzlerin kennt, ist sie noch lange nicht doof. Wer so etwas behauptet ist selbst doof und überhaupt. Gabi ist ein Gefühlsmensch mit Herz und Köpfchen. Und Kurt liebt sie so, wie sie ist. Das, was sie weniger an Verstand hat, hat sie umso mehr an Herz, denkt er. Und außerdem hält Kurt sich selbst auch nicht für sonderlich schlau. Und für gutaussehend schon mal gar nicht. Da muss man froh sein, wenn man so eine wie die Gabi abbekommt. Als Mitbewohnerin, als Freundin und geheiratet hat Gabi ihn schließlich auch noch. Und das sagt doch schon alles, findet Kurt. Weil sie ihn liebt. So wie er ist. Mit all seinen Fehlern und all seinen Macken oder besser gesagt: *Trotz* aller Fehler und Macken. Er liebt sie und sie liebt ihn. Eben genau so wie es sein sollte. Und anders geht es ja auch gar nicht. Sonst hätte Gabi damals doch nicht *JA* gesagt. So einfach ist das.

Ganz trivial und unkompliziert und deshalb auf seine Weise logisch. Gabi braucht zwar ihren Auslauf, ihre Freiheiten und Abwechslung, aber dauerhaft zusammenleben will sie nur mit Kurt. In der Beziehung hat kein anderer Mann eine Chance bei ihr.

Es mag sein, dass Gabi ihr Vergnügen bei diversen anderen Kerlen sucht, aber das echte Leben will sie lieber mit Kurt verbringen. Auch wenn Kurt nicht genau weiß, was das echte Leben ist. Brötchen holen, Staubsaugen, fernsehen vielleicht. Die alltäglichen Dinge eben. Und selbst wenn. Auf jeden Fall kommt da kein anderer mit, denkt Kurt. Da können die Typen auch noch so 'ne Sixpacks haben. Den Alltag zusammen meistern, ist auch eine Form von Liebe, findet er. Und da weiß Gabi nun einmal, was sie an ihrem Ehemann hat. Käsiger Schmerbauch hin oder her.

Außerdem hat Gabi ihm zig Mal erklärt, dass ihr die anderen Männer nichts bedeuten würden. Weder gefühlsmäßig noch körperlich. Und, dass sie jederzeit bereit wäre, ihre Flirts und Affären einzustellen. Wenn er was dagegen hätte, würde sie sofort aufhören. Und der gemütliche Kurt sagt dann immer, dass das schon alles in Ordnung sei. Nur manchmal formt er dabei eine Faust in der Hosentasche und spürt einen kleinen Stich im Herzen.

»Hauptsache, du bist glücklich«, sagt Kurt dann jedes Mal und ist zufrieden. Zufrieden mit seinem Leben, der Ehe und seiner Arbeit und damit, dass ihre Beziehung so ehrlich und mit allen Freiheiten ausgestattet ist. Vielleicht ist er manchmal sogar etwas *zu* zufrieden, findet er. Auch wenn man selbstverständlich gar nicht *zu* zufrieden sein kann. Man müsse nur aufpassen, dass es auch tatsächlich noch immer Zufriedenheit und nicht bereits Resignation ist.

Einmal hat Kurt zu Gabi gesagt, dass er selbst natürlich auch eine Affäre nach der anderen haben könne, aber für ihn wäre das irgendwie alles nichts mehr. Und Gabi hat genickt, ihm zugestimmt.

»Na klar könntest du das, Schatz«, hat sie gesagt und »*Träum weiter, du Idiot*« hat sie gedacht.

Andere Frauen braucht ein Kurt Schmidt schon lange nicht mehr. Die Beste hat er ja bereits, sagt er. Kurt hört lieber den *Global Chances Podcast* mit Bert Rürup und Sigmar Gabriel oder spielt Bus-Simulator auf der Playstation. Auch wenn er Letzteres im Grunde genau so dämlich findet wie Fußballprofis, die in ihrer Freizeit FIFA spielen. Erst malochen und dann nach Feierabend den eigenen Beruf auf der Playstation nachspielen. Einfach nur geisteskrank.

Man stelle sich das doch einfach mal bei Müll-männern (*Mülltonnenentleerungssimulator*) oder Post-beamten (*Briefmarkenverkauf-Simulator*) oder Lehrern (*Vertretungsplan-Manager*) vor.

Kurt Schmidt ist seit fast vierzig Jahren Busfahrer. Am Wochenende den *Playstation-Bus-Simulator* zu spielen, ist ziemlich an der Grenze zum Gestörten, findet Kurt. Vielleicht auch schon ein Stück drüber.

Gabi geht jeden Samstag in die Disco und kommt meist erst am Sonntagnachmittag wieder. Und Kurt nutzt die Freiräume für Bus-Simulator, Podcast hören und sein Lieblingshobby: das Studieren von kanadischen Kuckucksarten. Ein übersichtliches Themengebiet, da in Kanada nur zwei Kuckucksarten beheimatet sind. Der Schwarzschnabelkuckuck und der Gelbschnabelkuckuck. Wenn Gabi nicht da ist, lässt Kurt sich manchmal sogar heimlich dazu hinreißen, die kanadischen Kuckucke nachzuahmen.

»*Ku-Ku-Ku, Ku-Ku-Ku*« und »*Ka-Ka-Ka-Kaup-Kaup*« hallt es dann durch das ganze Haus.

In dreizehn Jahren hat Kurt das Haus endlich vollständig abgezahlt. Hofft er zumindest. Schließlich wäre er dann schon über siebzig. Da wäre es wirtschaftlich, aber auch aus Zeitgründen gut, wenn er das Thema pünktlich abschließen könnte. »*Ku-Ku-Ku, Ku-Ku-Ku - Ka-Ka-Ka-Kaup-Kaup ... Kaup.*«

Gabi hatte eine Panne und wurde abgeschleppt. Der alte Renault Twingo ist kaputt. Gabi, der alte Gefühlsmensch, denkt Kurt. Jetzt weint sie wegen so einer alten kaputten Kiste. Aber dann hat Kurt ihr versprochen, dass sie am Wochenende ins Autohaus gehen und nach einem neuen Wagen Ausschau halten.

Gesagt, getan.

Gabi und Kurt stehen einem beinahe zwei Meter großen und schnieke gekleideten jungen Mann gegenüber. Er ist sportlich gebaut und strahlt sie mit seinem Zahnpasta-Lächeln in Grund und Boden. Der Verkäufer zeigt ihnen ein paar Modelle, doch Kurt winkt sofort ab. Zu teuer, zu groß, zu viel Schnickschnack.

»Wie wäre es mit etwas Sportlichem?«, fragt der Verkäufer und präsentiert einen weißen AUDI R8 Coupé.

Warum nicht, denkt Kurt. Der ist zwar noch teurer als die anderen Wagen, aber warum eigentlich nicht. Man muss sich auch mal was gönnen im Leben.

»Diesen hier könnte ich ihnen sogar besonders preiswert anbieten. Ist ein Ausstellungsstück, aber praktisch ein Neuwagen.«

Umso besser, denkt Kurt und blickt dem Verkäufer mit dem blendenden Lächeln direkt in die Augen, um nicht blind zu werden.

Kurt geht um den Wagen herum und kommt aus dem Staunen nicht mehr heraus. Wenn er so ein Auto hätte. Wie jung würde er sich dann wieder fühlen?

540 PS! Wow!

Der Verkäufer knöpft gierig Gabis Bluse auf.

Heckantrieb, von 0 auf 100 in 3,7 Sekunden!!!

Doppel-Wow!

Gabi und der Verkäufer verheddern sich ineinander. Ihre Münder schmatzen. Hände, die unkontrolliert nach dem Körper des jeweils anderen grabschen. Wild und unrhythmisch und von einer leidenschaftlichen Gier gepackt.

Der weiße Lack des Audis erinnert Kurt an die Zähne des Verkäufers. Dieser ist gerade dabei sich seiner Hose zu entledigen. Gabi hebt ihr kurzes Röckchen.

Höchstgeschwindigkeit: 324 km/h! Sportsitze, Sportlenkrad, Komfortklimaautomatik und Bluetooth-Schnittstelle! Hui, was für ein Auto, denkt Kurt, während Gabi und der Verkäufer auf der Motorhaube übereinander herfallen. Die beheizbaren Außenspiegel lassen sich elektrisch einstellen. Kurt ist hin und weg von dem Wagen. Beheizbare Außenspiegel. So was. Zärtlich streicht er mit den Fingern über das Lenkrad. Und der Verkäufer streichelt Gabi überall.

»Der kostet aber wahrscheinlich ein Vermögen, oder?«

»Wir hätten den AUDI R8 Coupé auch noch in Gelb«, sagt der Verkäufer, während er sich die Hose wieder hochzieht und an seinem Gürtel herumnestelt.

»In Weiß finde ich ihn eigentlich sehr schön!«, sagt Kurt. Gabi rutscht mit einem leichten Knarzen von der Motorhaube, auf der ein Abdruck ihres Pos zurückbleibt.

»Sehr schön!«, sagt der Verkäufer.

»Ja, wirklich sehr schön«, nickt Kurt.

»Schön, schön«, sagt der Verkäufer.

»Absolut«, sagt Kurt.

»Und, nehmen Sie ihn?«

»Würde ich gerne, ja. Kann man beim Preis vielleicht noch etwas machen?«

Der Verkäufer grinst und das Weiß seiner Zähne brennt sich wie ein Laser in Kurts Augäpfel. Man sollte den Autohausbesuchern dringend Sonnenbrillen empfehlen.

Jetzt neu für die Playstation: Autohaus-Simulator!

»Ich kann Ihnen, zu dem ohnehin sehr günstigen Preis, noch fünfzehn Prozent Sonderrabatt zukommen lassen«, sagt der Verkäufer. Er zwinkert Gabi zu. Gabi reagiert nicht. »Für ganz spezielle Kunden. Sie wissen schon.« Er zwinkert Gabi erneut zu. Gabi sucht in ihrer Handtasche nach einem Lippenstift.

»Und wie sieht es mit einer Finanzierung aus?«, fragt Kurt.

Gabi raucht eine Zigarette vor dem Autohaus. Endlich kommt Kurt mit Papieren und Wagenschlüsseln hinaus.

»Hat ganz schön lange gedauert«, stellt sie fest und macht eine tennisballgroße Kaugummiblase.

»Ja, stimmt. Ist viel Papierkram. Dafür sind wir jetzt, stolze Besitzer eines neuen AUDI R8.«

Freudig wackelt er mit dem Autoschlüssel vor Gabis Nase herum. Nahezu lautlos platzt die Kaugummiblase.

»Toll, Schatz«, sagt Gabi, »lass uns gleich eine Runde drehen, ok?«

»Natürlich, mein Engel, natürlich. Willst du fahren?« Kurt ist auf das Auto nicht zwingend angewiesen. Er fährt immer mit dem Bus zur Arbeit. Als Busfahrer kann man sämtliche Busse kostenlos nutzen. Warum sollte er da unnötig Geld für Benzin ausgeben. Und Gabi bewirbt Beauty-Produkte auf Youtube und Instagram oder versteigert getragene Unterwäsche bei eBay. Ein Auto braucht sie dafür nicht. Und zum Shoppen oder an Samstagabenden lässt sie sich sowieso lieber abholen.

Aber man kann nicht sagen, dass der neue Sportwagen nicht wenigstens gut aussehen würde, so wie er da steht, vor dem Haus, in der Einfahrt, Tag und Nacht. Er glänzt, er strahlt und macht richtig was her, findet Kurt. Und dann überlegt er, ob er sich vielleicht die Zähne bleachen lassen sollte.

BROTDOSE

Mitten in der Nacht macht der Stadtstreicher Rudi Zander eine schier unglaubliche Erfahrung. Er und sein Hund Putin teilen sich in dieser Nacht einen Schlafplatz mit Paule. Mehr weiß Rudi Zander nicht von Paule. Eben nur, dass er Paule heißen und schon seit mehr als zwei Jahrzehnten Platte machen würde. Es ist eine laue Frühlingsnacht Ende Mai. Sie schlafen unter einer Brücke nahe der Hamburger U-Bahn-Haltestelle Norderstedt-Mitte.

Rudi Zander wird jäh aus seinen unbekümmerten Träumen gerissen, als bunte grelle Lichter am Himmel zucken und ein vibrierendes Geräusch die Erde beben lässt. Rudi Zander reibt sich mehrmals die Augen und kneift sich erst in den linken, dann in den rechten Arm, weil er glaubt, noch immer zu träumen.

Putin knurrt.

Die bunten Lichter werden heller und ein riesiges Etwas senkt sich immer weiter Richtung Boden. Nur ungefähr zwanzig Meter vor dem erleuchteten Brückenbogen sieht Rudi Zander eine Gestalt.

Es ist Paule.

Paule steht da und hebt die Hände, als wolle er sich ergeben oder der Polizei stellen. Doch es ist kein Polizeihubschrauber, der da landet. Dafür ist das Flugobjekt viel zu groß.

Das gibt es doch nicht, denkt Rudi, als das Objekt schließlich aufsetzt und die Lichter auf ein Minimum reduziert. Gleich danach öffnet sich eine Tür und eine Rampe wird ausgefahren. Im Türrahmen des unbekannten Flugobjekts erscheinen zwei grüngelbliche Gestalten.

Das gibt es doch echt nicht, denkt Rudi Zander zum zweiten Mal. *Morgen höre ich auf zu trinken.* Putin hat längst Reißaus genommen und ist in der Dunkelheit verschwunden.

Die beiden Gestalten wandeln die Rampe hinab. Paule steht noch immer reglos da, hat mittlerweile aber die Arme wieder heruntergenommen.

Die werden Paule mitnehmen, denkt Rudi Zander und zieht sich den Schlafsack bis weit über die Nase, so dass er seine Wodka-Fahne riechen muss. Er blinzelt über den Rand und traut seinen Augen nicht. Erst wird Paule von der ersten, dann von der zweiten grünen Gestalt umarmt. Und das nicht gerade unherzlich. Im Gegenteil. Es ist fast liebevoll, vertraut irgendwie.

Komisch, denkt Rudi, *wirklich sehr komisch.*

Paule scheint mit den beiden Grünen zu reden. Dann drücken sie ihm etwas in die Hand. Rudi kann nicht erkennen, was es ist. Anschließend umarmen sich alle wieder. Es scheint, als ob die eine grüne Gestalt Paule sogar einen Kuss auf die Wange gibt.

Dann läuft alles wieder rückwärts. Die Grünen gehen die Rampe hoch, verschwinden hinter der Tür, die Tür schließt sich, grelle Lichter, vibrierende Geräusche. Paule hebt die Arme und wackelt mit den Händen. Die Erde bebt für einen Moment und erneut ist für eine Sekunde alles gleißend hell erleuchtet. Kurz darauf ist es wieder still, alles dunkel, alles Nacht.

Rudi Zander beobachtet Paule wie er zu seinem Schlafplatz zurückkehrt. Er gähnt. Rudi schließt die Augen und tut so, als ob er schlafen würde. Doch Paule scheint es besser zu wissen.

»Ich weiß, dass du nicht schläfst«, sagt er.

Rudi Zander hält die Luft an.

»Tu nicht so, Rudi.«

Und dann kann Rudi Zander einfach nicht mehr anders und schießt blitzartig aus seinem Schlafsack.

»Mein Gott, Paule, was war da denn los? Was war das?«

»Bleib auf dem Teppich, alter Junge«, winkt Paule ab.

»Auf dem Teppich bleiben? Auf dem Teppich? Man, Paule, ich konnte ja meinen Augen nicht trauen, so irre war das. Und eigentlich glaube ich es auch immer noch nicht.«

»Ist vielleicht auch besser so. Besser, du vergisst, was du gesehen hast. Besser, du hältst die Schnauze. Sonst erklärt man dich noch für irre und sperrt dich weg. Und wer glaubt schon einem Penner? Selbst einen normalen Menschen würde man für verrückt erklären.«

»Aber was war denn das da eben? Ein UFO? Und die grünen Gestalten haben dich umarmt? Was sollte denn das alles? Und was meinst du mit *normalen* Menschen? Findest du, nur weil wir auf der Straße leben, sind wir nicht *normal*? Keine normalen Menschen?«

»So viele Fragen, Rudi. Zu viele Fragen. Einfach zu viele. Schlaf wieder und vergiss die Sache einfach.«

»Erst wenn du mir antwortest.«

»Und was genau willst du wissen?«

»Habe ich doch schon gesagt! Was war das da eben für eine Aktion mit dem Flugdingens, den grünen Leuten und warum findest du, dass wir keine normalen Menschen sind?«

»Meinetwegen, du bist normal. Du bist ein Mensch. Zufrieden? Gute Nacht.«

Dann kurze Stille.

»Und du nicht? Du bist kein Mensch?«

Paule zuckt mit den Schultern, zwinkert Rudi kurz zu und verschwindet dann in seinem Schlafsack. In diesem Moment kommt Putin aus dem Gebüsch und wedelt aufgeregt mit dem Schwanz.

»Hallo? Paule? Und was ist mit dem UFO-Ding?«

»Lass mich schlafen, Rudi. Ich bin müde.«

»Nicht bevor du mir sagst, was das sollte.«

Rudi Zander beginnt mit seinem Essgeschirr auf dem kleinen Kochtopf zu trommeln. Erst mit der Gabel, dann mit dem Löffel, dann mit beidem. Immer lauter, immer schneller.

»Man, Rudi, du sollst es einfach vergessen! Alles andere bringt dich nur noch mehr durcheinander! Und hör´ bitte auf, dich wie ein Kleinkind zu verhalten.«

Rudi hört auf zu trommeln.

»Sag! Es! Mir! Jetzt! Sonst höre ich nicht auf!«

Dann ertönt erneut das nervtötende hallende Geräusch seiner Blechtrommel.

»Na schön! Na schön! Wenn du es unbedingt wissen willst! Bitte! Das waren meine Eltern! So! Jetzt weißt du es. Zufrieden? Und nun lass mich schlafen.«

»Ha, ha, ja, ja, schon klar. Deine Eltern. Verarschen kann ich mich allein.«

»Gute Nacht, Rudi.«

Irgendwo zirpen ein paar Grillen und der Wind pfeift leise durch die Unterführung.

»Und was wollten deine *Eltern*?«, fragt Rudi beinahe abwertend. »Was haben sie dir da gegeben? Deine *Eltern* ...«

»Wenn ich dir sage, dass es meine Brotdose war, die sie mir gebracht haben, weil ich meinen Proviant vergessen habe, dann glaubst du mir doch sowieso nicht.«

»Ha, ha, ja, ja, schon wieder ein guter Witz. Der ist echt gut. Muss ich mir merken. Und nun im Ernst. Ich glaube dir kein Wort. Du seniler Suffkopp!«

»Dann eben nicht. Habe ich doch auch schon vorher gesagt. Besser du vergisst das Ganze. Und nun: Gute Nacht, Rudi.«

Und im nächsten Moment dringen dumpfe Schnarchgeräusche aus Paules Schlafsack. Auch Putin ist längst wieder eingeschlafen.

Na klar, denkt Rudi Zander, so wird es alles gewesen sein und was Paule doch für ein Spinner ist. Unfassbar.

Auf der anderen Seite hatte Rudi natürlich gesehen, was er gesehen hat. Ohne jeden Zweifel. Ein UFO und grüne Männchen. Das ist doch genauso unglaublich.

Und wenn DAS möglich ist, ist doch einfach alles möglich. Oder etwa nicht? Dann ist doch einfach nichts *unmöglich*! Absurd! Einfach absurd! Unbegreifliche Welt. Und plötzlich erscheint Rudi Zander die Antwort mit der Brotdose als gar nicht mehr so unplausibel. Wenn hier schon Außerirdische landen, warum sollten sie Paule dann nicht auch eine Brotdose mitgebracht haben. Vor wenigen Minuten hätte Rudi beides noch für absolut unmöglich gehalten.

Wenn also das eine möglich ist, warum dann nicht auch das andere? *If you can make it here, you can make it anywhere.* Rudis Augenlider werden schwer. Kurz bevor er endgültig wegdämmert, beschließt er noch, am nächsten Tag sein Weltbild gründlich zu überdenken.

Ob Paules Eltern extra von einem anderen Planeten auf die Erde gekommen waren, um ihrem Sohn die vergessene Brotdose zu bringen? Das wäre dann ja wirklich nett gewesen. Auch, dass sie wegen einer kleinen Brotdose gleich zu zweit gekommen sind. Mitten in der Nacht noch dazu. Vermutlich eine ziemlich intakte Ehe. Falls Außerirdische überhaupt heiraten. Oder einfach eine verdammt lange Reise. So lange, dass sie sich mit dem Fliegen zwischendurch abwechseln mussten. Vielleicht leben die Außerirdischen aber auch hier in Schleswig-Holstein oder sogar direkt in Norderstedt. Dann war die Anreise gar nicht so weit.

Aber wer weiß heutzutage schon genau, wie die Dinge wirklich sind und wie die Welt funktioniert? Trotzdem eine sehr nette Geste von Paules Eltern.

Und dann versinkt Rudi Zander wieder in den weiten weichen Traumlandschaften.

MOTIVATION ODER: BRATKARTOFFELN MACHEN GLÜCKLICH

Tagelang hatte mich der Kollege Haller aus der Buchhaltung genervt. Es ging um so einen Power- und Motivationsworkshop für gescheiterte Existenzen und alle, die es werden wollen. Und ich müsse unbedingt mitkommen, sagte Kollege Haller. Unbedingt. Das dürfe ich mir auf gar keinen Fall entgehen lassen.

Na klar, sagte ich. Ich und Power. Ich und Motivation. Ganz bestimmt nicht. Den Workshop müsse er schon allein besuchen.

Kollege Haller bestand jedoch sowohl auf meine Teilnahme als auch darauf, dass es sich bei dem Event um mehr als nur einen bloßen Workshop handele. Es sei eine Veranstaltung, die mein Leben verändern würde, sagte Haller. Schließlich koste allein das Ticket über eintausend Euro. Das sagt ja schon alles! Diese Show von und mit Motivationscoach Jürgen Jäger wäre einfach nur total toll und total mitreißend. Und total motivierend natürlich auch, sagte Haller. Total! Wie schafft man es, so ein überflüssiges Wort gleich drei Mal in einem Satz zu erwähnen? Der totale Haller.

Er versprach, dass ich danach alles mit anderen Augen sehen würde. Und, dass es mir besser gehen würde. Gesundheitlich, meinte Haller. Und ich würde auch mehr Geld haben und mehr Erfolg. In allen Lebensbereichen. Ich müsse einfach nur zuhören und dann das umsetzen, was Coach Jürgen Jäger einem beibringt.

Erst wollte ich den Kollegen noch fragen, wie er darauf käme, dass es mir schlecht ginge. Und zwar so schlecht, dass ich ein Eintausend-Euro-Seminar mit Jürgen Jäger nötig hätte. Habe ich dann aber lieber gelassen. Ich wollte das Gespräch gerne beenden. Kollege Haller gab trotzdem keine Ruhe. Er redete noch viel, sagte wenig. Minutenlang.

Und letztlich war ich dann doch so dumm und habe mich von ihm belatschern lassen. Ausschlaggebend war, dass ich das Ticket deutlich günstiger bekam. Ursprünglich war dieses nämlich für Hallers Schwager gedacht. Der jedoch, war ein paar Tage zuvor von der Leiter gefallen und lag nun im Krankenhaus. Und für den vergünstigten Preis wollte ich aus voyeuristischer Neugier selbst herausfinden, was so viele Leute dazu bewog, ein Schweinegeld für diesen Jürgen Jäger auszugeben. Wie schlimm musste es um solche Leute stehen? Und so bin ich dann eben mitgefahren zu dieser Tagesveranstaltung für mehr Motivation und Erfolg. Zu diesem *Event!*

Rund achthundert Menschen sind im Saal. Die meisten sehen nicht gerade glücklich aus. Im Gegenteil. Die meisten wirken so, als würden sie ebenfalls nur einen von der Leiter gestürzten Schwager vertreten. Wie im falschen Film.

»Entschuldigung, ist das hier nicht die Vorstellung von Disney's *Bambi*?«

»Nein, das ist *Texas Chainsaw Massacre*!«

»Oh, na dann ...«

Aber gut, ein Wartezimmer beim Arzt strotzt ja auch nicht vor Gesundheit und Lebensfreude.

Bevor es losgeht, wird der Saal mit scheinbar gut gemeinter Musik beschallt. Das soll wohl den Motivationslevel erhöhen, nervt aber nur. Letzte belanglose Unterhaltungen werden eingestellt. Man versteht sein eigenes Wort ohnehin nicht mehr. Erst *I GOT THE POWER* von *Snap!* und dann irgendein Schrott von den *Black Eyed Peas*. Die Bässe wummern und dröhnen im schlechtesten Sinne. Die Leute wippen nervös vor sich hin wie Parkinson-Patienten im Endstadium.

So also sehen demotivierte Leute aus. Leute ohne Power, ohne Selbstwert, ohne Sinn im Leben.

Aber gleich würde ja der *Große Jürgen* kommen und ihnen das Geheimnis des Lebens verraten. Ich erwarte beinahe, dass jemand aufspringt und der Masse zuruft: »Der Messias ist nah! Habt Geduld und ihr werdet Erlösung erfahren.« Das ist alles ein bisschen wie Kirche, nur teurer.

Acht Stunden! Oder besser gesagt: Zehn Stunden mit Pausen sollte ich nun also mit diesen Leuten verbringen. Na dann: Prost Mahlzeit.

Die ersten Patienten haben angefangen, im Takt zu klatschen. Kurz darauf ist aber zum Glück Schluss mit der abscheulichen Musik. War auch nicht mehr zum Aushalten. Am liebsten würde ich schon wieder gehen. Ich bewege mich nämlich bereits zu diesem Zeitpunkt am Rande eines Nervenzusammenbruchs. Wie sollte ich die nächsten zehn Stunden nur überleben?

Der Motivationscoach Jürgen kommt auf die Bühne. Man hat sofort das Gefühl, dass der Mann unter Drogen steht. Und das wäre sogar verständlich. Anders kannst du so einen Job wahrscheinlich nicht machen. Nüchtern kannst du diese Scheiße vermutlich gar nicht durchstehen. Volle Dröhnung im Backstage. Druckbetankung. Wie ein richtig abgehalfterter Rockstar. Vielleicht lebt Coach Jürgen einen Lifestyle von Sex, Drugs und Rock 'n' Roll.

Aber ich hatte mich geirrt. Coach Jürgen ist nur ein Spinner. Acht Stunden mit Jürgen Jäger und den demotivierten Zombies und man ist reif für die Klapse. Acht *Stunden*. Bereits nach acht *Minuten* bin ich von Coach Jürgen genervter als von acht Tagen Musikantenstadl in Dauerschleife.

Kollege Haller sitzt links neben mir. Der Coach hat ihn von der ersten Sekunde an in seinen Bann gezogen. Armer Haller. *Completely Brainwashed*.

Der hyperaktive Jürgen redet und redet, sagt aber nicht viel. Das hat Kollege Haller also schon mal vom *Großen Jürgen* gelernt. Doch der Saal liebt ihn (*also den Coach, nicht meinen Kollegen*) und wird immer lebendiger, lebensfroher, motivierter. Die Zombies erwachen. Die Nacht der lebenden Toten.

Coach Jürgen faselt was von der Quelle des Erfolges, etwas vom anders sein, besonders sein, verrückt sein.

Ich muss später unbedingt noch zu Aldi, denke ich. Hoffentlich überzieht der von der Tarantel gestochene Schimpanse da vorne nicht. Meine Frau hatte mich eindringlich darum gebeten, die günstige Mikrowelle, die es bei Aldi nur noch heute im Sonderangebot gibt, zu besorgen. Das sei wichtig.

Aldi, Aldi, Mikrowelle, Mikrowelle. Sonderangebot. Nur noch heute, nicht vergessen, geht es mir wie ein Mantra durch den Kopf. *Aldi, Aldi, nur noch heute.*

Coach Jürgen reißt mich aus den Gedanken. Er philosophiert über Ziele, Unterziele, Geldmagnete, Reichtum und Glück und dass man alles, alles, alles bekommen könne. Man muss es einfach nur wollen. Ich will eigentlich nur diese Mikrowelle. Sonst würde ich wieder tagelang Stress mit Vera haben. *Wenn man dich schon mal um was bittet*, würde es dann wieder heißen. Oh man! Das muss ich unbedingt vermeiden.

Aldi, Aldi, nur noch heute.

Kollege Haller johlt. Alle johlen. Hat Coach Jürgen etwas Lustiges gesagt?

Wenn ich bei Aldi bin, kann ich gleich noch Kartoffeln mitnehmen. Bratkartoffeln. Mmmh. Mein Leibgericht. Wenn ich die Mikrowelle bekäme, wäre Vera sicherlich nicht abgeneigt, mir eine Pfanne Bratkartoffeln zuzubereiten. Mir läuft das Wasser im Mund zusammen.

Blick auf die Uhr. Kurz nach halb zehn. Das kann doch gar nicht sein. Jürgen Jäger malträtiert den Saal erst seit einer Stunde? Ich kann es kaum glauben. Na dann: Gute Nacht, Marie!

Coach Jürgen kritzelt was auf seine Flipcharts. Das kann ja keine Sau lesen, will ich brüllen, lasse es aber lieber bleiben. Denn wohl möglich reicht ein Fingerschnippen von Jürgen und seine Zombie-Armee zerfleischt mich binnen Sekunden.

Jürgen brüllt zur Hallendecke. Was ist nun wieder los? Er blökt was von wegen, wie toll er denn sei und was ihm alles gelingen würde. Nämlich alles! Denn er ist ja Super-Jürgen. Kollege Haller hat die Hände wie beim Gebet gefaltet.

Oh. mein. Gott.

Kurz danach kreisen meine Gedanken um dies und später um das. Ich spüre eine bleierne Müdigkeit aufsteigen. Als ich kurz davor bin einzunicken, reißt mich der altbekannte wummernde Bass aus meiner Narkose. Schon wieder die *Black Eyed Peas*. Oh man, oh man, oh man. Gnade!

Der ganze Saal steht und klatscht. Es ist wie in einer Disko. In einer Senioren-Disko. Wo bin ich hier bloß gelandet? Vorne auf der Bühne gibt Coach Jürgen den Vortänzer. Der geht jetzt richtig ab.

»*I GOT A FEELING ... whooohooo ...!*«

Ob er sich vorher wohl noch was durch die Nase gezogen hat? Vermutlich. Coach Jürgen führt einen regelrechten Ententanz auf und alle tanzen mit. Die Zombies lassen jetzt alle Hemmungen fallen und kommen aus sich heraus. Fürchterlich. Und peinlich. Außer mir scheint aber keiner von Fremdscham befallen zu sein. Dann eben nicht. Dann schäme ich mich eben stellvertretend für die ganze Halle und den

Planeten und die Menschheit und überhaupt. Ich schäme mich für das Universum.

YEAH YEAH YEAH - TONIGHT´S GONNA BE A GOOD NIGHT. TONIGHT´S GONNA BE A GOOD GOOD NIGHT...

Tonight?

Wie spät war es denn schon? Wie lange hatte ich denn geschlafen!? Der ganze Saal scheint plötzlich wie von Sinnen.

LET´S LIVE IT UP! Ich habe Angst.

Ja, es war Angst. Die pure Angst. Diese Leute scheinen zu allem bereit. Ich will raus. Nur noch raus.

Kollege Haller versucht, mich am Arm nach oben zu zerren. Er fordert, dass ich auch aufstehen soll. Als ich seine Hand immer wieder wegschlage, tritt er mir mit seinen polierten Lackschuhen gegen das Schienbein. Das wäre ohne Absicht gewesen, entschuldigt er sich später.

Vor allem aber klatscht er und er tanzt. Dabei kann er überhaupt nicht tanzen. Wie alle anderen auch. Es ist einfach nur unästhetisch, unbeholfen und unappetitlich. Kollege Haller wippt, klatscht und geht in die Hocke. Und dann wieder von vorne. Und zwischendurch tritt er wieder nach mir. Natürlich wieder unabsichtlich. Er fordert mich auf, mitzumachen. Ich tue einfach so, als würde ich Haller gar nicht kennen und wende mich ab.

Zu meiner Rechten ein ähnliches Trauerspiel. Eine pummelige Frau mit dicken roten Backen und schweißnassen Achseln bewegt sich wie eine riesige Portion Wackelpudding von links nach rechts. Alles an ihr schlingert und wabbelt. Die Beine, der Rumpf, die Arme. Der Schweiß läuft ihr in Sturzbächen von der Stirn. Es sieht so aus, als ob sie weint.

Die Hirnwäsche fegt durch den Saal. Der Pulk befindet sich in Trance. Hysterie. Ein epileptischer Anfall als Massenphänomen.

Der Wackelpudding singt vollkommen schief. Oder sie bettelt um ihren Tod. Ganz genau lässt sich das nicht ausmachen. Kurz darauf erlischt die Musik. Alle sind noch immer vollkommen aus dem Häuschen. *Leute, dafür hat man euch das Leben nicht geschenkt,* will ich rufen, aber mir ist schlecht. Und dann brüllt Coach Jürgen wieder: »Ich schaffe es ...«

Ja, ja, ja. Ich kann es nicht mehr hören. Wann ist endlich Pause? Ich frage mich, wie verblödet und einsam ein Mensch eigentlich sein muss, wenn man sein Heil in solchen Veranstaltungen sucht. Wie ausweglos muss das eigene Leben erscheinen, wenn der letzte Strohhalm Jürgen Jäger heißt?

Am liebsten wäre ich aus dem Saal gerannt. Nein, am besten auf die Bühne! Und dann hätte ich mir direkt vor Coach Jürgen mit einer Schrotflinte die Birne weggeballert. Dann würde er mal sehen, was seine geisteskranke Beschwörung bei einigen auslöst. Wie der wohl reagieren würde?

PARTY EVERY DAY, P-P-P-PARTY EVERY DAY!

Und dann, dann endlich, ist Mittagspause.

Ich versuche dem Kollegen Haller klarzumachen, dass ich losmüsse. Aber er hört gar nicht zu. Viel zu angeregt unterhält er sich mit anderen Teilnehmern. Für meinen Geschmack etwas zu angeregt. Mit rund einem Meter Abstand klingt es in meinen Ohren wie die Verabredung für eine spätere Orgie. Ohne Verhütungsmittel versteht sich.

Schon gehört? Der ganze Saal trifft sich im Anschluss an Onkel Jürgens Hirnwäsche noch zum inzestuösen Rudelbums?! Bist du dabei?

Aber selbstverständlich bin ich dabei! Hurra!

Um es kurz zu machen: Für mich ist der ganze Unfug nichts. Ich will einfach nur noch gehen. Doch die Security lässt mich nicht raus. Solange kein triftiger Grund vorliegt, dürfe ich die Halle nicht vor Veranstaltungsende verlassen. Man verweist auf die Einladung und die AGB, in der dies angeblich genauso kommuniziert wurde. Beides hatte ich nie gelesen. Ein bulliger vier Zentner Gorilla erklärt mir, dass eine Mikrowelle von Aldi kein triftiger Grund sei. Aha! Gut zu wissen. Und so bleibe ich notgedrungen.

Während alle anderen immer motivierter werden, verliere ich mit jeder Sekunde mehr an Lebenswillen. Sie saugen mich aus. Mein Selbstwertgefühl, meinen Glauben an das Gute, meine Kraft, mein Leben. Sie klatschen, tanzen und lassen ihrer Dummheit freien Lauf. Und ich hänge da. Wie ein Häufchen Elend. Deprimiert und abgewrackt. Mitten in einem Motivationsseminar.

Und irgendwo da vorne schwafelt und labert und predigt Pastor und Sektenführer Jürgen Jäger. Ich weiß nicht, ob ich halluziniere, aber mir ist, als würde eine Frau ein Schild in die Höhe halten, auf dem steht: »Jürgen, ich will ein Kind von dir!« Und daneben ein Mann, ebenfalls mit einem Schild. Darauf steht: »Ich auch!« Was ist in diesem Saal des Horrors schon noch normal.

Und dann ist es plötzlich vorbei.
Kollege Haller sprintet unwillkürlich zum seitlichen Teil des Saales, um ein Folgecoaching für zweitausend-fünfhundert Euro zu buchen. Jürgen Jägers Massen-

hypnose trägt Früchte. Denn kaum einer bucht *kein* Folgecoaching, deren Preise zwei, drei oder zehn Mal höher sind als seine heutige Verkaufsveranstaltung. Eine kranke Welt!

Ich probiere es erneut bei der Security. Dieses Mal lassen sie mich raus.

Ich bin draußen. Endlich. Frei. Freiheit. Erleichterung. Ich kann es kaum glauben und ziehe die frische Luft tief in meine Lunge. Sofort spüre ich sämtliche Lebensgeister zurückkehren. Ich hüpfe sanft wie auf Wolken, denke an den Wackelpudding und schmunzle vor mich hin.

Auf dem Weg zur Bushaltestelle komme ich am hinteren Teil der Veranstaltungshalle vorbei. Und da sitzt er. Mr. Motivation persönlich. Der Glücksguru. Der Erfolgscoach und Führer aller Blinden. Coach Jürgen sitzt da und weint. Er hockt zusammengekauert auf einer kalten Treppenstufe. Dieser wildgewordene Motivationsberserker, der gerade noch auf der Bühne seinen Mix aus Selbstbeweihräucherung, Kokain und Manipulation zum Besten gegeben hat und den Massen predigte, verdammt noch mal glücklich zu sein.

Er heult wie ein Schlosshund.

Als er mich bemerkt, dreht er sich peinlich ertappt weg.

»Hallo, geht es Ihnen nicht gut?«

»Gehen Sie weg!«, sagt Coach Jürgen.

»Kann ich ihnen helfen?«

»Verschwinden Sie, habe ich gesagt!«

»Na, na, na, wer wird denn gleich?«

Ich reiche ihm ein Taschentuch. Er nimmt es, schnäuzt sich und wischt die Tränen mit seinen blütenweißen Hemdsärmeln ab.

»Danke«, nuschelt Coach Jürgen. Er schluchzt.

Ich lasse ihn noch ein bisschen zur Ruhe kommen.

»Was ist denn los mit Ihnen? Eben auf der Bühne waren sie doch noch so prächtig gelaunt?«

»Dieser Job ... dieser verdammte Job macht mich fertig. Sie wissen ja nicht, wie das ist. Wie es ist, ich zu sein. Wie es ist, wenn man der einzig Geile in einer Halle voller lebensmüder Lemminge ist. Die Show, das ganze Gerede um Erfolg und Glück und Geld und überhaupt. Und dann all diese müden Gesichter. Das ist eine Bürde, die sehr, sehr viel Kraft kostet.«

»Aber warum machen Sie diesen Job dann überhaupt?«

»Na, des Geldes wegen. Was dachten Sie denn? Glauben Sie, mir macht diese ganze Chose Spaß? Ganz bestimmt nicht. Aber man verdient einen Arsch voll Geld. Dumm und dämlich verdient man sich da. Richtig, richtig viel Kohle ist das! Dabei erzählt man diesen ganzen Deppen einfach nur, was sie hören wollen. Man redet ihnen ein, dass sie alles schaffen und alles bekommen können. Und dafür bezahlen sie dich auch noch. Aber soll ich Ihnen was verraten?«

»Ok, meinetwegen.«

»Keiner von denen wird es schaffen. Nie! Keiner von denen wird je erfolgreich oder glücklich oder sogar beides sein! *Das* ist die Wahrheit! Aber ich verkaufe den Leuten eben den Glauben an all das, den Glauben an all die schönen Dinge. Ich verkaufe diesen verirrten Seelen Träume und Illusionen. Ich male ihnen die Zukunft. Und die Aussichten sind immer rosig. Immer. Sie *müssen* immer rosig sein. Sonst würden die Leute schließlich kein Geld ausgeben. Viel Geld. Träume sind teuer. Luftschlösser bauen, kostet Kraft. Und am Ende verdient nur *einer* wirklich viel Geld. Nur *einer* hat Erfolg. Nur *einer* ist frei. Es kann nur *einen* geben!«

Coach Jürgen hat sich offensichtlich wieder gefangen.

Er erhebt sich.

»Und das bin *ich*! Jürgen Jäger!«

Ich blicke auf meine Uhr.

»Ich will nicht unhöflich sein, aber mein Bus fährt gleich.«

»Werden Sie eines meiner Anschlussseminare besuchen?«, fragt der Coach.

»Um ehrlich zu sein, hat mir die heutige Veranstaltung schon ziemlich zugesetzt. Aber nicht im positiven Sinne. Ich wollte schon in der Mittagspause weg, aber die haben mich nicht gehen lassen.«

Jürgen Jäger legt mir eine Hand auf die Schulter.

»Das habe ich mir gedacht. Ich habe Sie während der Show beobachtet. Sie waren der Einzige im ganzen Saal, der nicht mitgemacht hat. Für Sie scheint Hoffnung zu bestehen«, sagt er.

»Mag sein. Wissen Sie, ich glaube, dass Sie vielen Menschen tatsächlich etwas bedeuten. Weil Sie ihnen etwas geben. Vielleicht nicht allen Menschen. Nein, ganz gewiss nicht allen Menschen. Ich bin da das beste Beispiel. Aber ich habe heute meinen steifen Kollegen aus der Buchhaltung gesehen. Er hat getanzt. Und ich habe einen Wackelpudding gesehen, der gleichzeitig geweint und gesungen hat. Und die Augen dieser Menschen waren tot. Aber Sie haben sie zum Leuchten gebracht. Und selbst wenn Sie nur Luftschlösser bauen; für einige ist das immer noch besser als obdachlos zu sein.«

Coach Jürgen holt tief Luft.

»Danke«, sagt er und reicht mir die Hand.

Ich nehme sie nicht.

»Nur damit wir uns nicht falsch verstehen: Ich finde es nicht gut, was Sie machen. Im Gegenteil. Und nun muss ich wirklich los!«

Ich wende mich ab und Coach Jürgen ruft mir hinterher:

»Sind Sie denn motiviert, erfolgreich und glücklich?«

Und ich forme meine Hände zu einem Trichter und rufe zurück:

»Ich lebe für den Moment! Und im Moment bin ich motiviert, eine Mikrowelle bei Aldi zu kaufen. Und wenn ich damit erfolgreich war, ist meine Frau glücklich. Und wenn sie glücklich ist, dann macht sie mir Bratkartoffeln. Und dann bin auch ich glücklich. So einfach ist das.«

DER TRAUM

Egal, ob Sommer oder Winter, ob an Weihnachten, im Bett, beim Einkaufen oder Beerdigungen; Achim Schäfer trägt Unterhemd. Er ist übergewichtig und Unterhemdträger aus Leidenschaft. Pullover, T-Shirts oder gar Hemden hat er noch nie besessen.

Schäfer ist auf das hässlichste tätowiert. Das sagen zumindest die wenigen Menschen in seiner näheren Umgebung. Schäfer selbst findet das zwar auch, aber die Unterhemden bleiben.

Die Tätowierungen hat er selbst gestochen. Im Knast hatte er viel Zeit. Vier Jahre hat er eingesessen. Hauptsächlich wegen diverser Gewaltdelikte. Körperverletzung, Waffenbesitz, versuchte Erpressung. So was eben.

Er hat zwei Kampfhunde. Xavier und Attila. Xavier und Attila neigen nicht weniger zu Gewalt als Schäfer. Schäfer ist ein unangenehmer Kerl. Sehr unangenehm sogar. Vor allen Dingen dann, wenn er mal wieder zu viel getankt hat. Manchmal ist Schäfer beim Gassi gehen so dermaßen neben der Spur, dass er jegliche Kontrolle über die Hunde verliert. Wenn die drei dann beim Kinderspielplatz vorbeikommen, wird es mitunter kritisch.

Eijeijejei! Heikel, heikel! O-Haue-Haue-Haue-ha!

Xavier und Attila sind angriffslustig, verspielt, aggressiv und kennen keine Grenzen. Zugebissen haben sie aber noch nie. Zumindest nicht bei Fremden, glaubt Schäfer. Er lallt unverständlich im Hintergrund. Seine Aussprache ist mehr als nur undeutlich.

Es klingt dann wie: »*s 'woll 'spie – s 'woll 'nu 'spie!*«

Für Schäfer bedeutet das: *Die wollen nur spielen!* Versteht außer ihm aber keiner und selbst wenn; glauben würde es beim Anblick der beiden Höllenhunde sehr wahrscheinlich sowieso niemand. Sobald sie das Trio schon von Weitem erblicken, ergreifen nicht wenige Eltern samt Kindern die Flucht. Rette sich wer kann!

Schäfer weiß, dass Xavier und Attila eigentlich Maulkörbe tragen sollten. Aber immer, wenn er versucht, den Hunden welche anzulegen, schnappen sie nach ihm. Blöde Viecher. Ungehorsam sind die, schimpft Schäfer. Xavier hat sich sogar mal richtig in seiner Hand verbissen. Die Wunde musste im Krankenhaus verarztet werden.

Träume und Wünsche hat Schäfer schon lange nicht mehr. Ziele ebenfalls nicht. Für Schäfer ist das Leben quasi zu Ende. Im Prinzip wartet er nur noch auf den Tod. Die einzigen Träume, die Schäfer nachts heimsuchen, sind Alpträume, aus denen er schweißgebadet aufschreckt. Meistens träumt er aber nichts oder kann sich aufgrund des komatösen Vollrausches nicht daran erinnern. Ist aber auch egal. Total egal. Weil Achim Schäfer einfach alles egal ist.

Träume? Pah! Brauche ich nicht, denkt Schäfer.

Viel denkt Achim Schäfer nicht, aber das mit den Träumen denkt er dann schon noch. Und, dass eben alles scheiße ist. Sein Leben, die Umgebung, seine Alpträume und manchmal auch die Hunde.

An einen Alptraum kann er sich noch gut erinnern: Im Traum kann er sich selbst sehen. Er trägt wie immer nur ein Unterhemd. Seine Speckarme mit den grausigen Tätowierungen baumeln sinnlos am korpulenten Körper herunter. Er ist verkatert. Im Traum einen Kater zu fühlen, ist ein Kuriosum. Ein eigener Traum. Ein Alptraum im Alptraum.

Es ist Schäfers erster Tag im neuen Job. Noch so ein Alptraum. Ein Job! Wie er da wohl rangekommen sein soll. Aber in diesem Alptraum war es nun einmal so. Er hat einen Job. Eine richtige Arbeitsstelle. Es ist sein erster Arbeitstag. Er steht vor dem Gebäude und fragt sich, ob Kindergärtner wirklich das Richtige für ihn ist.

Xavier und Attila reißen sich los. Dann hört Achim Schäfer Schreie. Viele Schreie. Laute Schreie. Panik, Entsetzen. Die Hunde bellen wie verrückt. Das Klirren von Glas, Gerumpel, Gepolter und zwischendurch immer wieder diese angsteinflößenden Schreie.

Kreischende Schreie von Frauen, tiefe Männerschreie, aber vor allen Dingen Schreie von Kindern. Piepsig und wuselig klingt das. Wie bei einer Achterbahn im Freizeitpark. Nur verzweifelter irgendwie.

Eine Frau rennt aus dem Gebäude. Blutet sie? Ist das Blut? Ihr Blut? Das Blut von jemand anderem?

Dann fährt Achim Schäfer hoch. Er schwitzt wie ein Schwein und weiß sofort, dass er nur geträumt hat. Dann blickt Schäfer auf die Uhr. Es ist kurz nach fünf am Morgen.

Ich kann nicht jetzt schon anfangen, Bier zu trinken, denkt er, während er in die Küche schlurft.

Um kurz nach halb sechs öffnet er bereits die zweite Flasche. Dann pöbelt Schäfer lauthals aus dem Fenster, weil ein Auto auf dem Gehweg geparkt ist.

NULL ZU NULL

F: »Wie ist das Spiel ausgegangen?«

M: »Null zu null.«

F: »Oh! Das hat sich dann ja wohl nicht gelohnt.«

M: »Warum? Woher willst du wissen, ob es sich gelohnt hat oder nicht? Warst du dabei?«

F: »Mein Gott, bist du gereizt!?«

M: »Ich bin nicht gereizt. Ich sage nur, dass du dir kein Urteil über etwas erlauben kannst, was du nicht selbst gesehen hast.«

F: »Ich habe mir doch gar kein Urteil erlaubt.«

M: »Doch. Du hast gesagt, dass das Spiel sich nicht gelohnt hätte.«

F: »Ich vermute es. Ich vermute, dass es sich nicht gelohnt hat, weil du sagtest, es wäre null zu null ausgegangen.«

M: »Du legst mir also eine Meinung in den Mund? Du sagst mir, was ich denken soll? Was ich von dem Spiel halten soll? Sehe ich das richtig, Schatz?«

F: »Ich vermute, dass sich das Spiel für dich nicht gelohnt haben *könnte*, weil es keine Tore gab. Wenn dem nicht so war, dann sage es mir doch einfach und führe dich hier nicht auf WIE. EIN. DUMMES. ARSCHLOCH!«

M: »Ohooo, dummes Arschloch. Ein großartiges Niveau, mein Schatz. Glückwunsch.«

F: »Lass mich.«

M: »Ich sage dir mal was. Wenn du wissen willst, wie das Spiel war, dann frage mich doch einfach. Und stelle hier keine sinnlosen Mutmaßungen an.«

F: »Ich HABE dich doch gefragt.«

M: »Du hast lediglich gefragt, wie das Spiel ausgegangen ist. Und ich sagte daraufhin: Null null. Darauf du: Dann hätte sich das Spiel ja nicht gelohnt. Und warum das Ganze? Weil du der Meinung bist, dass das Spiel zwangsläufig schlecht gewesen sein *muss*, weil es am Ende null zu null stand.«

F: »Am Anfang stand es null zu null, am Ende steht es null zu null. Im Grunde ist doch also nichts passiert. Wenn die Mannschaften nicht gespielt hätten, wäre dasselbe dabei herausgekommen.«

M: »Da sieht man eben, dass du keine Ahnung von Fußball hast.«

F: »Ja, kann sein. Kann sein, dass ich keine Ahnung habe. Und kann auch sein, dass du dir gerne zwei Stunden lang ein Fußballspiel ansiehst; ein Spiel, bei dem es darum geht, Tore zu erzielen. Und kann auch sehr gut sein, dass du das prickelnd findest, wenn dieses Ziel nicht ein einziges Mal erreicht wurde. Bitte. Es ist dein Leben.«

M: »Genau. Es ist mein Leben und ich sehe gerne Fußball. Sehr gerne sogar. Natürlich ist ein Spiel mit vielen Toren auch gut, aber Tore schießen, ist manchmal eben nicht alles, mein Schatz. Aber davon verstehst du nichts. Manchmal ist einfach der Weg das Ziel. Auch ein null zu null kann ein Erfolg sein, auch ein Spiel ohne Tore kann voller Spannung und Drama sein. Es geht eben um mehr als nur um Tore. Im Leben geht es ja auch nicht nur um ... um ... ach, was weiß ich ... um das eine eben ... um eine einzige Sache. Da geht's auch um mehr. Um alles. Um das Innere, das Äußere und alles was dazwischen liegt. Verstehst du?«

F: »Nein. Du?«

M: »Ist ja auch egal. Das Spiel war auf jeden Fall nicht so schlecht, wie es das Ergebnis vermuten lässt. Ok, es war auch nicht sonderlich gut. Es war schon ein bisschen schlecht, aber nicht sooo schlecht. Also nicht so schlecht, dass einem zum Beispiel übel wird. Oder so. Ach, du weißt, was ich meine.«

F: »Dann freut es mich, wenn du Spaß hattest.«

M: »Sei nicht so sarkastisch.«

F: »Dir kann man es einfach nicht recht machen.«

M: »Gibt es was zu essen?«

F: »Aber was sind denn dann die Tore im Leben?«

M: »Was?«

F: »Na, wenn du *Fußball* mit dem Leben vergleichst. Beim Fußball geht's nicht nur um Tore. Im Leben nicht nur um das Eine oder das Andere. Hast du gesagt. Deine Worte. Was sind denn dann die Tore im Leben? Ohne Tor kein Sieg. Was muss ich denn im Leben erreichen, um zu gewinnen?«

M: »Keine Ahnung. Kinder vielleicht.«

F: »Kinder?«

M: »Ich weiß es doch nicht.«

F: »Und Ecken?«

M: »Das Leben ist eben insgesamt wie ein Fußballspiel. Und in der Zusammenfassung werden meist nur die Tore gezeigt. Die Bilder, die du siehst, kurz bevor du stirbst, das sind dann wahrscheinlich die Tore.«

F: »Aha.«

M: »Macht doch Sinn. Anpfiff gleich Geburt. Halbzeit ist so circa mit Mitte dreißig. Abpfiff gleich Tod.«

F: »Und Verlängerung?«

M: »Das Leben nach einem Herzinfarkt zum Beispiel. Oder nach einem schweren Autounfall.«

F: »Und Foul?«

M: »Na, wenn du jemanden verletzt.«

F: »Und die Tore sind also die Highlights im Leben.«

M: »Ja, zum Beispiel.«

F: »Und der Schiedsrichter?«

M: »Keine Ahnung. Die Eltern, der Staat, die Regierung, die Polizei. Richter. Gott. Irgendjemand, der aufpasst, dass du sauber bleibst. Was weiß ich. Vielleicht ja auch die Ehefrau. Ich habe Hunger.«

F: »Und wenn das Leben null zu null ausgeht?«

M: »Dann ist das eben so. Dann war dein Leben eben eine klassische Nullnummer. Tragisch, aber kommt vor. Und dann werden in der Zusammenfassung eben andere Höhepunkte gezeigt.«

F: »Also Höhepunkte, die eigentlich keine Highlights waren. Keine Tore. Oder was?«

M: »Jaha, zum Beispiel. Ich weiß es doch auch nicht. Dann sieht man eben auf dem Totenbett nur eine Schaukel, seinen Bürostuhl und Leberwurstbrötchen. Das waren dann eben die Höhepunkte. Tore gab es nicht.«

F: »Was wären deine Highlights? Fußballgucken und sonntags treffen mit deinen Pen-und-Paper-Rollenspiel-Freunden?«

M: »Das sehen wir ja dann. Also vielmehr sehe *ich* es dann. Ich kann dir ja aus dem Jenseits eine Karte schreiben. Jetzt jedenfalls möchte ich was essen.«

F: »Na gut.«

M: »Also?«

F: »Also was?«

M: »Gibt es was zu essen?«

F: »Bin ich deine Köchin?«

M: »Du bist meine Frau und für gewöhnlich kochst du.«

F: »Heute nicht.«

M: »Ok. Gut. Hast du auch Hunger? Soll ich was kochen oder sollen wir uns was kommen lassen?«

F: »Nein. Mir egal. Nein.«

M: »Was?«

F: »*Nein*, ich habe keinen Hunger. Mir *egal*, ob du was kochst und *nein*, du brauchst uns nichts kommen lassen.«

M: »Aha. Danke für die Info. Du hast also schon gegessen?«

F: »Ich habe keinen Hunger.«

M: »Dann mache ich mir eine Pizza.«

F: »Das bekommst du hin.«

M: »Danke für dein Vertrauen in mich.«

F: »Bitte.«

M: »Was hast du denn heute den ganzen Tag so gemacht?«

F: »Ich war auf Wohnungssuche.«

M: »Warum das denn?«

F: »Ich ziehe aus.«

M: »Warum das denn?«

F: »Ich möchte nicht mehr mit dir leben.«

M: »Warum das denn?«

F: »Weil du immer fragst, *warum das denn*.«

M: »Tue ich das? Wann denn?«

F: »Eben gerade. Drei Mal.«

M: »Du willst dich trennen?«

F: »Nein.«

M: »Puh, ich dachte schon ...«

F: »Genau genommen habe ich mich schon getrennt.«

M: »Aha. Schön, dass ich als dein Ehemann auch mal davon erfahre. Und wann hast du dich getrennt?«

F: »Als du beim Fußball warst.«

M: »Und das sagst du mir jetzt mal eben so nebenbei?«

F: »Ja. Wann denn sonst? Erst warst du beim Fußball, dann hast du mir die Zusammenhänge zwischen Leben und Fußball und dem null zu null erklärt und nun habe ich es dir gesagt. In der Fußballersprache war ich also die ganze Zeit chancenlos unterlegen. Du hast das Spiel dominiert und dann habe ich dich blitzsauber im eigenen Stadion ausgekontert und das 1:0 gemacht. Bämm!«

M: »Bämm? Bämm?«

F: »Bämm! Genau!«

M: »Aber warum denn? Warum denn so plötzlich?«

F: »Mir ging es einfach auf die Nerven, dass du ständig den Ball hattest und Druck auf mich ausgeübt hast.«

M: »Jetzt rede doch mal normal und lass den Fußballscheiß sein!«

F: »Ich habe einfach keinen Bock mehr. Ich will jetzt mal was anderes machen.«

M: »Du willst was anderes machen? Was anderes!? Und deshalb ist jetzt also Schluss und du ziehst aus? Nach all den Jahren?«

F: »Du begreifst wirklich schnell.«

M: »Du sollst nicht immer so sarkastisch sein!«

F: »Wie ich sein soll, hast du nicht zu bestimmen. Ich kann sein, wie ich will! Mein Leben ist keine Nullnummer.«

ALS FRAU FISCHER
EIN SCHIMPANSE SEIN
WOLLTE

Einmal kam unsere Lehrerin, Frau Fischer, als Schimpanse verkleidet in den Unterricht. Wir wussten erst gar nicht, ob wir lachen oder staunen sollten. Sie hatte zwei Plüschohren auf dem Kopf und einen buschigen, langen Schwanz um ihre Taille gebunden. Der Rest ihres Körpers war mit braunem Bodypainting überzogen.

Schimpansen-Bodypainting. Nicht schlecht.

Unsere Lehrerin stand demnach quasi nackt vor uns. Im Falle von Frau Fischer, mit ihren knapp siebenundzwanzig Jahren, war diese Vorstellung für die meisten von uns sogar relativ angenehm.

Man stelle sich vor, die Frau Porz, was unsere Mathelehrerin ist, käme nackt in den Unterricht. Die olle Schabracke mit den ausladenden Hüften und den viel zu großen Hängetitten. Vom Mundgeruch mal ganz zu schweigen. Ich habe mal gesagt, Frau Porz sähe aus wie Raquel Ochmonek aus der Serie *ALF*, aber in schlecht. Das hatte aber keiner verstanden, weil zwar immer noch jeder *ALF* kennt, aber keiner mehr die anderen Darsteller.

»Ihr fragt euch sicher, was das soll«, sagte Frau Fischer.

»Ist etwa schon Karneval?«, fragte Marc.

»Unsinn! Karneval. Im Dezember. Mein Gott. Und seit wann feiern wir so einen Schwachsinn wie Karneval, ihr kleinen Spacken!?«

Wenn Frau Fischer so ein Wort wie *Spacken* sagte, klang das immer besonders liebevolle und fast erotisch. Zumindest in unseren Ohren. Aber was wussten wir schon von Erotik.

»Pikant, pikant, Frau Fischer«, rief Klemens.

»Wenigstens nicht so ´ne schlaffen Hupen wie die Porz«, stichelte Torben und duckte sich. Die sensible Kunigunde fing an zu weinen.

»Na, na«, mahnte Birgit. »Wirst du wohl mal etwas Respekt zeigen?«

»R.E.S.P.E.C.T.«, sang Aluna vor sich hin und ihre Zwillingsschwester Alina machte dazu wellenartige Bewegungen mit den Armen.

»Nää!«, sagte Marc, »meine Lehrerin steht als Schimpanse bemalt und mit Plüschöhrchen auf dem Schädel da vorne. Da geht mir jeglicher Respekt verloren!«

»Schöner Schwanz!«, rief die geile Gerda lasziv dazwischen.

Frau Fischer stemmt ihre Fäuste in die Hüften. Für eine vierte Klasse waren die Kinder ganz schön frech, fand sie.

»Na, keiner eine Idee, was das soll?«

»Haben Sie vielleicht eine Wette verloren?«, fragte eine lispelnde Stimme aus der ersten Reihe.

»Nein, ganz kalt, Susi.«

»Auf jeden Fall ist das ja mal ein richtig schöner langer Schwanz«, meldete sich die geile Gerda noch einmal zu Wort, um sicherzugehen, dass wir die Doppeldeutigkeit ihrer Anspielung auch verstanden hatten.

»Nun kommt schon!«, forderte Frau Fischer.

Dann ging sie leicht in die Hocke und hüpfte wie ein Affe vor der Tafel umher, machte dabei Affenlaute und kratzte sich wie von Sinnen am Kopf. Der Fremdscham stand uns ins Gesicht gemeißelt. Zu guter Letzt hopste sie zu ihrer Tasche und holte eine Banane heraus. Diese brach sie in der Mitte durch und stopfte sich Stück für Stück in den Mund. Währenddessen sprang sie durch die Reihen und brüllte jedem ein verächtliches »AH HAH AHR« ins Gesicht. Es war grauenerregend.

»Das ist doch albern, Frau Fischer!«, meinte Klemens. »Was stimmt denn mit Ihnen nicht?«

Die sensible Kunigunde lief tränenüberströmt aus dem Klassenraum.

»Das sage ich meiner Mutter!«, rief sie noch. Dann flog die Tür zu.

Kaum hatte Frau Fischer den letzten Bissen ihrer Banane heruntergeschluckt, nahm sie wieder eine aufrechte Haltung an und stellte sich an ihr Pult.

»Von wem ich noch keine Rückmeldung erhalten habe: Bitte denkt spätestens morgen an die Teilnahmeerklärung für die große Schulweihnachtsfeier in zwei Wochen. Danke.«

»Kann es sein, dass ihr Mann sie verlassen hat?«, fragte Susi.

»Wie kommst du denn darauf, Susi?«, wunderte sich Frau Fischer.

»Vielleicht wollen Sie sich nach der Trennung neu erfinden«, sagte Susi.

»Oder aber Sie wollten schon immer lieber ein Schimpanse sein, und nun, nach der Trennung, können Sie Ihre Neigung endlich voll und ganz ausleben. Mit allem, was dazu gehört.« Susi zuckte mit den Schultern und blickte sich im Klassenraum um. Wir warfen ihr missmutige Blicke zu. Einige verdrehten die Augen, andere schüttelten verständnislos die Köpfe. Alles war still.

»Wieso?«, fragte Susi. »Kann doch sein.«

»Nein, so ist es nicht, Susi«, sagte Frau Fischer. »Wie kommst du nur immer auf solche Ideen?«

»Meine Mutter ist Psychologin. Da bekommt man so einiges mit ... aus der Welt der Bekloppten.«

»Willst du damit sagen, ich sei bekloppt?«

»Sie haben doch gesagt, wir sollen raten!«

»Nein, das habe ich nicht gesagt.«

»Stimmt«, sagte Susi. »Ich habe nur gedacht, dass Sie wollen, dass wir raten. Weil Sie uns ja schließlich nicht verraten, was das mit der Schimpansen-Verkleidung soll.«

»Natürlich könnt ihr raten, aber eigentlich ist das doch affen- äh, offensichtlich, oder?«

»Ich finde die Idee mit dem Ausleben einer bisher verborgenen Neigung gar nicht so schlecht«, sagte die geile Gerda. »Vielleicht wollen Sie ja eigentlich ein Mann sein. Und deswegen auch dieser geile, lange ...«

»Schluss jetzt mit dem Quatsch, Gerda!«, mahnte Frau Fischer.

»Soll ich mal schauen, was Kunigunde macht?«, fragte Klemens.

»Nein, du bleibst jetzt auf deinem Platz und sagst mir, WARUM. ICH. EIN. SCHIMPANSE. BIN.«

Marc hatte zwischenzeitlich sein Smartphone hervorgeholt und den letzten Satz von Frau Fischer nun auf Video.

»Das gibt bestimmt viele Klicks auf YouTube«, flüsterte er Heiko zu, der kurz weggedämmert war.

»Wie? Was? Wo? Was gibt es?«, fragte Heiko schlaftrunken und bohrte in der Nase.

»Klicks, Digga, Klicks und *Daumen hoch* ... YouTube, Digga! Wo lebst du eigentlich?«

»Marc! Heiko! Was gibt es da zu tuscheln?«, fragte Frau Fischer.

»Wäret ihr bitte so freundlich, eure Privatgespräche einzustellen und eure Ansichten der Klasse mitzuteilen.«

Birgit räusperte sich. »Können Sie uns nicht einfach verraten, warum Sie ein Schimpanse sind?«

»Ihr könntet zur Abwechslung auch mal eure Köppe anstrengen, ihr kleinen Spacken! Wie wäre es damit?« Frau Fischer reagierte zunehmend gereizter. Sie hielt Kinder im Allgemeinen ohnehin schon für dumm. Aber ihre eigene Klasse war saudämlich, fand sie.

Ich liebte es, wenn sie *Köppe* sagte.

Frau Fischer war eine frustrierte Lehrerin und fieberte ihrem ersten Burn-out bereits seit vier Jahre entgegen. Ihre Haut sei seit dem Studium um Jahrzehnte gealtert, hatte sie mal gesagt. Sie sei noch nicht einmal Mitte zwanzig, doch ihr Hautbild entspräche bereits dem einer Siebzigjährigen. Selbst ihre braune Ledertasche sähe jünger aus. Und dann noch ihr Name. *Gabriele Fischer.* Sie schluchzte und fragte uns, wer denn bitte heutzutage noch *Gabriele* mit Vornamen hieße und was sich ihre Eltern dabei nur gedacht haben. Als wenn wir darauf eine Antwort wüssten.

Kein Wunder, beklagte sie sich weiter. Kein Wunder, dass sie nun eine Lehrerin mit alter Haut sei. Kein Wunder.

Das war ein richtig emotionaler Vulkanausbruch, den Frau Fischer da vor versammelter Klasse hatte. Sie weinte sogar ein bisschen und dann sackte sie auf ihrem Stuhl zusammen und hielt sich die Hände vors Gesicht.

Wir dachten, dass so was natürlich mal passieren kann und dass so was manchmal einfach raus muss. *Aber gleich am ersten Schultag?* Das fanden wir dann doch ein bisschen übertrieben. Zum Glück aber konnten wir sie schnell wieder beruhigen, boten ihr allerlei Süßes aus unseren Schultüten an, und versprachen eine nette Klasse zu sein.

Doch offenbar hatte ihre Psyche trotz allem einen größeren Knacks abbekommen. Wie groß dieser Knacks war, konnten wir ja nicht einmal annähernd erahnen. Doch dieser Tag, an dem Frau Fischer ein Schimpanse sein wollte, machte uns in aller Form deutlich, wie fertig Gabriele Fischer tatsächlich war. Es war einfach nur peinlich und gruselig zugleich und wir wollten alle nur noch nach Hause, um diesem Alptraum zu entfliehen. Natürlich dürfte niemals jemand von der Schimpansen-Aktion erfahren. Nicht einmal unsere Eltern. Man stelle sich vor, es käme heraus, dass unsere Lehrerin ihren Unterricht nackt, aber dafür mit Affenohren abgehalten hatte. Auf eine traumaverarbeitende Therapie war wohl niemand besonders scharf.

Plötzlich öffnete sich die Tür zum Klassenzimmer.

Es war der Direktor zusammen mit der sensiblen Kunigunde. Der ausgemergelte Direktor war als Elefant verkleidet und sah aus wie Benjamin Blümchen mit Krebs im Endstadium.

Auch das noch, mochte Gabriele Fischer in ihrem Schimpansen-Kostüm gedacht haben. *Einfach nur furchtbar. In ein paar Jährchen sehe ich wahrscheinlich genauso aus. Und dann noch die sensible Kunigunde.*

Eigentlich hatten wir ja alle Mitleid mit der moppeligen Kuni. Das arme Kind. War es doch mit den fast neunzig Kilo Körpergewicht schon gestraft genug. Und dann immer dieses Geheule. Kunigunde konnte ja partout keine Kritik oder Abweichungen von der Norm vertragen. Das war schon seit der ersten Klasse so. Da hatte Frau Fischer sie aufgefordert, so ein einfaches Wort wie *Fotosynthese* zu buchstabieren. Natürlich war die sensible Kunigunde dazu nicht in der Lage. Typisch. Sofort standen ihr die Tränen in den Augen. Dann hatte Frau Fischer sie entnervt angefaucht und gefragt, ob sie vielleicht *dumm* wäre und ihr vorgeworfen, sie sei eine ganz schlimme Augenwurst. Da brachen dann vollends alle Dämme bei dem Mädel.

Der Direktor sagte: »Törööööö.«

Ungläubig blickten wir erst auf den dürren Direktor, dann wieder auf Frau Fischer.

»Schauen Sie mal, wen ich mitgebracht habe. Unsere kleine Trauerweide, das Kunigundchen.« Sofort brach

Kunigunde erneut in Tränen aus. Sie weinte so bitterlich, dass wir nicht mehr verstehen konnten, was unser Elefanten-Direktor mit unserer Affen-Lehrerin zu bereden hatte.

Dann passierte nicht mehr viel an diesem Schultag.

Der Direktor verließ den Klassenraum und Frau Fischer fragte uns zum hundertsten Male, warum sie wohl ein Schimpanse wäre. Kurz danach ging die Tür wieder auf und zwei, in weiß gekleidete, Männer kamen herein. Erst zierte sich Frau Fischer noch nach Leibeskräften. Aber dann gelang es den weißen Herren schließlich doch, Frau Fischer in so eine eigenartige Jacke zu stecken. Die Jacke hatten sie ihr, wohl im Eifer des Gefechts, falsch herum anzogen. Das war eigentlich ganz witzig. Dann nahmen sie Frau Fischer mit. Für den Rest des Tages bekamen wir schulfrei.

Gabriele Fischer fehlte auch noch am nächsten Tag und am Tag danach ebenfalls. Auch in der Woche darauf hieß es, sie sei noch immer krank.

Wir sahen Gabriele Fischer nie wieder. Wir erfuhren nie, warum sie an diesem einen Tag ein Schimpanse sein wollte. Einen Monat später quittierte sie den Schuldienst. Angeblich auf eigenen Wunsch.

Der spindeldürre Direktor saß in seinem Büro und grübelte.

Natürlich war es richtig, dachte er. *Was hätte ich denn sonst tun können? Ich konnte gar nicht anders handeln.*

Ich musste die Psychiatrie verständigen. Was bleibt einem in so einem Fall denn übrig?

Er strich sich sanft über den langen Rüssel.

Diese Gabriele Fischer war doch ein reines Nervenbündel und bei aller Liebe, sie war nicht mehr tragbar. Außerdem hat sie die Dienstvorschriften mehr als nur einmal missachtet. Doch jetzt war der Bogen überspannt, das Maß war voll. Das war nun wirklich der berühmte Tropfen, der das Fass zum Überlaufen brachte. Was hatte sie sich nur dabei gedacht, in einem solchen Aufzug in die Schule zu kommen und ihren Unterricht abzuhalten.

Der Direktor glättete sein Elefantenkostüm. Die angeklebten Ohren störten beim Sitzen.

Die arme Gabriele Fischer, dachte er weiter. *Dieses arme, arme Geschöpf. Natürlich tut sie mir wahnsinnig leid, aber ich muss auch an das Wohl der Schüler, an das Kollegium und letztlich auch an den Ruf der Schule denken. Möge es ihr nun, nach Entbindung ihrer Aufgaben, besser gehen.*

Dann trat er aus seinem Büro und ging in den großen Konferenzraum, wo die anderen Lehrer bereits ungeduldig auf ihn warteten.

»Guten Tag, verehrte Kolleginnen, verehrte Kollegen! Wie Sie wissen, gibt es leider schlechte Neuigkeiten. Leider mussten wir uns von einer Lehrkraft mit sofortiger Wirkung trennen.«

Da rief eine junge, als Karla Kolumna verkleidete, Lehrerin: »Richtig so. Tragisch, aber richtig.« Sie begann zu klatschen und erhielt verhaltenen Beistand, von einem Lehrer in einem Zoodirektor-Tierlieb-Kostüm, sowie einem älteren Herrn, der sich als Otto verkleidet hatte. Ein Kollege, der einen *Zoowärter Karl* darstellte, stieß Karla Kolumna leicht in die Seite und legte, zum Zeichen, dass sie ruhig sein sollte, einen Finger über den Mund.

»Ja, das ist allerdings tragisch, liebe Kolleginnen, liebe Kollegen. Und uns blieb da auch gar keine andere Wahl. Wir haben schließlich einen Ruf zu verlieren, von den Kindern ganz zu schweigen. Glauben Sie mir. Ich habe da vor ein paar Tagen eine völlig verstörte Klasse vorgefunden. So ein pummeliges Mädchen befand sich sogar außerhalb des Klassenraumes und weinte. Grässlich war das. In höchstem Maße grässlich. Wir sind uns also, so denke ich, alle darüber einig, dass wir solche Zustände an der Benjamin-Blümchen-Grundschule weder dulden *können* noch *wollen*, meine Damen und Herren, vielen Dank und: Töörööö!«

Tosender Applaus brandete auf.

Dann erhob sich die versammelte Lehrerschaft.

Sie fassten sich an den Händen und begann gemeinsam die Schulhymne zu singen:

»Benjamin, du lieber Elefant ...«

Der Gesang hallte noch lange durch das gesamte Schulgebäude.

Nur knappe fünfzehn Kilometer entfernt starrte Gabriele Fischer an die Decke. Man hatte sie an Arm- und Fußgelenken fixiert. Und immer, wenn sie erneut behauptete, nicht *sie* sei die Verrückte, sie hätte nur gegen das Schulsystem rebellieren wollen, spritzte man ihr ein Beruhigungsmittel.

DIE BÄCKEREI

Sie war einunddreißig, hieß Sabine und hasste ihren Job. *Soll es das gewesen sein?*

Seit vierzehn Jahren war sie nun mittlerweile Bäckereifachverkäuferin in derselben Bäckerei. Und wenn sie richtig gerechnet hatte, lagen noch sechsunddreißig weitere Jahre vor ihr.

Endstation Bäckerei. Wo sollte sie auch sonst hin. Außerdem gehörte die Bäckerei ihren Eltern. Undenkbar, dass sie das Familienunternehmen verließ. Was hätten ihre Eltern dazu gesagt, wenn sie mit so Hirngespinsten wie Jobwechsel, Umzug, Eigenständigkeit oder gar Glück um die Ecke gekommen wäre.

So ein Unfug, Mädchen, hätte es da geheißen. Oder: *Denk auch mal an uns.* Oder: *Denk an die Dorfbewohner. Denk an die Bäckerei.*

Oder sie hätten gesagt, dass wahres Glück doch nur in der Heimat zu finden sei und dass sie sich solchen Tüddelkram gleich mal wieder aus dem Kopf schlagen solle.

Seit etlichen Wochen waren ihre Eltern nicht mehr in der Lage zu arbeiten. Sabine hatte also die gottverdammte Pflicht, sie am Leben zu erhalten.

Die Bäckerei war die einzige Bäckerei im Ort. Das Leben musste irgendwie weitergehen. Egal, ob Sabine die Arbeit zum Halse heraushing oder nicht.

Wo sollten schließlich all die Leute ihre Brötchen, Brote und Kuchen kaufen und Kaffee trinken? Es ging um etwas Größeres. Es ging um die Bäckerei. Ihre Eltern hatten recht. Ein Dorf braucht eine Bäckerei genau wie ein Postamt, die Metzgerei, Strom und Telefon. Das war Sabine erst bewusst geworden, als sie den Laden allein schmeißen musste.

Ihr Zimmer lag direkt über der Bäckerei. Sie wohnte mit ihren einunddreißig Lenzen noch immer bei ihren Eltern. Das war günstiger und außerdem konnte Sabine dadurch morgens länger schlafen. Auf einen stressigen Umzug hatte sie zudem bisher auch gar keine Lust verspürt. Einen Freund hatte Sabine nicht; hatte nie einen gehabt und glaubte auch nicht mehr daran, einen abzubekommen.

Nach der Schulabschlussfeier vor vielen Jahren wollte der Metzgerssohn Bernd mal was von ihr. Er war betrunken und hatte angefangen, an ihr rumzufummeln. Sabine verpasste ihm einen kräftigen Tritt zwischen die Beine und lief nach Hause.

Sie fühlte sich oft einsam. Manchmal dachte sie, dass es vielleicht doch besser gewesen wäre, wenn sie Bernd damals rangelassen hätte. Eventuell wäre aus ihnen noch etwas Vernünftiges geworden. Aber so war Sabine eben noch immer Jungfrau, übergewichtig und hatte von Natur aus fettige Haare, bei denen nicht einmal Spezialshampoos halfen. Und da sie niemanden hatte, für den sie sich hübsch machen musste, nahm sie den Kampf gegen Körper- und Haarfett gar nicht erst auf. Von dem Kampf gegen ihre Akne, die sie seit ihrem dreizehnten Lebensjahr heimsuchte, ganz zu schweigen.

Sie sei nicht unbedingt hässlich, sagte ihr Vater immer. Sie müsse nur mehr aus sich machen, meinte ihre Mutter. Sabine hasste ihre Eltern.

Ihre einzige Freundin, Ute, war schon vor vielen Jahren in die Großstadt gezogen und meldete sich jetzt nicht einmal mehr an Sabines Geburtstag.

Die blöde Kuh. Sie selbst meldete sich zwar auch nicht bei Ute, aber schließlich war Ute ja diejenige, die weggezogen war. Also war es auch an ihr, sich zu melden, fand Sabine. Aber vielleicht würde Ute ja eines Tages zurückkommen und dann wäre alles wieder wie früher und sie könnten zusammen *DSDS* oder das *Dschungelcamp* gucken und Chips essen und Pferde streicheln und auf dem Heuboden toben. Auch wenn die beiden jetzt vielleicht schon zu alt für solchen Kinderkram waren. Aber *DSDS* ging eigentlich immer, dachte Sabine oft und Chips essen sowieso. Und wenn *DSDS* ausgestrahlt wurde, verpasste Sabine keine Folge. Und immer, wenn sie sich *DSDS* anschaute, postete sie dies auf Facebook. Aber das bekam keiner mit, weil Ute nun einmal auch bei Facebook ihre einzige Freundin gewesen war und ihr Profil schon vor Jahren gelöscht hatte. Bei Sabine stand unter dem Reiter *Freunde:* »*Keine Freunde gefunden*«. Und das war nicht nur ihr Status auf Facebook, sondern entsprach auch ihrer bisherigen Lebensbilanz. Die Welt war schwarz und alle waren gegen sie. Beim Fernsehen aß Sabine manchmal zwei Tüten Chips allein. Mit Ute hatte das alles mehr Spaß gemacht.

Samstagvormittag musste Sabine immer arbeiten, Samstagabend war Fernsehzeit und sonntags hatte sie Depressionen. Sie glaubte nicht daran, dass Ute zurückkommen würde.

Das Wochenende war immer viel zu schnell vorbei, dachte Sabine. Manchmal stellte sie sich vor, wie es wäre, einfach tot zu sein.

Morgens ab sieben Uhr kamen die Rentner.
Die Faltigen.
Parole: *Brötchen und Kaffee.*
Die Bäckerei bot zwei Tische mit Stühlen im Innenbereich und vier weitere Sitzgelegenheiten im Außenbereich. Die Rentner redeten und redeten. Sie schmatzen Brötchen und schlürften Kaffee.
Sabine ekelte sich vor ihren Gesichtern, vor den falschen Zähnen, ihrer Art zu kauen. Gegen halb elf verschwanden sie wieder.
Parole: *Mittagessen und Mittagsruhe.*

Ab 14:30 Uhr wurden sie dann aber erneut in den kleinen Laden gespült.

Parole: *Kaffee und Kuchen.*

Kaffee, Kaffee, Kaffee, immer nur Kaffee. Das konnte doch für die alten Körper gar nicht gut sein.

Die Bäckerei bot keine Bedienung am Platz. Das wäre ja auch noch schöner, dachte Sabine. Ich bin doch keine Sklavin. Sollen sie ihre faltigen Ärsche wenigstens selbst an die Theke bewegen. Das Einzige, was Sabine gerne servierte, waren Lügen.

Nachmittags kamen auch immer die Arbeitslosen. Obwohl Sabine nicht wusste, ob die Arbeitslosen tatsächlich arbeitslos waren, nannte sie sie *die Arbeitslosen* oder *die Faulen.* Wer hat schon Zeit dafür, jeden Nachmittag kaffeesaufend in der Bäckerei zu hocken, wenn nicht Rentner und Arbeitslose.

Der Laden war jeden Tag proppevoll mit Faulen und Faltigen. Ihre Eltern waren sicherlich stolz auf sie. Das Geschäft lief. Doch Sabine war nicht glücklich. Die Bäckerei war vielleicht der letzte Zufluchtsort für die Rentner und Arbeitslosen, dachte Sabine oft. Das einzige Vergnügen, was diese Leute noch hatten. Nicht auszudenken, was passieren würde, wenn der Laden einfach für immer zumacht. Wohin sollten die Faulen und Faltigen dann pilgern? Sie würde ihnen ein Stück Heimat nehmen. Diese armen Seelen. Dem Tode geweiht. So oder so. Das konnte Sabine nicht zulassen.

Wenn sie von hier weggehen würde, dann müssten eben alle Faulen und Faltigen mitkommen.

Am Anfang war es nur ein dummer Gedanke an einem weiteren traurigen Sonntagnachmittag. Aber dann dachte Sabine diesen Gedanken immer öfter. Und irgendwann kam er ihr gar nicht mehr so dumm vor. Schließlich hatte sie eine Idee. Eine gute Idee. Nein, eine hervorragende Idee. Sie würde ihren Job schmeißen, endlich frei sein und einfach alle mitnehmen. Und sie wusste auch wie.

Nach Schulschluss kamen oft Kinder und Jugendliche in die Bäckerei. Manche kauften ein kaltes Getränk, andere Süßigkeiten. Sabine mochte die jungen Menschen. Aber irgendwann werden auch sie faltig und faul sein. Aber das werde ich nicht mehr miterleben, dachte sie dann erleichtert. Wie unvorstellbar grausam wäre es, wenn sie gleich mehrere Generationen von Faulen und Faltigen bewirtschaften müsste.

Es gab jedoch drei Jungs, die sie nicht mochte. Sie hasste diese Kinder geradezu. Mindestens einmal pro Woche kamen sie und bestellten etwas, was die Bäckerei gar nicht verkaufte. Etwas, was keine Bäckerei verkaufte. Cheeseburger, Hustensaft, Spaghetti Bolognese oder Currywurst wollten sie. Natürlich musste Sabine dann immer sagen, dass sie so etwas gar nicht führen würde, doch die drei Jungs gaben nicht auf. Sie kamen wieder. Woche für Woche.

Und ihre Wünsche wurden immer absurder. Und einmal gaben sie ihr sogar den Rat, dass sie doch besser Wurstverkäuferin geworden wäre, schließlich sähe sie aus wie eine Presswurst. Das passe doch viel besser zu ihr.

Das Helge-Schneider-Lied **Wurstfachverkäuferin** dröhnt durch Sabines Schädel …

Sie erwachte schweißgebadet. Ein Alptraum.

Und Helge Schneider lieferte den Soundtrack.

Sie beschloss, den drei Jungs Hausverbot zu erteilen. Noch am selben Tage standen die Eltern der Kinder in der Bäckerei und stellten Sabine zur Rede. Es könne doch nicht sein, dass Sabine die *lieben Kleinen* aussperren würde, sagten sie. Die Kinder seien doch schließlich keine Schwerverbrecher, keine Nazis oder Querdenker. *Diskriminierung*, schimpften sie, und drohten mit Bäckerei-Boykott.

An jenem Abend wusste Sabine, dass die Zeit reif war, ihre Idee in die Tat umzusetzen. Sie ging zu ihren Eltern und offenbarte ihren wohlüberlegten Plan.

***

Sabines Eltern waren seit drei Monaten tot.

Oder besser gesagt: So gut wie tot.

Sie hatte die beiden betäubt und in Ketten gelegt. Das war gar nicht so schwer, wie Sabine anfangs befürchtet hatte. Sie war sogar ein bisschen stolz, dass ihr die Aktion problemlos gelungen war. Ihre Eltern hatten das Betäubungsmittel samt Tee unbekümmert in sich hineingeschüttet. Danach hatte Sabine alle Zeit der Welt, die beiden mit Rundstahlketten auf ihrem eigenen Ehebett zu fixieren. Zum Abschluss stopfte sie Mutter und Vater je einen dicken Knebel in den Mund.

Seitdem hatte es keine frischgebackenen Brötchen mehr in der Bäckerei gegeben. Sabine kaufte stattdessen einfach Aufbackbrötchen und tiefgefrorene Kuchen im Supermarkt gegenüber. Den Kunden fiel es nicht einmal auf. Sabine erzählte allen, dass ihre Eltern eine Weltreise gewonnen hätten und spontan aufgebrochen wären. Und jetzt sei sie hier eben der Chef und musste allein backen, deshalb schmeckte alles etwas anders.

»Anders, aber immer noch gut«, meinte ein Faltiger.

»Wie bei Muttern«, bekräftigte ein Fauler.

Diese dämlichen Kunden. Sie glaubten ihr jedes Wort. Sie freuten sich für ihre Eltern und sagten so was wie: »Das haben sich die beiden aber auch verdient!« Und: »Gegönnt sei es ihnen. Das sei längst mal fällig gewesen.« Oder: »Da hat es ausnahmsweise ja mal die Richtigen getroffen.« Und dann gaben sie Sabine extra viel Trinkgeld, weil sie den Laden so toll allein führte.

Wenn die alle wüssten, dachte sie und blickte nach oben. Direkt über den Köpfen der Faulen und Faltigen machten Sabines Eltern alles andere als eine Weltreise. Stattdessen vegetierten sie in ihrem eigenen Unrat. Anfangs hatte Sabine die beiden noch morgens und abends gefüttert, ihnen Bettpfannen unter die Hintern geschoben und ihre wunden Körper gedreht. Doch als sie damit begannen, sich immer öfters auf dem Bett zu entleeren, wurde es Sabine zu mühsam.

»Da kommt man ja gar nicht mehr hinterher!«, hatte sie geschimpft.

Sabine wollte schließlich frei sein. Aber in den letzten Wochen hatte sie mehr Arbeit denn je. Arbeit mit der Pflege ihrer bettlägerigen Eltern, Arbeit mit der Bäckerei und den Ärger mit den frechen Kindern. Aber was sollte sie tun? Ihre Eltern sterben lassen, kam nicht in Frage. Die Bäckerei aufgeben und damit den Verdacht auf etwas Ungeheuerliches lenken, ebenfalls nicht.

Frei! Sie wollte doch einfach nur frei sein. Und nicht früher oder später ins Gefängnis gehen. Ob mit oder ohne Eltern; es spielte keine Rolle.

Ihr Leben hatte sich durch die Eliminierung von Vater und Mutter nicht verbessert. Im Gegenteil. Das Experiment war gescheitert. Diese Bäckerei war verflucht. Sie war ihr Untergang. Die Bäckerei war ihr Gefängnis. Und es gab kein Entrinnen.

Im Schlafzimmer roch es bestialisch; aber auch ein bisschen süßlich, fand Sabine. Natürlich nicht so herzhaft süßlich wie das leckere Gebäck in der Bäckerei, sondern eher ekelhaft süßlich, so dass sie jedes Mal eine dicke Gänsehaut bekam.

Sabine nahm den Geruch trotz Wäscheklammer auf der Nase wahr. Doch mittlerweile hatte sie sich an die Mischung aus Kot, Erbrochenem und faulendem Fleisch gewöhnt. Es trieb ihr zwar noch immer einen Schauer über den Rücken, aber wenigstens musste sie nicht mehr würgen, sobald sie das Zimmer betrat. Ihre Eltern waren abgemagert und lagen wie tot auf dem Bett. Inzwischen waren sie wahrscheinlich so schwach, dass es keiner Ketten mehr bedurft hätte. Sabine hockte sich vor ihre leblosen Eltern und präsentierte freudestrahlend ihren Plan.

Sie würde ein Schild aufstellen und alle Stammkunden zum Kaffee einladen. Und dann würde sie einfach den gesamten Nachmittagskaffee vergiften. Eine hohe Dosis musste es sein.

Alle würden sich den Kaffee gierig den Schlund hinunterlaufen lassen. Wie immer. Doch dieses Mal zum letzten Mal. Und dann würde es ganz schnell gehen. Magenkrampf, Würgereiz, Lähmung, Tod. Keine zwei Minuten.

»Mama, Papa ... Was haltet ihr davon?«

Und es war ihr, als wenn die beiden lächeln würden und zustimmend nickten.

»*Das ist unser Mädchen*«, hörte sie sie sagen.

»*Alle Achtung, Binchen*«, lobte ihr Vater.

Und ihre mumifizierte Mutter hauchte: »*Das ist eine meisterhafte Lösung. Die Kunden für alle Zeiten mit der Bäckerei vereint. Ein exquisiter Plan. So sind alle zufrieden. Das ist wahres Glück, mein Engelchen.*«

Und ihre Augäpfel huschten dabei ängstlich in den Höhlen hin und her.

Bereits am Freitagnachmittag hatte Sabine ein Schild aufgestellt, um alle einzuladen:

MONTAG AB 14 UHR:
Gratis-Kaffee für meine lieben Stammgäste ...
... und alle, die es werden wollen :-)

Montags hatten sich die Faulen und Faltigen nämlich immer besonders viel zu erzählen. Schließlich war am Wochenende wieder allerhand passiert, während sie einsam und verlassen in ihren kleinen Wohnungen saßen. Das musste dann natürlich alles haarklein berichtet werden. Der Montag war perfekt. Sie würden garantiert alle kommen.

Am Freitag grölten die Hausverbot-Jungen vor dem Schaufenster wieder das Lied mit der Wurstfachverkäuferin. Doch das machte Sabine nichts mehr aus.

Längst erschienen ihr die dummen Jungen wie ein einziger, längst vergessener Alptraum.

Am Samstag bediente Sabine alle Kunden mit besonderer Hingabe. Es fühlte sich an wie der letzte Arbeitstag vor einem langen Jahresurlaub. Am Abend lief das Finale von *DSDS*. Eine Kandidatin sang *Time to say goodbye* und eine andere sang *All good things* von Nelly Furtado. Wie passend, dachte Sabine und schlief bäuchlings mit einer Chipstüte neben sich ein. Ein Furz löste sich und dröhnte ungehört in der Stille der Nacht.

Es war Montag und kurz vor halb zwei. Es sollte genug für alle sein, dachte Sabine und meinte damit nicht nur den Kaffee. Die tödliche Dosis lag bei fünf Tröpfchen pro Person. Das Gift war geschmacklos. Alles in allem eine runde Sache, wenn man bedachte, dass ihr selbst das gleiche Schicksal wie allen Gästen bevorstehen würde. Wichtig war, dass alle ihren Kaffee zur gleichen Zeit bekamen und tranken.

Kurz nach 14 Uhr strömten sie zuverlässig herbei. Sie waren ausgelassen und freudig erregt. Schließlich gab es etwas umsonst. Und wer freute sich mehr über etwas Kostenloses als die Faulen und die Faltigen. Vor allem die Faulen waren Weltmeister im Nehmen, fand Sabine. Es genügte schließlich, wenn die andere Seite gibt. Doch Sabine konnte das alles nicht mehr stören. Sie war die Ruhe selbst.

Die Faulen und Faltigen grüßten freundlich, nickten und lächelten und dann glitschten sie auf ihre Plätze. Sie waren alle gekommen. Die Bude war gerammelt voll. Wenn ihre Eltern das doch miterleben könnten, dachte Sabine. Und dann verkündete sie grinsend in die Runde, dass sie eine wichtige Ankündigung zu machen hätte.

»Und darauf möchte ich mit euch anstoßen, liebe Gäste. Leider nicht mit einem Gläschen Sekt, dafür allerdings mit einer schönen heißen Tasse Kaffee.«

Sofort machte sich Gemurmel breit und einige wenige honorierten die Einladung, in dem sie mit den Fingerknöcheln auf den Tisch klopften.

»Und bitte seid doch so gut und wartet, bis jeder eine Tasse hat. Ja? Schließlich wollen wir gemeinsam anstoßen!«

Ein Faltiger flüsterte einem Faulen zu: »Die ist bestimmt schwanger« und bekam als Antwort: »Welche arme Sau hat der denn einen Braten in die Röhre geschoben?«

Dann verteilte Sabine die kleinen Kaffeetassen, in denen das Gift wartete. Als alle mit einer Tasse versorgt waren, wollte Sabine gerade mit ihrer kleinen Rede fortfahren, als sie erstarrte.

Ute!

Nein, das gibt es ja nicht!

Du!? Hier!?

Meine liebe Ute!

Im Hintergrund brach ein Rentner an seinem Tisch zusammen und sackte zu Boden.

Ich habe doch gesagt, es soll noch keiner trinken, wollte Sabine rufen, doch ihr stockte der Atem. Ein kurzer Aufschrei in der Menge. Sabine wendete ihren Blick von Ute auf den aufkeimenden Tumult.

Na, wunderbar!

Sie sah, wie ein Fauler ein Handy zückte. Vermutlich, um einen Krankenwagen zu rufen. Ein anderer beugte sich über den Zusammengesackten. Dann blickte Sabine wieder zu Ute. Doch Ute war fort.

Wo war sie nur hin?

Ute stand neben der Theke und hielt ein Tässchen Kaffee in der Hand. Sie winkte ihrer alten Freundin noch einmal freudig zu, dann ließ Ute die Tasse fallen.

Sabine hörte sich in Gedanken noch zeitlupenartig *»Neeeeiiiiiinnnnnn ...«* brüllen, doch vor lauter Entsetzen brachte sie kein Wort hervor.

Die Scherben klirrten.

Ute griff sich mit beiden Händen zuerst an den Bauch, dann an den Hals. Ihr Gesicht war schmerzverzerrt. Sie ging in die Hocke und schließlich zu Boden.

Nur wenige Momente später war Ute tot.

Du selten dämlich, blöde Kuh, dachte Sabine und trank den Inhalt ihres Kaffeebechers in einem Zug aus.

SOWEIT NICHTS NEUES

Wir sitzen da und reden, sagen aber nichts. Wir schweigen uns mit leeren Worten an. Alte, ausgelutschte Phrasen, aus denen wir schon vor Jahren sämtliche Substanz geprügelt haben. Du redest kaum, ich dafür viel. Je leiser du, desto lauter ich. Du hörst nicht zu. Ich höre nicht zu. Es sind nur wenige Worte und sie fließen an uns vorbei. Wie Wind. Als sprächen wir andere Sprachen. Es ist wie immer. Soweit nichts Neues. Und doch ist heute alles anders.

Draußen hupt ein Taxi.

»Tschüss, Andi«, sage ich noch, stehe im Türrahmen und schaue dir nach, während du die Treppe im Treppenhaus hinuntergehst. Ein leichter Hall begleitet meine letzten Worte. Du hast nur eine große Reisetasche bei dir. Mehr brauchst du nicht. Dein ganzes Leben passt in diese Tasche. Ich bleibe hier. Aber ich gehöre ja auch nicht mehr zu deinem Leben. Du blickst noch einmal hoch, sagst nichts. Deine Augen bleiben leer und der Schatten deines Cappys legt sich über dein Gesicht.

Tschüss, Andi, sage ich noch einmal in Gedanken, während ich die Wohnungstür schließe.

Zehn Jahre haben wir hier gemeinsam gewohnt. Im Hintergrund dudelt Didos Song *„Thank you"* aus dem

Radio. Wie unpassend, denke ich. Zu danken habe ich dir garantiert nicht. Im Gegenteil. Aber vielleicht sollte ich wenigstens jetzt dankbar dafür sein, dass du endlich weg bist. Endlich!

Dankbar dafür, dass der ganze Scheiß jetzt, hier und heute ein Ende hat und nicht erst in zwei, drei oder acht Jahren. Oder nie.

Es tut mir leid, Flo!

Oder: *Das wollte ich nicht, Flo!*

Oder auch: *Das kommt nie wieder vor, Flo!*

Wie oft? Wie oft? Wie verdammt fucking oft? Wie viele Male habe ich diese Worte aus deinem verlogenen Mund gehört? Ich weiß es nicht mehr. Es war einfach zu oft. Am Ende beinahe täglich. Und trotzdem hat es immer wieder und wieder geknallt. So richtig. Mit Fäusten, mit Tritten, manchmal, bis das Blut kam. Und danach immer wieder diese Entschuldigungen. Als wenn dir das alles jemals leidgetan hätte. Als wenn du es ehrlich gemeint hättest. Konntest du nicht einfach so sein wie andere Männer auch? Und nicht so ein Weichei! War das so schwierig? Natürlich konntest du es nicht verstehen. Du wolltest es auch nicht verstehen. Wer versteht sowas schon. Du wolltest, dass es aufhört, besser wird, schöner wird. Alles rosarot und in Watte gepackt. So richtig schön *Romantiklevel 10*, volle Kanne Harmonie und Eintracht Deluxe. Und genau das meine ich mit Weichei. Aber das Leben ist eben kein Märchen. Da muss es auch mal krachen.

In den meisten Beziehungen dieser Art ist die Rollenverteilung aber genau umgekehrt. Vielleicht ist es das, was du nicht verstehen kannst. Es ist dir unangenehm. Natürlich. Was auch sonst. Die ganze Sache, die gesamte Situation. Unser Leben, die Rollenverteilung, die Scham. Unangenehm und peinlich.

Natürlich konntest du auch mit niemandem darüber reden. Welchen Eindruck hätte das auf deine Freunde gemacht? Ich frage mich, wie du die diversen Veilchen erklärt hast. Auf der Arbeit, im Sportverein, deiner Mutter. Aber du bist ja so ein jämmerlicher Waschlappen. Wahrscheinlich hast du dir irgendwelche abstrusen Lügen ausgedacht, die noch peinlicher als die Wahrheit selbst waren. Nämlich, dass du ein Versager bist. Ein Versager, der am liebsten mit Kopfhörern in der Ecke hockt und Coldplay hört.

Und immer wieder und wieder dieses Gejammer. Dieses nervtötende, um Mitleid bettelnde Geflenne. Das hält doch kein Mensch aus. Sei meinetwegen ein Versager. Im Bett, beim Kochen oder einfach nur beim Wechseln einer verschissenen Glühbirne. Aber steh´ wenigstens dazu. Und versuche nicht, alles durch dein mädchenhaftes Geheule aufzuhübschen oder gar ungeschehen zu machen.

Reden konnte man mit dir ja nicht. Du warst stumm. Als wärest du nur irgendein Gegenstand. In dich gekehrt, abgeschottet. Eine Geisel, die sich längst aufgegeben hat. Ein Coldplay hörender Trauerkloß.

Und wenn etwas aus deinem Mund kam, dann war es jammerndes Selbstmitleid oder das Flehen nach Absolution. Ist es da nicht verständlich und nachvollziehbar, dass einem gelegentlich die Hand ausrutscht? Was sollte ich denn auch anderes tun? Irgendwie musste ich mich ja wehren. Du hast mich regelmäßig zur Weißglut getrieben. Du und dein Schweigen. Du und dein Jammern und dein Flehen und deine sinnbefreiten Entschuldigungen.

Es tut mir so leid.

Es kommt nicht wieder vor.

Ich wollte nicht … Bitte.

Du musst mir glauben!

Es war zum Kotzen. Einfach nur erbärmlich. Erkläre mir doch bitte, wie ein Mensch das ertragen soll!?

Ich lege eine CD von Robbie Williams ein und skippe vor bis zum vierten Lied. Die ersten Töne von »*Angels*« erklingen. Dann fange ich an zu weinen. Trotz Streit und Kabbeleien habe ich dich doch geliebt. Auch wenn ich es dir nicht immer zeigen konnte. Du hast mal gesagt, Robbie Williams würde mich aggressiv machen. Aggressiv! Das ich nicht lache. Ich und aggressiv. Von wegen.

Ein Mann, der seine Frau verprügelt, ist das Allerletzte, sagt man. Aber was ist eine Frau, die regelmäßig ihren Mann verdrischt? Emanzipiert? Temperamentvoll?

Ich glaube schon, dass ich emanzipiert bin. Und selbstbewusst. Schon immer. Ich habe mir noch nie die Butter vom Brot nehmen lassen. Da, wo ich bin, ist vorn, nach mir die Sintflut und alle mir nach. Das war schon immer mein Lebensmotto.

Vor Wut und mit Tränen in den Augen boxe ich gegen die Scheibe der Vitrine. Ein Klirren, Scherben, Blut. Es brennt. Schnell ist meine gesamte Hand überzogen von einer roten Welle. Ich drücke mir ein Küchenhandtuch auf die Wunde. Doch es hört nicht auf zu bluten. Das ist alles deine Schuld, denke ich. Und, dass du ein mieser Verräter bist und ich dich hasse. Und, dass ich dich liebe.

Es klingelt an der Tür. Ich öffne.

»Flo, mein Gott, was ist denn passiert?«

»Ich ... ich bin ...«

Ich höre meinem Gestotter zu und bin gespannt, wie ich Andi die blutende Hand erklären werde. Wie hat er seinem Umfeld seine Wunden wohl immer erklärt? »Ich bin gestolpert und mit der Hand voll in die Vitrine gedonnert.« *Natürlich. Der Klassiker. Ein Unfall. Sehr einfallsreich.*

»Das blutet ja wie Sau«, sagt Andi. »Zeig mal. Mach mal das Handtuch weg.« So viel Elan bin ich nicht gewöhnt von dir. Aber ich habe auch noch nie *so* geblutet. Machst du dir Sorgen? Oder macht es dir Spaß, mich so zu sehen? Natürlich macht es dir Spaß. Deswegen willst du auch die Wunde in ihrem ganzen Ausmaß sehen. Du bist geil darauf, endlich mal *mich*, die Böse, bluten zu sehen. Geschieht der alten Hexe recht, denkst du dir. Und für deine boshaften Gedanken liebe ich dich. Und dafür hasse ich dich umso mehr. Dafür, dass du immer wieder so etwas mit mir machst; mich aus der Fassung bringst, mich verwirrst, meinen gesamten Kühlschrank an Gefühlen leer frisst und die leeren Verpackungen einfach achtlos zurücklässt.

»Wir müssen sofort ins Krankenhaus. Schnell! Das Taxi wartet noch unten.« Du greifst nach meinem Mantel an der Garderobe und willst ihn mir umlegen. Der erste Schlag trifft dich völlig unvermittelt und mitten auf die Nase. Es knackt und knirscht. Etwas ist gebrochen. Mit meiner blutenden Rechten setze ich gezielt weitere Schläge. Die meisten Treffer lande ich auf deinen Lippen. Endlich! Dein mildes Lächeln weicht einer aufgeplatzten Wunde.

Deine gutmütige Mimik, untermalt von deinen eisblauen Robbie-Williams-Augen, ist genauso schnell verschwunden wie deine verlogene Hilfsbereitschaft. Du prallst gegen die Wand und sackst zu Boden. Endlich Ruhe! Altes Spiel. Soweit nichts Neues.

Nur, dass du dieses Mal nicht die Arme abwehrend und schützend vor dein Gesicht hältst. Also trommle ich mit geballten Fäusten auf deinen Schädel ein. Wie im Rausch. Es fühlt sich gut an. Irgendwie befreiend. Leider fühlt es sich gut an. Es fühlt sich immer gut an.

»Dir werde ich es zeigen! Glaubst du, ich lass mich verarschen? Denkst du, ich merke nicht, wie dir innerlich einer abgeht, während ich blute wie ein Schwein?!«

Ich setze mich auf deine Brust. Links, rechts, links. Dein Kopf schwingt zwischen meinen Hieben hin und her. Wie beim Tennis. Kopf-Tennis. Schädel-Ping-Pong. Achterbahn fürs Oberstübchen. Und du sagst nichts. Wie immer. Auch das ist bekannt. Das alte Lied.

Dein Gesicht ist blutüberströmt, keine Regung. Deine Nase ist leicht schief und deine Unterlippe geschwollen wie eine Bifi. Du siehst fürchterlich aus. Ich schäme mich. Ich liebe dich doch, denke ich. Ich liebe dich wirklich, du Idiot. Warum machst du es uns nur immer so schwer? Ich stemme mich hoch. Du willst doch da jetzt nicht allen Ernstes liegen bleiben. Ich trete dir leicht in die Seite und rufe: »Andi?«

Wieder keine Reaktion.

Was bist du nur für ein Weichei!?

»ANDI!?!« Gefolgt von einem weiteren Tritt in die Rippen. Meine Hand schmerzt. Ich sollte das wirklich von einem Arzt ansehen lassen. Aber was mache ich mit dir? Du wolltest doch ausziehen. Und nun liegst du hier und pennst.

»AAAAAAANNNDIIIII!!!«, ich probiere es noch einmal. Dieses Mal trete ich dir gegen den Kopf. Wieder nichts. Wieder keine Reaktion.

»Dann penn´ hier halt auf dem Boden, du Idiot!«

Ich öffne die Wohnungstür.

»Aber wenn ich wieder komme, bist du verschwunden! Hast du gehört?« Das Treppenhaus saugt meine Frage ungehört auf. »Ob du gehört hast, du Lappen?«

Ich ziehe mir den Mantel über. Vorsichtig stecke ich meine kaputte Hand durch den Ärmel. Dann wickle ich ein frisches Handtuch um die Wunde und freue mich schon auf die heilenden Hände des Arztes.

Ein letzter Blick in den Spiegel.

»Na ja, du sahst auch schon mal besser aus, Süße.«

Ich forme einen Kussmund und beschließe ab morgen wieder ins Sonnenstudio zu gehen.

Beim Verlassen der Wohnung schaue ich noch einmal zurück.

Du liegst da. Leblos. Wie tot irgendwie. So warst du immer. In unserer Beziehung warst du der leblose Teil. Zum Glück ziehst du jetzt aus, denke ich und schließe die Wohnungstür hinter mir.

Ich weiß nicht, ob ich dich lieben oder hassen soll.

Wusste ich nie.

Das Taxi wartet tatsächlich noch vor dem Haus.

DIE LETZTE FAHRT

Es gibt Tage, von denen man sich wünscht, sie würden nie Realität.

Ich habe schon mehr als eine Stunde Zugfahrt und zwei Dosen Wodka Redbull hinter mir. Es ist früh, noch nicht neun Uhr. Mein Bruder steigt erst später zu. Er trinkt nicht. Nicht jetzt, nicht heute. Ich aber kann nicht anders, öffne die dritte Dose. Nüchtern? Bei bestem Willen nicht. Ich will das, was hinter uns liegt Vergessen und das, was kommt nicht sehen. Das Alkoholverbot gilt nur im Zug. Man muss den Alkohol aus dem Mantel heraus trinken. Ich hoffe, mein Vater kann mir verzeihen. Das mit dem Trinken und alles andere auch. Hätte er es verstanden? Vielleicht. Ich werde ihn eines Tages fragen.

Bevor wir zum kleinen Hafen fahren, gibt es etwas zu essen. Gut gemeint, kann sein, aber wie kann man jetzt essen? Auf dem Tisch steht ein Foto meines Vaters. Er in Marineuniform, gut genährt und leichte Bräune vom letzten Urlaub, das Foto wollend, gesund, beste Gesundheit. So wie man ihn am liebsten in Erinnerung behalten hätte, so wie er am Ende nicht mehr war.

Wir sind nicht viele, aber vollständig, nur die engsten Verwandten. Und trotzdem ist mir alles fremd. Das Haus, die Menschen, der Tod. Aber wen oder was kenne ich schon. Wir haben uns alle eine Ewigkeit nicht gesehen. Alle zusammen, an einem Ort. So, als ob es so etwas wie eine Familie tatsächlich geben würde. Dass es dieser Anlass sein muss, ist surreal. Was mein Vater wohl dazu gesagt hätte. Beim letzten Essen saß er noch mit am Tisch. Still und schwach und von der Krankheit gezeichnet; aber glücklich irgendwie; darüber, dass wir da sind; eine Zufriedenheit über das kleine Glück. Das Wesentliche begreifen. All das gab es vor der Krankheit nicht. Nicht, dass ich wüsste jedenfalls. Es scheint als hätte er das Leben im Angesicht des Todes endlich verstanden. Nur für sich. Er ließ es uns auf seine Art wissen.

Es war absehbar, aber am Ende doch unbegreiflich.

So wie ein Tornado. Du weißt, dass er kommt. Und wenn er da ist, trifft es dich dennoch mit voller Wucht und ohne Gnade. Mitten ins Herz. Er hinterlässt Verwüstung und überall Chaos und Schäden und Tränen.

Es wird geredet, Belangloses, weil alles belanglos ist an diesem Tag. Und dann wird gegessen und so getan, als ob es etwas zum Schmunzeln geben würde. Ich trinke Wodka. Es ist nicht leicht, auch nicht mit Schnaps und es gibt keinen Grund zum Lächeln. Man müsste Wasserfälle heulen, all die Traurigkeit herauslassen. Man müsste kotzen. Mein Vater schaut uns vom Foto aus zu.

Dann geht es los zum Schiff. Die letzte Fahrt. Und unter Deck ist er dann höchstpersönlich; das, was von ihm bleibt. Ganz klein und winzig, so klein, dass er in eine kleine Dose passt. Die Urne steht in der Mitte. Die Sitzbänke an den Seiten sind leer, das Schiff wirkt verlassen, viel zu viele Sitzplätze. Wir, die Familie, schieben uns auf drei Bänke. Es wird geweint und geschwiegen und nichts von dem kann wahr sein. Erst recht nicht, die Behauptung, dass mein Vater, der starke Mann mit dem dicken Bauch und der lauten Stimme jetzt da drin in dieser Dose sein soll. Das geht doch gar nicht.

Wir haben doch gerade noch gemeinsam Bier getrunken, an Weihnachten zusammen gehockt, telefoniert, so viele Male. Sein Umzug, er mit neuen Plänen, ich nicht da. Mein Umzug, ich verschwitzt, er verspätet mit der Sackkarre, draußen vor der Tür, als alles schon verladen war. Er und seine Sorgen, um meinen Bruder, um mich und darum, dass aus uns mal was wird. Er und wir beim Kreisklasse-Fußball. An einem kalten Samstag im Herbst machen wir den Garten winterfest. In den Sommerferien: Waldfreibad. Ende der Achtziger: Er zeigt mir *Die Unendliche Geschichte* auf VHS, ich werde den Film Hundertmal ansehen. WM-Finale 1990: kurz bevor Andreas Brehme per Elfer zum 1:0 trifft, holt er mich aufgeregt aus dem Bett und wir werden gemeinsam Zeugen eines historischen Sieges. 1999: er sagt irgendwas mit

Kondomen und ich fühle mich zum ersten Mal erwachsen.

Nicht selten wird er laut, zu laut, kann Liebe nicht gut zeigen, hat es nie gelernt, nie erfahren, er kennt es nicht anders, sagt mein Onkel oder meine Tante oder irgendwer.

All das ganze Zeug, das ich erst dreißig Jahre später verstehen werde. Und es kommt mir vor, als wäre all das eben erst passiert. Wie kann er also jetzt da so zerbröselt in dieser silbernen Dose sein?

Es ist still. Draußen das Meer, die Sonne scheint. Mein Vater sagte stets, dass die Sonne an seinem Geburtstag immer scheinen würde. Im Juli ist er zweiundsechzig geworden. An seinem Geburtstag habe ich ihn das letzte Mal lebend gesehen. Schlafend. Und die Sonne schien. Natürlich. Es war sein Geburtstag.

An diesem Tag scheint die Sonne auch. Es ist der letzte Tag im Oktober. Der Tag, an dem wir ihn der See übergeben. Die Fahrt auf das offene Meer dauert eine Ewigkeit. Und dann ist es soweit und es geht alles schnell. Ein paar Worte des Abschieds, ungehört, eine Glocke wird geläutet, so ist es auf See. Dann wird die Urne zu Wasser gelassen und dann treibt mein Vater in seiner Dose dahin, so als würde er mit einem kleinen Schiffchen einen Abstecher machen. Wer weinen will, weint, wer es unterdrücken kann, tut eben dies. Wir treten nacheinander an die Reling, erst die Witwe, meine Stiefmutter. Ich kenne sie kaum. Aber wie gesagt, wen kenne ich schon. Dann komme ich, dann meine Geschwister, jeder wirft eine Rose. Die Rosen treiben auf der Wasseroberfläche und dann verschwimmt es. Sein kleines Boot treibt ab. Uneinholbar. Es ist nicht mehr zu retten. Die Zeit, das Leben, alles unumkehrbar. Die Urne sinkt langsam. Das war's dann also. Da schwimmt er. Das war's. Früher trug er immer eine blaue Badehose, wenn er schwimmen ging und wir haben uns viel zu oft über unwichtige Dinge gestritten. Jetzt sinkt er auf den Grund, in die Dunkelheit des Meeres. Mein Vater. Neben der Traurigkeit und der Leere ist diese Fassungslosigkeit, das Nicht-Glauben-Wollen, was zurückbleibt. Ich starre noch lange auf die Stelle, an der ich die Urne nur noch vermuten kann.

Tschüss, wir werden uns wiedersehen, schwöre ich mit Tränen in den Augen und pisse in die sonderbare Schiffstoilette mit der dicken Tür.

Es gibt Bier an Bord. Sich jetzt endgültig in den Rausch zu flüchten, scheint eine annehmbare Option; kann einem keiner übelnehmen. Und falls doch, gibt es nichts Egaleres. Alles egal. Wer will einem vorschreiben, wie man mit diesem Schmerz und dem leeren Platz umgehen soll. Das Schiff dreht Kreise an der Stelle der Beisetzung, an der Stelle, an der jetzt Rosen schwimmen.

Und dann, ganz plötzlich, steht alles. Die Gewissheit, die Verzweiflung, der Tag und auch das Schiff.

Wir stehen erneut still. Dieses Mal jedoch unfreiwillig. Ein Schaden, irgendwo an den Maschinen, auf die Schnelle nicht reparabel. Das Schiff muss abgeschleppt werden. Wir müssen auf einen Schlepper warten. Also bleiben wir da, wo wir sind; auf dem offenen Meer. Da, wo die Rosen schwimmen. Da, wo die Urne, wie ein U-Boot mit nur einem Passagier, versinkt. Schiff ahoi! Wir, die Noch-Lebenden, werden erst zwei Stunden später wieder Land erreichen.

Man kann nicht immer nur weinen. Also trinken wir. Wir trinken und reden und fragen uns, ob es nicht am Ende Vater ist, der uns festhält, der uns noch nicht loslassen will. Mein Vater, unser Vater, Ehemann, Bruder, Onkel und Schwager. Er mit seinen mächtigen Händen, so stark wie früher; der noch ein letztes Bier mit uns trinken will, genau jetzt und hier. Er weiß schließlich immer, was zu tun ist. Er kennt sich aus. Mit allem und erst recht hier auf dem Meer. Wer, wenn nicht er.

Wir hier unten, er da oben.

Oder umgekehrt.

Eine Frage der Perspektive.

LIEBE UNTER FRAUEN

Der einzige Plan, den Karin Möller im Leben noch hatte, sah so aus: Nachbarin Gitti betrunken machen, Nachbarin Gitti ins Bett bekommen. Ihre letzte Mission sozusagen.

Drei Wochen war es her, seit Karins Arzt ihr das mit der Lebenserwartung erklärt hatte. Seitdem konnte sie an nichts anderes mehr denken als an einen letzten hemmungslosen Geschlechtsakt mit Gitti. Karin wusste nicht einmal, ob Gitti oder Gitte überhaupt ihr richtiger Name war. Vielleicht hieß sie auch Brigitte. Aber was spielte das noch für eine Rolle.

Seit ihrem Kennenlernen (*wie lange mochte das jetzt her sein, zehn Jahre, fünfzehn Jahre?*) empfand Karin für Gitti lediglich eine besondere Form von Sympathie, eine Art Verbundenheit, eine Vertrautheit, die sie nicht in Worte fassen konnte. Es war ein komisches Gefühl. Ein gutes Gefühl. Manche Dinge fühlen sich einfach unfassbar gut an, sind aber dennoch falsch, dachte Karin dann immer.

Doch kaum hatte Karin begriffen, dass ihr Leben zeitlich begrenzt war, war dieses Gefühl greifbarer, klarer, definierbarer. Dabei hatte Karin viel mehr als nur begriffen. Das Bewusstsein für die Endlichkeit eines jeden Lebens, vor allem aber ihres eigenen

Lebens, bäumte sich plötzlich in ihr auf, wie ein pulsierender, riesiger Felsen. Es war eine deprimierende, eiskalte Ernüchterung.

Das war´s also.

Das soll es nun gewesen sein.

Die Gewissheit, dass alles sehr bald enden würde;

eine niederschmetternde Erkenntnis.

Und was sollte sie jetzt noch mit der verbleibenden Zeit anfangen?

Komisch, dachte Karin. Sehr komisch.

Eigentlich müsste man da doch an was anderes denken, als daran, einmal mit Gitti Liebe zu machen.

Normalerweise hegte sie keine amourösen Gefühle für Frauen. Aber was war schon noch normal in ihrem Leben? Karin war weder lesbisch noch bisexuell. An sowas hatte sie nie gedacht. Nicht mal im Traum. Nicht als Teenager und erst recht nicht als verheiratete Frau, Anfang fünfzig und Mutter zweier Kinder.

Aber warum eigentlich nicht?

Schade eigentlich.

Viel zu viel verpasst eigentlich.

Aber auch kein Nachholbedarf.

Bestimmt nicht.

Oder?

Nein, eigentlich nicht.

Eigentlich.

Was für ein bescheuertes Wort.

Was hätte, was würde, was könnte sein. Was wäre gewesen, wenn … War sowieso zu spät dafür. Alles war zu spät. Karin Möller wollte jetzt nicht anfangen, irgendwas zu bereuen. Und das sie bisher nie etwas mit einer anderen Frau hatte, schon mal gar nicht. Ganz bestimmt nicht. Jetzt, da das Ende ihrer Tage absehbar war, wollte sie nicht noch zwangsläufig zu neuen Ufern aufbrechen.

Karin dachte an nichts. Außer an Gitti von nebenan. Einmal mit Gitti schlafen. Das wäre schön.

Das Problem war nur, dass Gitti das nicht mal eben so mitmachen würde, dachte Karin. Wahrscheinlich nicht einmal dann, wenn Gitti Bescheid wüsste. Dabei wäre es Karin sogar egal gewesen, wenn Gitti nur aus Mitleid mit ihr ins Bett gegangen wäre; ein allerletzter Gefallen.

Gitti war zweiundfünfzig. Genau wie Karin. Auch sie hatte einen Mann und zwei Kinder.

Karin würde Gitti schon betrunken machen müssen, um sie dann zu verführen. Auch wenn Karin keinen blassen Dunst davon hatte, wie man verführt. Schon gar nicht, wie man eine Frau verführt.

Phase 1 ihres Plans sah vor, Gitti zu isolieren. Die Schwierigkeit bestand darin, dass Gitti nie ohne ihren

Mann irgendwo hinging. Überall tauchten Gitti und Wolfgang zusammen auf. Immer hieß es nur „wir". WIR kommen, WIR sind dabei, WIR haben dies gemacht und dann haben WIR jenes gemacht und nächste Woche machen WIR etwas ganz anderes. Elternabende, Arztbesuche, Einkaufen, Spaziergehen, Fitnessstudio, ja, selbst die seltenen Mädelsabende mit Prosecco und *Sex & The City*; alles erledigte man immer nur zu zweit. Da, wo Gitti war, war auch Wolfgang. Und umgekehrt. Er begleitete sie, sie begleitete ihn. Immer. Außer zum Fußball. Gitti hasste Fußball. Und deshalb ging Wolfgang auch nie zum Fußball.

Es erschien nahezu utopisch Gitti oder Wolfgang auch nur einmal irgendwo allein anzutreffen. Wahrscheinlich gingen sie sogar zusammen aufs Scheißhaus, dachte Karin. Furchtbar. Null Intimsphäre, kein Privatleben. Wie siamesische Zwillinge. Selbst zur Arbeit fuhren sie zusammen. Gitti und Wolfgang arbeiteten beide im Finanzamt West. Zumindest saßen sie nicht im gleichen Büro, denn Wolfgang war eine Gehaltsstufe über Gitti.

Wie sie die Zeit ohneeinander wohl aushielten? Wenigstens in den Pausen konnten sie sich aber sehen, wusste Karin. Dann gingen sie zusammen in die Kantine; sich erst mal austauschen; hören, was der andere so während seines Arbeitsvormittages erlebt hatte. Was soll man beim Finanzamt schon erleben, fragte sich Karin.

Oder, ob sie sich mehrmals stündlich auf dem Gang oder in der Kaffeeküche trafen? Rein zufällig natürlich nur. Oder, ob sie sich gegenseitig heimlich in ihren kleinen stickigen Beamtenbüros besuchten? Und falls ja, warum? Was taten sie dann? Was hatten sie zu bereden? Steuerliche Neuigkeiten? Lästern über Kollegen? Kaffee schlürfen und Mundgeruch behaftete Küsschen austauschen? Oder schwiegen sie einfach nur gemeinsam? Seite an Seite, um ihre Akkus aneinander aufzuladen.

Gittis Isolierung.

Die erste Phase würde nicht leicht werden. Aber dennoch hatte Karin Möller bereits eine Idee. Und sobald Phase 1 abgeschlossen wäre, konnte sie Phase 2 in Angriff nehmen: *Gitti abfüllen! Ohne Rücksicht auf Verluste!* Obwohl ... so konnte man die Parole auch nicht formulieren. Denn Gitti war dem Alkohol zwar nicht abgeneigt, aber wenn sie erst einmal Schlagseite hatte, war es schwer, sie zu bremsen. Dann drohte der vollständige Kontrollverlust.

Timing und Dosierung waren deshalb das A und O. Gitti sollte zwar tüchtig betrunken werden, aber nicht zu betrunken. Sie musste sich gehen lassen können.

Sie sollte Zärtlichkeiten zulassen, aber auch erwidern. Schließlich wollte Karin an ihr nicht wie an einer Gummipuppe herumdoktern. Gittis Sinne durften nur soweit vernebelt werden, als dass sie zwar sämtliche Hemmungen fallen lassen, aber ihren Mageninhalt dennoch bei sich behalten konnte.

Nicht ganz leicht, aber machbar. Im Gegensatz zu Phase 1 ein Kinderspiel, dachte Karin. Dann musste sie an die Gartenparty im letzten Sommer denken. Da hatte Gitti, breit wie eine Strandhaubitze, in die Badewanne gereihert.

Für die dritte und letzte Phase plante Karin Möller dann die Beendigung des Saufgelages und die Verlegung der Fummelei ins Schlafzimmer. Und dann würden sie sich lieben, wie sich nur Frauen gegenseitig lieben können. Sie würden sich gegenseitig zu multiplen Orgasmen peitschen und Arm in Arm erschöpft einschlafen. Wenn alles gut liefe, wäre Karin am nächsten Tag glücklich und Gitti würde sich an nichts erinnern können. Nach Wiederholung würde Karin nämlich kein Verlangen haben. Dafür war die Vorbereitung von Phase 1 und 2 viel zu mühsam und ihre verbleibende Zeit auch zu kostbar.

Soweit also der Drei-Phasen-Plan in der Theorie. Und da Karin Möller keine Zeit zu verlieren hatte, begann sie schon wenige Tage später mit der Umsetzung.

Sie schenkte ihrem Mann zwei Karten für das Pokal-endspiel in Berlin. Inklusive Hotelübernachtungen versteht sich. Er war ganz aus dem Häuschen. Karin verknüpfte die Überraschung jedoch mit einer Bedingung: Ihr Mann möge bitte unbedingt Nachbar Wolfgang mitnehmen. Denn Wolfgang wolle so gerne mal wieder zum Fußball. Aber aus Rücksicht auf Gitti gönne er sich das Vergnügen viel zu selten, eigentlich nie. Er würde sich sicherlich wahnsinnig freuen. Und gerade dieses Endspiel könnten sich die beiden Ehemänner doch nicht entgehen lassen. Schließlich spielte mit dem SV Meppen ihr absoluter Lieblingsverein. Als ihr Mann einwendete, dass Gitti ihren Wolfgang aber wahrscheinlich gar nicht mitfahren lassen würde, lächelte Karin.

»Gitti wird es überleben. Ich mache das schon.«

Und so kam es tatsächlich wie geplant. Es war viel leichter, als Karin es sich je hätte erträumen lassen.

Die Männer machten sich bereits am frühen Morgen auf den Weg in die Hauptstadt und Karin konnte in Ruhe letzte Vorbereitungen treffen. Denn natürlich hatte sie ihre Freundin Gitti bereits vor Tagen eingeladen vorbeizukommen. Und Gitti hatte freudig eingewilligt.

»Warum nicht«, hatte sie gesagt, »wenn die Männer mit so einem Schwachsinn wie Fußball ihre Zeit verplempern wollen, bitte! Dann haben wir Mädels mal so richtig Zeit für uns. Dann können wir uns gepflegt einen genehmigen. Oder was meinst du, Karin?«

Und Karin hatte nur gedacht: *Oh, du Ahnungslose, du.*

Und dann hatte sie in sich hinein gegrinst und spürte ein Kribbeln im Bauch.

Samstagabend.

Gegen achtzehn Uhr kommt Gitti vorbei. Sie sitzen draußen, trinken Sekt. Erst gemächlich, dann leeren sich die Gläser immer schneller. Zwischendurch Schnäpse, später Cocktails. Sie werden betrunkener und ihre Gespräche absurder. Sie sinnieren über das Leben, die Liebe, den Tod, die Männer, den Job und je mehr sie trinken, desto weniger hört die eine der anderen zu.

Immer wenn Karin die Toilette aufsucht, blickt sie angespannt in den Spiegel und mahnt sich zur Vorsicht. Jetzt bloß nicht mehr zu viel trinken! Jetzt bloß nicht die Kontrolle verlieren! Selbst ihre innere Stimme scheint allmählich zu lallen. Karin findet das amüsant. Sie schneidet eine Grimasse im Spiegel und grinst schief.

Als es den beiden draußen zu kühl wird, verlegen Karin und Gitti ihre undeutlichen Gesprächsfetzen ins Wohnzimmer. Dabei rutscht Karin im Abstand von etwa zehn Minuten (*zumindest kommt es ihr wie zehn Minuten vor*) immer näher an Gitti heran. Schließlich sitzen sie dicht an dicht. Und als Karin ihre Hand auf Gittis Knie legt, scheint es ihr nicht unangenehm zu sein. Karin hat das Gefühl, dass Gitti bald soweit ist. Dann wird Karin zum Angriff übergehen. Vielleicht wird sie Gitti vorher fragen oder sie wird Gitti einfach so küssen.

Sie schlägt vor, einen Ouzo zu trinken. Der sei toll und noch aus dem letzten Griechenland-Urlaub. Und Gitti nimmt dankend an.

Auf dem Weg zur Küche merkt Karin, dass sie leichte Gleichgewichtsprobleme hat. Erneut mahnt sie sich, die Kontrolle nicht zu verlieren. Sie beschließt, nach dem Ouzo erst einmal ein Glas Wasser zu trinken. Aber erst der Ouzo.

Karin füllt die Gläser und macht sich wieder auf den Weg ins Wohnzimmer. Dabei konzentriert sie sich so sehr darauf, nichts zu verschütten, dass sie den Staubsauger übersieht. Sie lässt die Gläser fallen, kann sich nicht mehr auf den Beinen halten. Sie taumelt und schlägt der Länge nach hin. Es folgt ein dumpfer Aufprall. Karin Möller ist unglücklicherweise mit dem Kopf aufgeschlagen.

Gitti kommt aus dem Wohnzimmer gerannt. Entsetzt sieht sie ihre Freundin zwischen den Glasscherben liegen. Eine Wunde am Kopf blutet leicht. Ihre Bluse ist feucht.

»Kein Problem«, lallt Karin. »Gar kein Problem.« Sie versucht sich hinzusetzen und stützt sich mit einer Hand auf dem Boden ab. Dabei schneidet ihr eine kleine Glasscherbe in die linke Hand. Sie schreit auf.

Ein Rinnsal von Blut läuft ihr ins Gesicht.

»Mein Gott!«, ruft Gitti. »Du blutest ja! Rühr dich nicht von der Stelle. Ich bin gleich wieder da.«

Als Gitti zurückkommt, beugt sie sich zu Karin hinunter und presst ihr ein kleines Handtuch auf die Stirn.

»Wir müssen ins Krankenhaus, Karin. Das muss bestimmt genäht werden.«

»Ach was«, nuschelt Karin erneut, »ist doch kein Problem, hört gleich wieder auf. Alles gut.«

Und während Gitti noch versucht, Karins Gesicht so gut es geht, provisorisch zu verarzten, sieht Karin ihre Chance.

Ihre Gesichter sind nun dicht beieinander. Jetzt oder nie, denkt sie. Dann schießt ihr Mund blitzartig nach vorne und schiebt Gitti die Zunge in den Mund. Gitti schmeckt sofort das Blut und stößt Karin an den Schultern von sich.

»Was soll das?«

Mit ihrer blutigen Hand greift Karin nach Gittis Bein und klammert sich daran.

»Küss mich, Gitti! Bitte, küss mich! Komm her und küss mich.« Bettelnd vergraben sich Karins blutige Pfoten in Gittis Waden. Gitti verzieht angewidert das Gesicht.

»Karin! Was ist denn los mit dir?«

Karin blickt vom Boden hoch.

Da oben, so weit oben, ist Gittis Kopf.

Karin formt einen Kussmund und sieht dabei aus wie ein Fisch. Das Blut läuft über Auge, Nase und Mundwinkel und tropft vom Kinn auf den Boden. Sie schließt die Augen und reckt Gitti ihren blutverschmierten Mund noch weiter entgegen. *Gitti ist so verdammt nah*, denkt Karin. Und doch war sie noch nie so weit weg wie in diesem Moment.

»Küss mich, Gitti!«

»Karin, du machst mir Angst. Ich muss einen Krankenwagen rufen.«

»Erst wenn du mich küsst! Bitte! Gitti!«

Gitti reißt sich los, will ihr Handy holen. Wo ist das überhaupt? Noch draußen auf der Terrasse? Doch plötzlich springt Karin von allen guten Geistern verlassen auf Gittis Rücken. Die beiden Frauen straucheln und fallen zu Boden. Karin hockt auf Gittis Brust. Immer wieder versucht sie, ihre Nachbarin auf den Mund zu küssen. Gitti windet sich nach Leibeskräften. Angeekelt und verzweifelt entgeht ihr Gesicht den blutigen Kussattacken. Karins Ungeduld wächst. Mit jeder Sekunde wird sie zudringlicher.

»Gitti, küss mich! Schlaf mit mir! Ich habe Krebs, verdammt noch mal. Ich sterbe. Küss mich jetzt endlich! Bitte!«

Gitti versteht die Welt nicht mehr.

Karins Hände wühlen unter Gittis Kleid. Gittis Gesicht ist mittlerweile ebenfalls blutverschmiert. Sie muss diese Furie loswerden, denkt Gitti. Doch Karin ist schwerer und stärker. Gitti will etwas rufen. Sie will schreien, Hilfe oder Vergewaltigung oder sowas. Aber sie bekommt kaum noch Luft. Sie spürt Karins Hände zwischen ihren Beinen, ihren Brüsten, überall.

Wie viele Arme und Hände hat Karin denn?

Gitti denkt an eine Krake.

An eine ekelige, glibschige Krake ...

... und dann hört man einen Schlüssel im Türschloss und im nächsten Moment stehen ihre Ehemänner mit weit aufgerissenen Augen vor ihnen.

Wer weiß, wie alles ausgegangen wäre, hätte Wolfgang seine Gitti schon Stunden zuvor auf dem Handy erreicht. Vielleicht hätte er dann schlafen können. So aber konnte er im Hotel keine Ruhe finden. Er musste nach Hause. Er musste ganz einfach. Und da ließ er auch nicht mit sich diskutieren, zumal Karin ebenfalls nicht zu erreichen war. Irgendetwas stimmte nicht. Und Wolfgang sollte Recht behalten.

In einer Nacht-und-Nebel-Aktion verließen die Ehemänner das Hotel. Wolfgang, weil er wollte und nicht anders konnte und Karins Mann, weil er musste; weil Wolfgang der Fahrer war. Wolfgang fuhr viel zu schnell. Wenn sein Beifahrer nicht so genervt gewesen wäre, hätte er Angst bekommen können; so schnell fuhr Wolfgang.

Über den genauen Hergang wurde im Nachhinein kein Wort mehr verloren. Der Abend mit all seinen Ereignissen wurde nie wieder erwähnt. Und das ist vielleicht auch besser so. Es gibt Wichtigeres.

Und auf Karins Beerdigung haben alle geweint.

Nicht nur ihr Mann, ihre Kinder oder Brigitte und Wolfgang.

Alle!

Alle haben geweint.

Sie würden sie *alle* für immer vermissen.

Karin hat geliebt und wurde geliebt.

Und das ist es, was zählt.

Und nur das!

Und alles andere ist egal.

WEIHNACHTSABEND

Weihnachten ist gezwungenermaßen das Fest der Liebe. Vor allem der Nächstenliebe, sagen meine Eltern immer.

Als ich mit meinem Auto in die Straße einbiege, in der ich als Kind aufgewachsen bin, und im Radio allen Ernstes Chris Rea ertönt, wird mir ganz flau im Magen.

Driving Home for Christmas.

Eigentlich mag ich Chris Rea. Aber nicht heute, nicht an Weihnachten und nicht hier. Übelkeit macht sich breit. Die Radiosender sollten *Driving Home for Christmas* nur im Sommer spielen, finde ich. Dann kann man sich einbilden, dass Chris bereits im Sommer losgurkt, um pünktlich an Weihnachten zu Hause zu sein. Vielleicht, weil er mehrere tausend Kilometer mit dem Fahrrad zurücklegen muss. Im Sommer würde mich *Driving Home for Christmas* genauso wenig stören wie *Summer in the City* bei Schnee. Ich wundere mich. Was man so alles denkt, wenn man mal einen Tag die Medikamente weglässt.

Alles ist noch genauso, wie es früher war. Fast kommt es mir vor, als sei die Zeit in meiner alten Heimat stehen geblieben. Als wäre hier für immer Winter, für immer Weihnachten. Schneebedeckte Dächer weit und breit. Grell glitzernde Vorgärten, auf die die untergehende Sonne sticht. Blätterlose, weiße Bäume. Rauchende Schornsteine. Eingeschneite Autos. Gehwege, bei denen das Schneeschippen längst aufgegeben wurde. Die Nachbarn haben fleißig jedes Fenster, jeden Strauch und fast jeden Ast im Garten festlich mit Lichterketten und Weihnachtskram dekoriert.

Die Straße ist spiegelglatt. Und am Ende der Straße steht ein Haus. Es ist nicht dekoriert und auch sonst gibt es keinen Hinweis auf Weihnachten. Es wirkt unbewohnt, kahl, ausladend und irgendwie unheimlich. Hier halte ich an. Es ist das Haus meiner Eltern.

… with a thousand memories.

Chris Rea, halt's Maul.

Mein Auto kann ich mangels Platzes nicht direkt auf dem Grundstück meiner Eltern abstellen. Mir bleibt als Parkplatz nur der Straßenrand. Beim Aussteigen fällt mein Blick unwillkürlich durch ein Fenster im Nachbarhaus. Dort beschert man gerade feierlich. Dabei ist noch helllichter Tag. Was stimmt mit solchen Leuten bloß nicht? In ein paar Jahren bescheren die wahrscheinlich schon am zweiundzwanzigsten Dezember und schieben es auf den Klimawandel. *Weihnachten kommt auch jedes früher.* Oder sie wollen einfach nur den ganzen feierlichen Kram schnell und frühestmöglich hinter sich bringen. Eigentlich gar nicht so verkehrt. Augen zu und durch. Wer früh beschert, hat früher Ruhe.

Ich sehe ein kleines Mädchen vor einem riesigen bunten Weihnachtsbaum. Freudestrahlend hievt es ein großes Paket in die Höhe. Wie gemalt, denke ich. Wie in der Werbung.

Melancholisch schultere ich meinen kleinen Rucksack. Gab es bei uns jemals einen Weihnachtsbaum? Ich kann mich nicht erinnern. Ob es dieses Jahr wohl einen Baum gibt oder ein richtiges Weihnachtsessen? Ich glaube nicht. Meine Eltern schippen ja nicht mal Schnee. Weder auf dem Gehsteig noch auf dem Grundstück. Haben sie noch nie gemacht.

Mein undichter Turnschuh versinkt knautschend im weißen Boden.

Get my feet on holy ground.

Chris Rea plärrt noch immer in meinem Schädel.

Dann stapfe ich mühsam durch den knöchelhohen Schnee in Richtung Gartenpforte. Mein Atem wird zu einem kleinen warmen Wölkchen in der eiskalten Luft. Ich blicke in das weiße Rund des Gartens, in dem ich als Kind so oft gespielt habe. Als ich wegzog, hat mein Vater den Garten für sein Hobby umfunktioniert. Denn dafür braucht er viel Platz. Sehr viel Platz. Mit feuchtkalten Füßen stehe ich schließlich vor der Haustür.

I can´t wait to see those faces.

Ich hole kurz Luft und läute.

Ganz normal ist es bei uns noch nie zugegangen. Erst recht nicht am Heiligen Abend. Und so wundert es mich auch nicht, dass meine Eltern derb verzerrte Schweinemasken tragen, als sie mir die Tür öffnen. Nach einer nahezu wortlosen Begrüßung schiebt mich meine Mutter auch schon durch den tapetenlosen Flur in die gute Stube und Richtung Esstisch. Mein Vater legt mir seine kalte klauenartige Hand auf den Rücken und fragt grunzend, ob ich Bier oder Whiskey bevorzugen würde. Ich zucke mit den Schultern.

Im Wohnzimmer ist es schön warm. Ein Feuer lodert im Kamin. Der Esstisch ist versifft. Auf dem Tisch brennt eine spärliche Kerze. Der Strom funktioniert nicht. Meine Mutter bringt das Essen rein. Es gibt Würstchen mit Kartoffelsalat. Das würde am schnellsten gehen, sagt sie wie an jedem vierundzwanzigsten Dezember. Lieblos knallt sie die Schale mit dem Salat auf den Tisch.

Wums! Draußen klirrende Kälte, drinnen klirrendes Porzellan.

Halb geworfen, halb gleitend verteilt meine Mutter die Teller wie die Karten bei einem Pokerspiel. Im Nu entfaltet der Kartoffelsalat sein ranziges Aroma. Dann klatscht meine Mutter dicke Portionen auf jeden Teller.

Watsch! Watsch! Watsch!

Im Anschluss holt sie ein Glas Bockwürsten und fingert mühevoll für jeden zwei Stück heraus. Synchron und wie einstudiert legen meine Eltern die

Masken ab. Was für ein kranker Unsinn, denke ich. Wie jedes Mal. Und dann verschlimmert sich der gammelige Geruch. Die Kartoffeln sind gräulich bis dunkelschwarz; die Mayonnaise gelblich wie Pisse im Schnee. Mit einem leichten Würgen nicke ich meinen Eltern freundlich zu. Alles wie immer an Weihnachten. Zumindest bei uns.

Dann fangen meine Eltern gierig an zu fressen; zu schlingen. Ihre Gesichter sind abartig entstellt. Die Schweinemasken sehen ja schon grotesk aus, aber was sie darunter verborgen halten, ist einfach nur entsetzlich. Wie abscheuliche Monster sehen sie aus. Das, was mal menschliche Haut war, ist nun eine ekelhaft schleimig triefende Oberfläche mit Furunkeln und Warzen. So wie bei Fröschen oder Kröten. Nur mit mehr Glibber. Auf dem Kopf meiner Mutter kann man letzte fettige Haarbüschel ausmachen.

Zum Essen benutzen sie weder Besteck noch Hände. Sie fressen wie Tiere; die Monsterköpfe über die Teller gebeugt. Sie schlabbern und saugen den Kartoffelsalat in sich auf und kämpfen Würstchen in sich hinein. Unersättlich schlingen sie; kauen kaum; werfen ihre Köpfe hin und wieder in den Nacken, um größere Mengen auf einmal schlucken zu können. Und doch: Es sind *meine* Eltern. Auch wenn sie sich verändert haben. Aber wir werden alle nicht jünger, nicht wahr? Meine Eltern – Klaus und Sybille. Harmonie in meiner Misophonie.

»Arthur, nun iss′ doch was!«, fordert meine Mutter und grunzt und rülpst, so dass es im Flur widerhallt. Und mein Vater, Kartoffelsalat und Schleim verschmiert, Senfballen in den kaum auszumachenden Mundwinkeln, pflichtet meiner Mutter mit grausiger Stimme bei: »Junge, fall′ uns nicht vom Fleisch!« Dann sabbert er etwas Kartoffelsalatbrei über die Stelle, wo früher mal sein markantes Kinn gewesen war.

Sofort beugen sie ihre widerlichen Visagen wieder über die Teller und schlingen weiter. Als die Teller leer gefressen sind, lecken sie die Reste ab. Ihre langen Zungen sind angeschwollen. Ich kann mehrere Eiterbeulen ausmachen. Eine der Zungenbeulen meines Vaters platzt auf und ein gelbes Sekret bricht wie Lava hervor. Der schleimige Eiter baumelt und federt aus seinem Mund auf den geschleckten Teller. Nach dem Essen legen sie ihre Schweinemasken wieder an.

Mein Vater versucht, mit seinen haxenartigen Stummelhändchen, die Weihnachtsplatte auf den batteriebetriebenen Plattenspieler zu bugsieren. Meine Mutter holt die Geschenke. Sie quietscht vor Vergnügen und wedelt mit ihrem kleinen Schweineschwänzchen am Arsch als auch ich ihr ein Geschenk überreiche. Die Schallplatte knarzt und hat einen Sprung. Die Nadel vom Schallplattenspieler ist längst stumpf. Der Kinderchor erklingt dämonengleich und tief verzerrt. Und so hören wir schließlich für die nächsten Stunden in Dauerschleife:

Alle Jahre wieder kommt das Christus …
Alle Jahre wieder kommt das Christus …
Alle Jahre wieder kommt das Christus …

Ich schenke meinen Eltern Zeugs, was sie nicht brauchen und meine Eltern schenken mir wie immer einen selbstgemachten *Media-Markt-Gutschein*; eine klobige DIN A4 Seite, auf der mit Wachsmalstiften *„mehdia mark gutschein"* geschrieben steht.

Mein Vater schleckt meiner Mutter mit seiner fetten Zunge über ihr Schweinegesicht und schenkt ihr wie jedes Jahr eine Art Küchenschürze; einen Metzgerkittel, genauer gesagt. Und meine Mutter hat für meinen Vater ein neues Schlachtermesser. Ungeduldig steht sie auf Zehenspitzen vor ihm. Wie eine sich wehrende Sau, kurz vor der Schlachtbank, quiekt sie laut und aufgeregt. Möglicherweise hegt sie den Wunsch, selbst mit diesem Messer abgeschlachtet zu werden. Obwohl sie natürlich genau weiß, dass mein Vater das Messer für jemand anderen dringender benötigt.

Sybille und Klaus freuen sich und auch ich tue so, als ob ich mich über den wertlosen Gutschein freuen würde. Vielleicht gebe ich den Gutschein auch einfach wieder an Harry weiter. Harry freut sich immer, weil er sowieso nichts kapiert. Weil Harry nämlich verrückt ist. Harry ist mein Mitbewohner in der Klinik.

Dann klingelt es an der Tür.

Wie jedes Jahr an Weihnachten haben meine Eltern einen Obdachlosen eingeladen. Er bringt kalte Luft von draußen mit herein. Sie setzen ihn in die warme Stube, geben ihm zu essen und machen ihm heißen Tee. Der Penner ist tatsächlich gekommen. Er grinst mit roten Wangen übers ganze Gesicht und freut sich. Und ahnt nichts. Meine Mutter legt die neue Küchenschürze an, serviert ein üppiges, wohlriechendes Festmahl und füllt Tee nach. Kurz darauf ist der Obdachlose pappsatt auf dem Sofa eingenickt. Mein Vater wetzt das Messer in der Garage. *Alle Jahre wieder…*

Es wird noch ein sehr gemütlicher Abend. In der Küche spült meine Mutter das Geschirr und verstaut das Gift wieder im Schrank. Danach prüfen meine Eltern, ob der Penner wirklich tot ist. Er ist es. Sie schleifen ihn für weitere Maßnahmen in die Garage. Das nennen meine Eltern *Nächstenliebe.*

Schließlich muss der arme Mann von nun an nicht mehr frieren oder Qualen leiden und sein sinnloses Dasein fristen. Außerdem hatte er zum Ausklang noch eine schöne Mahlzeit.

Während meine Eltern in der Garage alle Hände voll zu tun haben, blicke ich aus dem Fenster. Es ist dunkel und es schneit schon wieder. Im Garten erkenne ich die Umrisse von all diesen lebensechten Skulpturen, die mein Vater selbst baut und präpariert. *Vogelscheuchen* nennt er die Dinger. Der ganze Garten ist voll damit. Und heute Abend gesellt sich ein weiteres Exemplar dazu.

Erst viel später höre ich meine Eltern wieder ins Haus kommen. Sie scherzen und lachen und küssen sich. Ich liege in meinem früheren Kinderzimmer und höre die alte Kassette *Wir Kinder aus Bullerbü*.

»Weihnachten ist herrlich«, höre ich Manfred Steffen noch sagen.

Dann schlafe ich ein.

WASCHBECKEN

»Das sind meine Freunde, Norbert! Gute Freunde, beste Freunde!«

»Menschen, mit denen man Ouzo trinkt, was?«

»Ist dir eigentlich klar, was du da angerichtet hast? Du kannst bei denen nicht einfach ins Waschbecken kacken und dich dann damit aus der Affäre ziehen, indem du sagst, du hättest die Keramikvorrichtungen verwechselt! Hörst du!? Das geht so nicht. Das macht man nicht. Auch unabhängig davon, ob Paul und Marie und Torbjörn meine besten Freunde sind oder nicht. Man macht so etwas einfach nicht. Bei keinem! Niemandem gehört ins Waschbecken geschissen. Das ist widerlich. Und wenn *ich* das schon so ekelig finde, dann will ich nicht wissen, wie es Paul und Marie erst damit geht. Die müssen sich an dem Waschbecken schließlich jeden Tag die Zähne putzen, sich waschen, sonst was. Die denken doch jetzt bei jedem Gang ins Bad an deine Scheiße im Becken. Bah! Nä! Echt nicht! Super-super-super-extrem-mega ekelig. Mir stellen sich alle Nackenhaare auf! Und hier: schau Mal! Ich bekomme eine Gänsehaut vor lauter Ekel. Wie hast du das überhaupt hinbekommen? Ich meine, so ein Waschbecken hängt ja nicht gerade tief ... also im Vergleich zur Toilette zum Beispiel ... sondern höher, sehr viel höher sogar.«

Norbert rümpft die Nase, betrachtet seine Fingernägel, dann atmet er bedeutungsschwer aus.

»Wer nennt sein Kind bitte schön Torbjörn?«

»Komm mir jetzt nicht so, Norbert! Du benimmst dich hier wie die Axt im Walde! Wie das letzte Ekel! Und dann machst du dich auch noch über Torbjörns Namen lustig?«

»Ja, aber du musst schon zugeben, dass der Name echt krass-scheiße ist, oder? Sag´ den mal zehn Mal hintereinander, ganz schnell. Torbjörn, Torbjörn, Torbjörn, Torbjörn, Torbjörn, Torbjörn, Torbjörn, Torbjörn, Torbjörn, Torbjörn ... da verheddert man sich jedes Mal total. Das ist doch nicht normal. Torbjörn. Also, ich hätte da keine Lust drauf. Sag´ ich dir ganz ehrlich. Torbjörn musste früher beim Fußball bestimmt immer automatisch ins Tor. Nur aufgrund seines Namens. Und Abwehr-Axel, Mittelfeld-Manni und Sturm-Stefan waren seine besten Freunde.«

»Man, Norbert, was stimmt denn nicht mit dir? Du hast doch echt den Schuss nicht gehört. Entschuldige dich jetzt wenigstens bei Marie und Paul für deine Scheißaktion.«

Norbert fängt an zu grinsen. *Scheißaktion.*

»Marie heult schon seit einer halben Stunde. Paul kann sie gar nicht mehr beruhigen.«

»Aber dafür müsste ich ja hier runterkommen.«

»Allerdings, Norbert! Allerdings musst du da runterkommen! Und zwar sofort! Verdammte Scheiße!

Oder wie würdest du es finden, wenn Paul oder Marie in deine Wohnung kämen, dir erst mal schön ins Waschbecken scheißen würden und es sich dann auf deinem Kleiderschrank im Schlafzimmer gemütlich machen?«

»Weiß nicht. Käme auf einen Versuch an. Ich bin sehr gastfreundlich, wie du weißt.«

»KOMM JETZT VOM SCHRANK UND ENTSCHULDIGE DICH!«

»Nö! Einfach nur: Nö! Darf ich dich daran erinnern, dass die Herrschaften angefangen haben? Wer hat denn hier wohl wen zuerst provoziert? Wer hat denn angefangen mit diesem Freizeit-Mobbing? Mit den Attacken? Wer hat wen zuerst angegriffen? Wer ist hier das Opfer oder wer die Täter? Erst Marie, dann Paul und zu guter Letzt Torbjörn-Torbjörn-Torbjörn! Ich habe mich lange zurückgehalten und nichts gesagt. Ich habe alles über mich ergehen lassen und bin friedlich geblieben. Aber genug ist genug!«

»Herrgott, Norbert! Das ist ein Spieleabend! Das war *Mensch-ärgere-dich-nicht*! Da gehört es dazu, dass man die Figuren der Gegner schmeißt. Aber am Ende ist es nur ein Spiel. Hörst du, Norbert! Nur ein Spiel! Und auch wenn ich mich wiederhole: Niemandem gehört ins Waschbecken geschissen! UND JETZT KOMM RUNTER!«

Norbert legt den Kopf schief.

»Unter einer Bedingung.«

»Ich glaube zwar nicht, dass du in der Position bist, Bedingungen zu stellen, aber bitte ...«

»Ich will, dass die anderen zugeben, dass sie unfair gespielt.«

»Aber ...«

»Und ich will, dass du dich nicht mehr mit diesen Leuten triffst!«

»Geht´s noch?«

»Das ist meine Bedingung. Sonst komme ich nicht runter.«

»Norbert! Wenn ich jemandem die Freundschaft kündige, dann dir!«

Paul stürmt ins Zimmer. Er brüllt, rüttelt am Schrank, brüllt noch mehr und versucht Norberts Bein zu packen. Doch Norbert verpasst Paul zwei kräftige Stromstöße mit seinem Elektroschocker. Im Hintergrund schreit Torbjörn, dass es nun genug sei und er die Polizei rufen würde.

»Der ist ja komplett irre! Komplett durchgeknallt«, krächzt Paul und wird vom nächsten Zitteranfall übermannt.

»Paul, ich schwöre dir, er ist sonst nicht so. Ich weiß nicht, was in ihn gefahren ist.«

»Warum bringst du so einen Penner mit zu unserem Spieleabend?«

»Euer dämlicher Spieleabend« sagt Norbert.

»Es tut mir so leid, Paul. So unendlich leid. Ich schäme mich für Norbert. Wirklich!«

»Du Verräter!« Jetzt grinst Norbert nicht mehr. »Du scheiß Verräter!«

»Komm´ jetzt runter! Ich fahre dich nach Hause!«

»Den solltest du nicht nach Hause, sondern direkt ins Irrenhaus fahren«, meldet sich Torbjörn zu Wort. »Ich habe die Polizei verständigt.«

»Ah, klasse! Torbjörn-Torbjörn-Torbjörn hat die Bullen gerufen! Und mit so einem spielt ihr *Mensch-ärger-dich-nicht.*«

»Bitte, Norbert! Komm´ jetzt vom Schrank. Willst du, dass die Polizei dich so vorfindet? Willst du, dass die dich da mit Gewalt runterholen?«

»Leute, jetzt regt euch ab«, sagt Norbert plötzlich und schwingt sich gekonnt vom Schrank herunter.

Paul sitzt noch immer tatterig auf der Bettkante. Torbjörn steht wütend im Türrahmen und Marie schluchzt im Hintergrund.

»Es ist doch alles nur ein Spiel, dachte ich. *Mensch-ärger-dich-nicht.* Und jetzt guckt euch mal an. Ihr seid vollkommen aus dem Häuschen. Ihr seid nicht nur verärgert. Ihr seid stinksauer. Ihr habt verloren.«

»Lass uns gehen, Norbert! Paul, ich weiß nicht, was ich sagen soll. Ich rufe dich morgen an. Ich mache es wieder gut.«

Paul winkt ab und Torbjörn tritt gleich drei Schritte zurück, um die beiden ungebetenen Gäste aus dem Schlafzimmer zu lassen.

Im Auto ist es mucksmäuschenstill.

Norbert blickt aus dem Fenster.

»Krass! Echt krass! Ich weiß nicht, was ich sagen soll!«

Norbert dreht den Kopf.

»Wie wäre mit einer Gratulation oder so was? Gewonnen ist gewonnen, würde ich sagen.«

»Na dann ... gratuliere ich dir. Und ja, du hast gewonnen. Ich hätte echt nicht gedacht, dass du das durchziehst. Und das auch noch bei den beiden Oberspießern. Ich dachte, mit dieser Challenge kriege ich dich endlich.«

»Tja, du weißt ja, ich verliere nur ungern. Erst recht, wenn es um eine Challenge gegen dich geht.«

»Aber das mit dem Elektroschocker war nicht Teil der Challenge.«

»Nö, aber ich dachte, das wäre ein schöner Überraschungseffekt.«

»Allerdings! Das kam echt überraschend. Wie Paul gezittert hat. Alter Schwede! Ich hätte fast angefangen zu lachen.«

»Sorry. Aber du warst auch echt gut in deiner Rolle.«

»Danke. Aber nicht so gut wie du. Ich frage mich immer noch, wie du da überhaupt ans Waschbecken rangekommen bist mit deinem Hintern. Oder hast du ...? Ach, ich will es gar nicht wissen.«

»Betriebsgeheimnis.«

»Kein Problem, mein Lieber.«

Sie lachen.

Sie lachen laut und herzhaft.

Norbert hat schon eine neue Challenge für seinen besten Freund im Kopf. Morgen wird er ihm davon erzählen.

EMIL UND JOEY

Emil, der Elefant, ist aufgeregt und ganz aus dem Häuschen. Er schnappt beinahe über vor Vergnügen. Schließlich hat er soeben ganz furchtbar tolle neue Neuigkeiten bekommen. Freudig stampft er abwechselnd mit allen vier Füßen auf den Boden, dreht sich im Kreis, trötet, schwingt seinen Rüssel so schnell wie einen Flugzeugpropeller und schlackert mit den Ohren, als würde man ihm zehntausend Volt durch den Körper jagen.

»Oh! Was denn mit Emil los sein? Warum er tanzen in Mittagssonne?«, fragt Joey.

Joey, der Gelbschnabeltoko, ist Emils bester Freund.

»Du ahnst nicht, was passiert ist!«

»Oh! Was denn passiert sein? Emil mir sofort erzählen!«

»Das Camp der Jäger ist explodiert. Alle tot.«

»Oh! Alle tot? Tot sein gut?«

»Ja, das ist gut. Also gut für uns. Speziell für uns Elefanten. Die Jäger waren böse Menschen, weißt du? Sie machen Elefanten tot, um an ihre Stoßzähne zu kommen.«

»Oh. Machen Elefanten tot? Das ist nix gut. Und alles wegen zwei Zähne. Das ist gar nix gut. Haben Jäger keine eigenen Zähne? Warum brauchen Jäger Zähne?«

»Weil unsere Zähne aus Elfenbein sind. Elfenbein ist sehr wertvoll. So wie Gold oder Salz oder ein Zweitschlüssel unter der Fußmatte, falls du dich mal ausgesperrt hast.«

»Hä?«

»Das Elfenbein jedenfalls ist so wertvoll, dass die Jäger bereit sind, dafür zu töten, und dann brechen sie uns die Zähne aus der Visage und verticken das Elfenbein in ihrer Welt. Und wofür? Um daraus Schnitzereien oder Schmuck oder Klaviertasten zu machen. Und für solch redundanten Unsinn müssen wir unser Leben geben!«

»Das ist gar nix gut, Emil. Gar nix gut. Vielleicht wirklich gut, dass Jäger jetzt tot. Obwohl eigentlich ist nie gut, wenn jemand tot. Oder Emil? Wenn jemand tot, dann ist normalerweise traurig.«

»Eigentlich ja, Joey. Eigentlich ja. Aber in diesem Falle nicht! Oder wusstest du, dass diese Wilderer jährlich ungefähr 20.000 Elefanten töten? 20.000! Jedes Jahr! Das muss man sich mal vorstellen. Ich habe im Internet gelesen, dass dadurch der Bestand an Savannenelefanten in nur sieben Jahren um ein Drittel dezimiert wurde. Und deshalb ist es nicht traurig. Nur ein toter Wilderer ist ein guter Wilderer!«

»Du hast Internet?«

»Ja, du nicht?«

»Ich haben schon vor sechs Wochen bestellt, aber Servicetechniker nicht kommen. Immer sie vertrösten mich. Sagen, dass bald kommen, aber dann wieder nicht kommen. Dann ich wieder fragen und sie sagen, ja, ja, kommen bald. Bald, bald, bald. Aber ich nicht wissen, wann ist diese *bald*. Bin ich nicht zufrieden mit meine Anbieter.«

»Immer diese Unzuverlässigkeit. Hört man ja aber immer wieder.«

»Das vielleicht auch Problem von Globalisierung sein, oder Emil?«

»Was weißt du schon von der Globalisierung, Joey. Du kannst ja nicht mal richtig Deutsch.«

»Weiß ich mehr über Globalisierung vielleicht, als du denkst. Kann ich fliegen, wohin ich will. Kann ich fliegen um ganze Planet. Kannst du nicht! Bist du zu schwer, bist du zu langsam und bist du außerdem Nichtschwimmer! Hast du nicht einmal Seepferdchenabzeichen. Kommst du nicht mal über kleine Fluss, kommst du erst recht nicht über große Ozean. Kannst du mir also nix erzählen von Wissen über Globalisierung, nur weil du hast diese Internet.«

»Wie dem auch sei. Die Jäger sind tot und das ist gut.«

»Dann ihr seid jetzt endlich sicher?«

»Nein, leider nicht, Joey. Für den Moment vielleicht. Aber in ein paar Tagen werden neue Wilderer kommen und nach ihnen wiederum andere und danach wieder andere und so weiter und so fort … Wusstest du, dass zum Beispiel in Indien der Handel mit Elfenbein seit den siebziger Jahren verboten ist, der Schwarzmarkthandel aber dennoch floriert?«

»Ja, habe ich davon gehört.«

»Aber es gibt auch gute Menschen. Die versuchen uns zu helfen. Bringt zwar nicht viel, aber sie versuchen es zumindest. Die WWF zum Beispiel.« Dann beginnt Emil zu schmunzeln. »Weißt du, was richtig komisch ist, Joey?«

»Ja, gute Witz ist saukomisch. Geht so: Was ist gelb, hat eine Arm und kann nicht schwimmen?«

»Nein, das meine ich nicht.«

»Du trotzdem willst hören Witz?«

»Hast du doch schon erzählt?«

»Ja, aber du nicht kennst Knalleffekt!«

»Das heißt Pointe. Nicht Knalleffekt.«

»Ja, kennst du nicht. Pu-Ente. Kennst du nicht.«

»Nein, kenne ich nicht, aber jetzt ist es auch zu spät. So eine Pointe muss sitzen, weißt du? Jetzt ist der Witz kaputt.«

»Schade. Manno, Emil! Hast du meine schöne Spaß alles kaputt gemacht.«

»Ich wollte ja auch was ganz anderes erzählen, was ich komisch finde.«

Joey ist ein bisschen eingeschnappt. Er verschränkt die Flügel vor der Brust und blickt missgünstig über die Schulter. Neugierig ist er trotzdem.

»Und was so komisch ist?«

»WWF steht für *World Wide Fund for Nature.* Das ist eine Umweltschutzorganisation. Das sind Menschen, die sich für Natur- und Umweltschutz einsetzen.«

»Ja, sind die mit Haribo-Tier in Logo.«

»Das ist kein Haribo-Tier. Das ist ein Panda!«

»Sag ich doch. Gibt es von Haribo eine Sorte mit Pandakopfen. Schmeckt aber nicht.«

»Meinetwegen, Joey. Meinetwegen. Es heißt übrigens *Köpfe* und nicht *Kopfe.* Na ja, jedenfalls gibt es also die WWF, die die Natur schützen will und die sich zum Beispiel gegen die Abholzung der Wälder und für das Klima, aber auch für uns Tiere einsetzt. Und dann haben, beziehungsweise vielmehr *hatten,* die Menschen noch eine andere Organisation, die ebenfalls WWF hieß. Das war die sogenannte *World Wrestling Federation.* Im Rahmen dieser Organisation haben sich Menschen gegenseitig in einem Boxring verprügelt, während andere Menschen dabei zu gesehen haben. Und weißt du, was das Beste ist?«

»Nein, Emil. Was ist Beste?«

»Das Beste daran ist, dass die Menschen sich nicht wirklich geschlagen und verprügelt haben. Die haben nur so getan als ob. Zwei Menschen standen da also, meistens hatten sie dabei nicht mehr als eine Unterhose an, und haben so getan als würden sie sich gegenseitig wehtun. Und andere Menschen haben Geld dafür bezahlt, um das zu sehen.«

»Was? Menschen geben Geld, um zu schauen, wie Menschen in Unterhose sich hauen?«

»Ja, so ähnlich. Die tun ja nur so, als ob sie sich hauen. Alles nur Show, Joey. Alles nur Show.«

»Menschen sein komische Art. Vielleicht ist wirklich besser, wenn nicht nur Jäger, sondern alle Menschen sein tot auf Erde. Dann auch nicht kommen auf so blöde Idee wie Show in Unterhose.«

»Na ja, das wäre aber auch nicht gerecht. Wie gesagt, es gibt ja auch gute Menschen. Menschen, die auf unserer Seite sind. Jedenfalls kam es zwischen der einen WWF und der anderen WWF irgendwann zu einem jahrelangen Rechtsstreit. Dabei ging es unter anderem darum, wer denn das Kürzel *WWF* und die Domain *wwf.com* verwenden darf. Zum Glück haben die Naturschützer am Ende gewonnen. Ich hätte mir nur gewünscht, dass die Jungs und Mädels vom Tierschutz ein bisschen mehr ihrer Energie in uns investiert hätten, statt in den Kampf um Kürzel und Domains. Dann wäre unsere Lage heutzutage vielleicht ein bisschen weniger scheiße. Findest du nicht auch, Joey?«

»Emil! Weiß ich doch gar nicht, was Domain eigentlich ist!«

»Das ist eine Internetadresse. Zum Beispiel: *www.joey-der-gelbschnabeltoko.com*. Das wäre dann deine Domain, unter der man deine Internetseite erreichen kann.«

»Aber wofür ich brauche Internetseite? Und selbst wenn. Wo soll ich kaufen Internetseite?«

»Das war ja auch nur ein Beispiel. Du brauchst keine Internetseite. Und wenn du eine brauchst, dann kannst du bei deinem Internetprovider schauen. Einige bieten die Möglichkeit, neben Telefon und Internetanschluss auch Domains zu erwerben. Selbst das Hosting übernehmen einige Anbieter.«

»Habe ich doch schon gesagt, dass Servicetechniker nicht kommt. Dann ich werde nicht noch weitere Sachen dort bestellen und weiß ich auch gar nicht, was nun wieder ist Hosting.«

»Ist auch vollkommen egal. Lass uns feiern. Die Jäger sind tot!«

»Ok! Macht Joey gerne feiern! Wo denn wir feiern wollen?«

»Wir können bei mir zu Hause feiern. Ich habe sowieso sturmfrei!«

»Ah! Sturmfrei. Sind Eltern nicht zu Hause?«

»Nein, sind nicht zu Hause. Ich habe schon seit Wochen sturmfrei.«

Dann lässt Emil plötzlich traurig den Kopf hängen. »Sturmfrei für immer, quasi.«

»Was denn auf einmal los ist mit dir, Emil?«

»Ach nichts. Ich habe nur eben an meine Eltern denken müssen.«

»Eltern nicht zu Hause, deshalb Emil traurig?«

»Ja, sie sind seit Wochen schon nicht mehr da. Und sie kommen auch nicht mehr zurück. Sie gehören zu den 20.000, die ihr Leben für diesen verfickten Elfenbeinhandel lassen mussten.«

Emil muss schlucken. Es fällt ihm schwer, die Tränen zu unterdrücken.

Minutenlang trotten die beiden schweigend nebeneinanderher. Plötzlich weiß Joey, wie er seinen Freund vielleicht wieder aufmuntern kann.

»Emil, was ist gelb, hat eine Arm und kann nicht schwimmen?«

»Was denn?«, fragt Emil.

»Eine Bagger!«

Und tatsächlich kann sich Emil ein kleines Grinsen nicht verkneifen. Dann verschwinden die beiden Freunde hinter einer kleinen Gruppe von Bäumen.

FRAU PATSCHINSKI
UND DER NACKTPUTZER

P: »Warum putzen Sie eigentlich immer nackt?«

N: »Warum beobachten Sie mich beim Putzen?«

P: »Hören Sie mal, ich bin Ihre Nachbarin. Da sieht man Sie zwangsläufig durch das Fenster.«

N: »Äh ... nee.«

P: »Äh ... doch. Bei Ihnen sind doch immer alle Schotten offen.«

N: »Sie müssen ja nicht hingucken, Frau *Nachbarin*.«

P: »Ach, soll ich mir die Augen verbinden, während Sie putzen? Herr *Nachbar*.«

N: »Wäre zumindest ´ne Möglichkeit.«

P: »Ich werde bestimmt nichts an *mir* verändern, weil *Sie* nackt putzen!«

N: »Und ich ziehe mir bestimmt nicht extra was an, nur weil *Sie* bei mir durch das Fenster glotzen.«

P: »Können Sie nicht die Vorhänge zuziehen, während Sie nackt durch die Wohnung rennen.«

N: »Ich habe keine Vorhänge.«

P: »Dann Jalousien.«

N: »Habe ich auch nicht.«

P: »Rollos?«

N: »Nope.«

P: »Warum putzen Sie überhaupt nackt?«

N: »Soll ich mir etwa auch eine Kittelschürze anziehen?«

P: »Aha!«

N: »Aha, was?«

P: »Sie beobachten mich also auch?«

N: »Warum?«

P: »Wegen Ihrer Anspielung auf die Kittelschürze. Damit meinen Sie doch wohl mich!?«

N: »Mir ist es doch egal, was Sie beim Putzen tragen. Mir ist es überhaupt egal, was Sie anziehen oder in Ihrer Wohnung machen, Frau Patschinski!«

P: »Woher wissen Sie dann von meiner Kittelschürze?«

N: »Ich weiß nichts von Ihrer *Kittelschürze* und ich will von Ihrer *Kittelschürze* auch nichts wissen. Ich habe eine Kittelschürze nur erwähnt, weil ich mir die typische Hausfrau beim Putzen eben in Kittelschürze vorstelle! Kittelschürze, Kittelschürze, Kittelschürze ... was ist das überhaupt für ein Wort?!«

P: »So, so!«

N: »Hm?«

P: »So ist das also. Die typische Frau hat also Ihrer Meinung nach eine Kittelschürze an und steht brav hinter dem Herd, was?«

N: »Hausfrau. Ich sagte *Hausfrau*. Und nein, die typische Hausfrau hat in meiner Fantasie keine Kittelschürze an und steht auch nicht *hinter* dem Herd. Wenn überhaupt *vor* dem Herd. Aber lassen wir das.«

P: »Sie sind ein Sexist.«

N: »Und Sie eine alte Schreckschraube!«

P: »Macho-Arschloch!«

N: »Auslaufmodell!«

P: »Schiffschaukelbremser!«

N: »Beißzange!«

P: »Kotzbrocken!«

N: »Desperate housewife!«

P: »*Des* ... was? Hä?«

N: »Definitiv keine MILF!«

P: »Was?«

N: »Ok, ich habe nach Punkten gewonnen!«

P: »Häää?«

N: »Das verstehen Sie nicht, Frau Patschinski.«

P: »Hurensohn!«

N: »Hey, nichts gegen meine Mama!«

P: »Ok, tut mir leid. Dann eben: Muttersöhnchen!«

N: »Ich habe keine Lust mehr.«

P: »Ich auch nicht, Herr Nachbar. Ich auch nicht!«

N: »Mir wird hier auch langsam kalt; so nackt am offenen Fenster.«

P: »Ja, wärmen Sie sich am besten erst mal auf. Wir haben schließlich minus sechs Grad.«

N: »Sie haben recht. Schauen Sie mal. Mein Penis ist schon ganz klein.«

P: »Na ja, sonst ist der auch nicht größer.«

N: »Das erkennen Sie auf die Distanz?«

P: »Das ist es ja. Ich erkenne eben gerade nichts. Nicht mal mit Fernglas!«

N: »Bitte?«

P: »Ha, ha, hi, hi ... das war natürlich nur ein Scherz.«

N: »Bitch.«

P: »Was, bitte?«

N: »Vielleicht ziehe ich mir beim Putzen ab jetzt doch lieber immer was an.«

P: »Besser is!«

N: »Schade.«

P: »Haben Sie vielleicht Lust, bei mir mal nackt zu putzen?«

N: »Bei Ihnen? In der Wohnung?«

P: »Nee, in meinem Briefkasten. Natürlich in meiner Wohnung.«

N: »Und was springt für mich dabei raus?«

P: »Vielleicht eine Stripperin aus der Torte. Ha, ha, ha, hi, hi.«

N: »Lustig.«

P: »Na ja, eine Stripperin vielleicht nicht, aber ich habe tatsächlich noch Torte.«

N: »Ist es viel?«

P: »Fünf Stücke sind noch da.«

N: »Nein, nein, ich meine doch, ob es viel zu putzen gibt bei Ihnen.«

P: »Nee, nee, sind nur zwei Zimmer. Und die sind eigentlich auch schon geputzt. Dafür gibt es dann aber auch nur ein Stück Torte.«

N: »Torte, Torte, Torte. Was ist das auch schon wieder für ein Wort? Sagen Sie das mal zehn Mal hintereinander: Tortetortetortetortetortetortetorte ...«

P: »Geht es Ihnen gut, Herr Nachbar?«

N: »Bestens. Mir ist nur kalt.«

P: »Na ja, jedenfalls kommen später noch meine Kinder mit ihren Kindern. Also mit meinen Enkeln. Die wollen auch immer alle Torte. Selbst fünf Stücke Torte wären da noch zu wenig. Geschweige denn vier. Die kommen nämlich zu acht! Oder zu zwölft. Es sei denn die Hertha spielt, dann ist Manni vielleicht mit dem Großen beim Fußball.«

N: »Wie viele Kittelschürzen haben Sie eigentlich, Frau Patschinski?«

P: »Och, da sind schon einige zusammen gekommen in meinem Leben. Ich habe sie alle noch. Hach, ja, ich kann mich nur schwer von Dingen trennen.«

N: »Verstehe.«

P: »Also, wollen Sie nun?«

N: »Was? Eine von ihren abgetragenen, voll von altem Hausfrauenschweiß getränkten, *Kittelschürzen*?«

P: »Torte, man! Wollen Sie Torte?«

N: »Ein Stück?«

P: »Ja, mehr geht echt nicht. Meine Familie. Ich erwähnte es bereits. Deswegen nur ein Stück für Sie.«

N: »Ein Stück Torte fürs Nacktputzen bei Ihnen, hm?«

P: »Mehr kann ich Ihnen nicht bieten. Es sei denn Sie wollen nach dem Putzen noch mit mir schlafen.«

N: »Um Himmels willen! Nee, nee, schon gut. Ein Stück Torte reicht vollkommen.«

P: »Gut.«

N: »Gut.«

P: »Wann kommen Sie dann?«

N: »Jetzt?«

P: »Jetzt?«

N: »Ja, jetzt, wo ich schon mal nackt bin ...«

P: »Ich hatte eigentlich gehofft, Sie könnten mich einfach nur penetrieren!«

N: »Bitte?«

P: »Ach kommen Sie. Dachten Sie ernsthaft, ich brauche einen Kerl zum Putzen meiner kleinen Wohnung?«

N: »Wie alt sind Sie eigentlich?«

P: »Warum?«

N: »Vielleicht könnten wir beide ja doch noch eine Nummer schieben.«

P: »Ich bin 76. Aber untenrum, läuft es noch wie geschmiert, wenn Sie das meinen.«

N: »So genau wollte ich es dann doch wieder nicht wissen. Nä, dann lieber nicht.«

P: »Warum? Alte Leute sind auch manchmal geil!«

N: »Ich habe aber keine nekrophilen Gelüste, verstehen Sie?«

P: »Nekro was?«

N: »Mir wird das jetzt echt zu kalt hier am offenen Fenster.«

P: »Schauen Sie. Es schneit. Schneeflocken.«

N: »Toll.«

P: »Hach wie schön ... der Schnee. So jungfräulich. So klar. So rein.«

N: »Schönen Tag noch, Frau Nachbarin.«

P: »Ihnen auch, Herr Nachbar, Ihnen auch. Und grüßen Sie schön.«

N: »Werde ich ausrichten. Auch Ihrer Familie schöne liebe Grüße und guten Appetit bei der Torte.«

P: »Danke, Danke.«

N: »Bis bald einmal, Frau ...«

P: »Schauen Sie mal hinter sich. Ihre Frau ist aus dem Säuferdelirium aufgewacht.«

N: »Tatsächlich. Hurra! Also ich muss jetzt wirklich. Tschüss, Frau Patschinski.«

Die beiden schlossen die Fenster.

»Ein tolles Pärchen die beiden« sagte Adele Patschinski zu sich selbst. »Ein tolles Pärchen, aber sein Penis ist wirklich sehr klein. Na ja, geht mich nichts an.«

Dann schlich sich Adele in ihre Küche und bestrich sich den gesamten Oberkörper mit Leberwurst. Ihrem

Hund Hakan lief bereits das Wasser im Maul zusammen. Er wusste, was ihn gleich erwarten würde.

Der Nachbar hingegen sagte zu seiner alkoholkranken Frau: »Schatz, die Patschinski von gegenüber hat einen Knall. Wenn die mal stirbt, erben die Kinder einen ganzen Haufen oller Kittelschürzen.«

Seine Frau schürzte die Lippen und goss sich etwas Fanta in den Korn.

DIE SCHILDKRÖTE
(ODER: YODAS NEFFE)

Eine Schildkröte war auf dem Heimweg von der Schule. Da wurde sie von zwei Eichhörnchen, die ebenfalls gerade von der Schule kamen, eingeholt, geschnitten und ausgebremst, was bei ihrem Schildkrötentempo aber natürlich auch keine Kunst war. Ein Eichhörnchen schnappte sich sofort die Pudelmütze der Schildkröte.

»Ey, was soll das, meine Mütze ...«, rief die Schildkröte.

»Ey, was soll das, meine Mütze ...«, äffte ein Eichhörnchen die Schildkröte nach und das andere forderte: »Komm, hol´ sie dir doch wieder, du Lahmarsch!«

Die Schildkröte machte sich also auf den Weg.

Das Eichhörnchen, welches die Mütze geklaut hatte, stand zwar nur rund fünf Meter vor ihr, doch für die Schildkröte war das gefühlt ein halber Marathon. Nicht nur, weil sie klein war, sondern weil sie eben eine Schildkröte war. Die Topgeschwindigkeiten bei Schildkröten reichen von 1,8 bis rund 10 km/h. Die kleine Schildkröte war hier eher im unteren Bereich anzusiedeln.

Das Eichhörnchen ließ die Schildkröte bis auf wenige Zentimeter näherkommen, dann machte es einen Satz zur Seite und war, zumindest aus Sicht der Schildkröte, im Nu wieder meilenweit entfernt.

So ging es noch einige Male und es begann bereits zu dämmern, als die Schildkröte kräftig mit ihren Beinchen aufstampfte und rief: »Jetzt habe ich aber genug von der Scheiße, Leute! Echt! Gebt mir jetzt endlich meine Mütze wieder! Sonst passiert was!«

Die Eichhörnchen lachten sich scheckig.

»Ach ja!?«, sagte das eine.

»Und was?«, fragte das andere Eichhörnchen.

»Ich sollte schon längst zu Hause sein. Mein Vater wird sich bereits Sorgen machen und nach mir suchen.«

»Oh, da haben wir aber Angst. Ist dein Vater genauso eine Rakete wie du?«

Wieder beömmelten sich die fiesen Eichhörnchen.

»Mein Vater ...«, sagte die Schildkröte und bemerkte, dass die Eichhörnchen vor lauter Lachen gar nicht zuhörten. »Mein Vater ist zufälligerweise ein Tyrannosaurus Rex – wenn der euch findet, dann gnade euch Gott!«

»Ein Tyranno-*was*?«, kreischte das Eichhörnchen mit der Mütze in der Hand.

»Und mein Vater ist Spiderman«, grölte das andere Eichhörnchen.

Die Schildkröte wurde rot vor Wut.

»Na gut, dann glaubt ihr mir eben nicht. Aber beschwert euch nachher auch nicht, wenn Papa vor euch steht.«

Die Eichhörnchen mussten sich gegenseitig stützen, um vor lauter Lachen nicht umzufallen.

Die Dämmerung war mittlerweile in einen dunklen Winterabend übergegangen.

»Dein Vater scheint aber gar nicht zu kommen.«

»Vielleicht sieht der nichts im Dunkeln?«

»Vielleicht braucht er eine Brille.«

Wieder hielten sich die Eichhörnchen ihre kleinen Bäuche vor lauter Lachen.

Die Mütze lag mittlerweile auf dem schmuddeligen Boden.

»Jetzt reicht es mir aber wirklich. Ich wollte nicht so weit gehen, aber ihr lasst mir keine andere Wahl!«, sagte die Schildkröte.

Sie trat einen Schritt zur Seite und damit ins Licht des Vollmondes.

Sofort begann sie sich nach allen Seiten auszudehnen. An den kleinen Füßen wuchsen ihr plötzlich Klauen und der Panzer verschwand. Stattdessen bildete sich an ihrem ganzen Körper ein Fell. Sie wurde größer und größer und haariger und haariger und sie bekam Zähne, riesige große Zähne und ein Maul und mit einem Male war sie um ein Vielfaches größer als die beiden Eichhörnchen, die mit ihren offenen kleinen Mäulern wie erstarrt dastanden.

Unter dem einen Eichhörnchen bildete sich eine kleine Pfütze Eichhörnchen-Pipi.

Das andere Eichhörnchen traf es noch schlimmer. Es hatte sich in die Hose geschissen. Aber da Eichhörnchen gar keine Hosen tragen, plumpste das winzige Häufchen Eichhörnchen-Kacke ebenfalls auf den Boden, genauer gesagt auf die Mütze.

»Ich habe euch gewarnt, Freunde«, verkündete das Wesen, das eben noch eine Schildkröte war.

»Wa wa wa wa ...«, stotterte das Pipi-Eichhörnchen.

»... ist denn mit dir passiert?«, ergänzte das Eichhörnchen, das auf die Mütze geschissen hatte.

Da bäumte sich das Wesen auf und brüllte mit einer dämonengleichen Stimme:

»ICH bin eine WER-Schildkröte und nun werde ich euch fressen!!!«

Plötzlich bogen sich zwei Bäume auseinander und fielen wie kleine Stäbchen zur Seite. Da, wo eben noch die Bäume waren, stand nun ein ausgewachsener, sechs Meter großer Tyrannosaurus Rex! Die Eichhörnchen schluckten.

Die Wer-Schildkröte hielt inne: »Papa?«

»Sach´ mal Berti, hast du eigentlich noch alle Latten am Zaun, he?«, fragte der Tyrannosaurus Rex mit einer leicht lispelnden Fistelstimme.

Fast wäre den Eichhörnchen schon wieder nach Lachen zu Mute gewesen.

»Aber Papa, das ist doch alles ganz anders, als du denkst.«

»Hör mir auf, Berti. Musst du hier wieder den dicken Macker markieren, ja? Und wo ist eigentlich deine Mütze?«

Die Eichhörnchen schluckten hörbar.

»Die Eichhörnchen haben ... die Eichhörnchen ...«

»Die Eichhörnchen, die Eichhörnchen, ich hör immer nur die Eichhörnchen. Sach´ mal, geiht dir dat nich gut?«

»Aber ...«

»Genug jetzt, ich will nichts mehr hören. Und heb deine Mütze auf. Die ist ja total vollgeschissen, Berti. Voller Scheiße ist die! Das ist doch kacke!«

Berti trat aus dem Mondlicht und augenblicklich schrumpfte er wieder auf Schildkrötengröße zusammen. Der Tyrannosaurus Rex kam einen Schritt näher, senkte den riesigen Dinosaurierschädel und blickte den bibbernden Hörnchen nun direkt in die Augen.

»Sorry, Jungs, da sind wohl mal wieder die Gäule mit meinem Kleinen durchgegangen.«

Die Eichhörnchen nickten synchron und wie paralysiert.

»Ich sehe, ihr habt euch sogar eingenässt vor Angst. Das tut mir leid. Manchmal meint mein kleiner Berti einfach, er muss auf dicke Hose machen. Ich glaube, er hat ADHS oder wie das heißt. Sein Benehmen und so weiter, das geht aber natürlich gar nicht. Krankheit hin oder her. Bitte sagt euren Eltern nichts davon. Sonst muss Berti wieder ins Heim für schwererziehbare Schildkröten. Das würde mir mein Herz brechen. Geht das in Ordnung, Jungs?«

Die Eichhörnchen starrten ins sprechende Riesenmaul des Dinosauriers.

»Das geht ...«, sagte das eine, »... so was von klar«, ergänzte das andere Eichhörnchen, welches auf die Mütze gekackt hatte, die der Tyrannosaurus nun aufhob.

»Alles klar, Jungs. Danke. Vielen Dank. Ihr habt einen gut bei mir. Wenn's Berti mal besser geht, laden wir euch zum Essen ein. Dann hauen wir uns ein paar Kühe hinter die Kiemen. Ok, Jungs?«

Das Pipi-Eichhörnchen fragte sich, ob der Tyrannosaurus wirklich Kiemen hatte, sprach es aber nicht aus.

»Komm´ Berti!«, forderte der Tyrannosaurus und Berti trottete langsam hinter seinem Vater her. Auf seinem Kopf die vollgeschissene Mütze. Es war ein Anblick zum Weinen.

Berti blickte noch einmal zaghaft zurück und sah die beiden Eichhörnchen noch immer wie angewurzelt dort stehen. Das Lachen war ihnen vielleicht für immer vergangen.

Von vorne raunte der Vater: »Und du mein Freund, gehst heute ohne Abendbrot direkt ins Bett. Ohne

Mütze mitten im Winter ... und dann noch im Dunkeln. Weißt du eigentlich, wie viele Gefahren da draußen auf dich lauern, wie viele Feinde du hast?«

»Aber Papa ...«

Der T-Rex warf seinem Schildkrötensohn einen eiskalten Blick über die Schulter zu.

»DEINE GEFÜHLE ERFORSCHEN DU MUSST ... hätte dein Onkel gesagt.«

Berti senkte demütig den Kopf.

Er wusste, dass er keinen Erklärungsversuch mehr unternehmen brauchte.

»Sei bloß froh, dass du nur an zwei kleine harmlose Eichhörnchen geraten bist und dass die beiden nicht nachtragend sind. Eines kannst du dir gleich mal merken: Die Welt ist nicht gerecht. Das Leben erst recht nicht.«

Berti nickte stumm vor sich hin und dachte: *allerdings.*

EIN NIE ENDENDER ZAHNARZTBESUCH OHNE NARKOSE

J: »Frank?«

F: »Ja.«

J: »Was machst du da?«

F: »Schlagzeug.«

J: »Schlagzeug?«

F: »Jo!«

J: »Das ist doch kein Schlagzeug. Zwei Äste, ´n oller Eimer und ein verschlissener Kochtopf deiner Mutter sind nie und nimmer ein Schlagzeug.«

F: »Wohl! Ich übe ja auch noch. Aber wenn ich erst mal so gut bin wie Lars Ulrich, dann spiele ich natürlich auf einem richtig großen Schlagzeug.«

J: »Lars Ulrich? Der frühere Radfahrer, der Tour-de-France-Gewinner, der Lars Ulrich, der zuletzt durch Randale und Drogen aufgefallen ist?«

F: »Ähm, nee, nee. Das war ja *Jan* Ulrich. Jan Ulrich und Lars Ulrich haben aber so viel gemeinsam wie du mit Jonny Depp.«

J: »Ach, du meinst *Lars* Ulrich!«

F: »Ja L AAA RRR SSS Ulrich! L wie Lars - L.A.R.S. Ulrich!«

J: »Der Typ, der Napster verklagt hat und jetzt aber trotzdem mit seiner Band auf allen Plattformen vertreten ist?«

F: »Jepp – Lars Ulrich von Metallica. Und ob er Napster verklagt hat oder nicht, ändert nichts an der Tatsache, dass er ein Spitzen-Schlagzeuger ist.«

J: »Metallica ... ich dachte, die gibt es gar nicht mehr.«

F: »Doch, doch ...«

J: »Krass, die müssen ja mittlerweile auch schon um die achtzig sein.«

F: »Mag sein.«

J: »Für mich wäre das ja nichts.«

F: »Die lieben halt, was sie tun. Auch im hohen Alter. Genau wie die Stones oder ... oder ...«

J: »Alles Rock-Senioren. Metal-Oppis. Pogo-Greise.«

F: »Na und. Meinst du, es sollte eine Altersbegrenzung geben fürs Musizieren? Soll Lars Ulrich jetzt nur noch auf Schnabeltassen und Kathetern trommeln?«

J: »Habe ich doch gar nicht gesagt. Aber ist das noch Rock'n'roll?«

F (*nachäffend*): »Ist das noch Rock'n'roll? Ist das noch Rock'n'roll ... ist das ... natürlich ist das noch Rock! Und Roll ist das erst recht. *Gerade das* ist Rock'n'roll.«

J: »Wenn du meinst. Was ist eigentlich mit deinem Führerschein?«

F: »Es ging nicht um *meinen* Führerschein, sondern um den Führerschein meines Opas. Die haben ihm den Lappen jetzt endgültig weggenommen. Von wegen Fahren im hohen Alter und so.«

J: »Dürfen die das?«

F: »Keine Ahnung. Ungerecht ist es trotzdem. Mick Jagger darf mit seinem Faltenteppich in der Visage noch immer auftreten und meinem Opa nehmen sie den Führerschein weg.«

J: »Ach, das ist dann wieder kein Rock'n'roll?«

F: »Was? Das mit dem Führerschein oder meinst du Mick Jagger?«

J: »Führerschein. Komisches Wort.«

F: »Warum?«

J: »Ob Hitler wohl einen hatte?«

F: »Wie kommst du jetzt auf Hitler?«

J: »Egal. Wie meintest du das grad überhaupt mit *Jonny Depp und ich haben nichts gemeinsam*?«

F: »Wie *wie meinte ich das*? Wie wohl?! Welche Gemeinsamkeiten hast du denn mit Jonny Depp?«

J: »Willst du damit sagen, er sieht gut aus und ich habe eine Hackfresse?«

F: »Nein. Aber trotzdem habt ihr nicht viel gemeinsam.«

J: »Woher willst du das wissen? Das geht ja schon mal mit dem Vornamen los. Ich heiße Jens. Mein Name fängt also auch mit *J* an. *J* wie Jens und *J* wie Jonny. Das wäre ja schon mal die erste Gemeinsamkeit.«

F: »Wenn euch das beide nicht mal fast zu Zwillingen macht.«

J: »Aber es gibt ja noch andere Sachen, die wir gemein haben.«

F: »Zum Bleistift?«

J: »Bleistift!? Ich habe dir schon zigmal gesagt, du sollst so was nicht sagen.«

F: »So was wie *zum Bleistift*?«

J: »Ja!«

F: »So was wie *Herzlichen Glühstrumpf*?«

J: (gereizt): »Jaaa.«

F: »So was wie *Alles Gute zum Burzeltag*?«

J: »Ja, ja, ja, genau so was!!! Und jetzt hör auf.«

F: »Also ... zum Beispiel?«

J: »Was?«

F: »Was hast du Jens Meuchelgraben noch mit Jonny Depp gemeinsam?«

J: »Ach so, ja. Zum Beispiel war ich früher auch gerne Pirat.«

F: »Ja, und?«

J: »Ja, und, ja, und ... Jonny Depp, *Fluch der Karibik*, Piraten und so, trallala.«

F: »Ich weiß, was *Fluch der Karibik* ist. Aber da hat Jonny Depp einen Piraten *gespielt*. Als Schauspieler. Was soll das denn bitte für eine Gemeinsamkeit zwischen euch sein, wenn er einen Piraten in einem Film *spielt* und du als Kind gerne Pirat *warst*?«

J: »Na das Pirat-Sein, natürlich. Die Leidenschaft für die Meere, tapfere Männer, Rum, die Seefahrt, Schätze, Abenteuer und leidenschaftliche Kämpfe bis zum Tod.«

F: »Ich habe als Kind auch immer gerne Astronaut gespielt, würde doch aber nie auf den Gedanken kommen, mich mit Lance Armstrong zu vergleichen!«

J: »Neil.«

F: »Was?«

J: »*Neil* Armstrong. Du meinst, *Neil* Armstrong, nicht *Lance* Armstrong.«

F: »Ach, ja. Neil Armstrong. Wie komme ich auf Lance? Natürlich meine ich den Neil. Nicht den Lance. Lance Armstrong war ja der frühere Radfahrer, der Tour-de-France-Gewinner, der Lance Armstrong, der zuletzt durch Randale und Drogen aufgefallen ist.«

J: »Ist er? Ich weiß nicht. Ich dachte, das wäre Jan Ulrich?«

F: »Aber das ist doch der Schlagzeuger von Metallica.«

J: »Vorhin sagtest du noch, er wäre Radrennfahrer gewesen.«

F: »Wer? Lance Armstrong?«

J: »Nein Lars, du Depp!«

F: »Lars du Depp? Kenne ich nicht. Ein Franzose?«

J: »Jedenfalls kannst du nicht Radrennfahrer und Astronauten über einen Kamm messern.«

F: »Scheren.«

J: »Was?«

F: »Es heißt, über einen Kamm *scheren*.«

J: »Ist doch egal. Ist beides scharf und schneidet. Messer, Gabel, Schere, Licht ...«

F: »... ist für kleine Kinder nichts. Und nun Schluss damit.«

J: »Schon gut. Ich bin nicht Jonny Depp und du bist kein Astronaut.«

F: »Aber ich habe gerne Astronaut gespielt. Ich wollte früher immer mal was mit Sternen und Weltall machen. Astrologe hätte man werden müssen oder Astronomie studieren. Das war immer so ein kleiner Traum von mir, weißt du? Die unendliche Weite des Weltalls, unbekannte Planeten, die Faszination der Sterne und die unfassbare Geschichte allen Seins.«

J: »Und nun schau einer an. Kommen Sie und staunen Sie. Keine dreißig Jahre später, man kann es kaum glauben, es ist wahrhaft ein Wunder, dass aus dem kleinen Frankie doch noch was geworden ist. Sitzt hier vor dem Haus und trommelt mit dürren Ästchen auf dem alten Kochgeschirr seiner Mami.«

F: »Blödmann.«

J: »Können wir dann jetzt?«

F: »Ja, muss dann ja wohl.«

J: »Na du hast ja richtig Lust.«

F: »Eigentlich ja schon, aber ...«

J: »Aber was?«

F: »Ich wäre so gerne Astronaut geworden oder Sternenforscher oder ein berühmter Schlagzeuger in einer Rock'n' Roll Band.«

J: »Bist du aber nicht und nun komm' ...«

F: »Ich frage mich, wer bin ich eigentlich dann?«

J: »Du bist Frank Becker aus der Hermannstraße, 36 Jahre, Beruf: Briefträger, und in einer Stunde glücklich verheiratet.«

F: »Ja, das weiß ich selbst. Aber das meinte ich doch gar nicht. Ich meinte ...«

J: »Ich weiß, wie du das meintest, aber wir haben jetzt keine Zeit für deine Midlife-Crisis, weil der Standesbeamte nämlich wartet. Komm' jetzt also.«

F: »Jens?«

J: »Ja, Frank.«

F: »Wenn du die Zeit zurückdrehen könntest, würdest du dann alles noch einmal genau so machen?«

J: »Die Zeit kann man nicht zurückdrehen. Deswegen erübrigt sich ein Nachdenken über diese Frage.«

F: »Nur mal angenommen. Rein theoretisch.«

J: »Theorie interessiert mich nicht. Nur die Praxis zählt. Nur das, was jetzt und hier ist. Und genau *jetzt* stehen wir *hier* und sollten aber *da* sein. Und mit *da* meine ich das Standesamt. Eine Heirat ist doch kein Zahnarztbesuch.«

F: »Nein, natürlich nicht. Ein Zahnarztbesuch geht vorbei. Ein Zahnarztbesuch dauert kein restliches Leben lang.«

J: »Bekommst du jetzt diese, sprichwörtlich, kalten Füße, oder was?«

Frank starrt mit offenem Mund in die Ferne.

F: »Ehe ist wie ein nie endender Zahnarztbesuch ... ohne Narkose.«

J: »Jetzt hör aber auf! Wir gehen jetzt gemeinsam ins Haus, du ziehst deinen Pyjama aus und deinen Anzug an und dann fahren wir zum Standesamt.«

F: »Kann ich nicht lieber versuchen, große Fische anhand ihrer Flossen zu identifizieren, obwohl ich keine Ahnung habe?«

J: »Nein, jetzt ist *heiraten* angesagt.«

F: »Eben, sage ich doch.«

J: »Was?«

F: »Hai-Raten. Der braucht wohl 'ne Weile, was?«

J: »Du hast übrigens Marmelade auf deinem Schlafanzug.«

F: »Das ist keine Marmelade, das ist Blut.«

J: »Blut? Hast du dich geschnitten?«

F: »Man Jens, ich habe versucht, mir die Pulsadern aufzuschneiden. Das versuche ich dir doch die ganze Zeit zu sagen. Aber selbst dafür bin ich zu blöd.«

J: »Du hast was? Sag mal, spinnst du? Und dann sitzt du hier so dämlich mit deinen Ästen, den Töpfen und erzählst mir was von wegen Weltraum und Radrennfahrern?«

F: »Aber ist ja noch mal gut gegangen. Also ich meine, ich habe ja gleich wieder aufgehört. Mehr als diese paar Spritzer Blut sind nicht geflossen.«

J: »Und alles, weil du heute heiratest?«

F: »Nicht nur deshalb. Es geht um viel mehr. Es geht um mein ganzes Leben. Einfach um alles. Ständig immer nur Briefe in Kästen stecken, bei Wind und Wetter durch die Stadt, selbst samstags, und am Abend bin ich so kaputt, dass ich sofort einpenne. Und dann noch die Idee mit dem Kind ... und wenn das mit dem Kind klappt, habe ich nicht einmal mehr am Abend meine Ruhe. Dann kommt irgendwann der Burnout oder ein Schlaganfall oder die Rente und dann der Tod. So hatte ich mir das alles nicht vorgestellt.«

J: »Stattdessen hast du dir gedacht, *ritze ich mir doch mal die Pulsadern auf, dann geht das alles schneller mit dem Sterben*, oder was?«

F: »Ach ... ich weiß doch auch nicht.«

J (*reibt sich mit beiden Händen durchs Gesicht*): »Vielleicht ist es wirklich besser, wenn wir die Hochzeit verschieben oder absagen oder was auch immer. *So*, ich meine, nach einem *Selbstmordversuch*, können wir unmöglich heiraten. Das wäre absolut krank.«

F: »Dafür hättest du wirklich Verständnis?«

J: »Aber natürlich. Auch wenn es mir wahnsinnige Angst macht. Das, was du getan hast oder versucht hast zu tun, kann man nicht auf die leichte Schulter nehmen.«

F: »Danke, Jens. Gib mir einfach noch etwas Zeit.«

J: »Alle Zeit, die du brauchst. Ich will schließlich einen glücklichen Ehemann.«

F: »Ich liebe dich.«

J: »Ich liebe dich auch, Frank.«

Jens und Frank gehen gemeinsam ins Haus, kochen eine Kanne Tee und reden an diesem Tage noch sehr lange miteinander.

Der Standesbeamte haut zwei Stunden später wütend auf den Tisch und schimpft auf die verfluchten Homos, die ihm sein Wochenende versaut hätten. Dann greift er zur Kognakflasche und beginnt zu trinken. Er verfällt einem nie endenden Rausch und wird erst Montagmittag tot in seinem Büro gefunden.

VON MÄDCHEN
UND FISCHEN

Wir stehen am Ufer des Lidosees.

Paul ist sechzehn, ich knapp davor. Die Strömung ist stark. Wir halten dünne Äste senkrecht über die Wasseroberfläche. Angelschnur und Köder haben wir genau so wenig wie die Aussicht auf richtige Fische.

Abends gehen wir in die Tonka-Bar. Von Mädchen und Frauen aufreißen haben wir noch weniger Ahnung als von Fischen. Dafür haben wir Pickel im Gesicht und auf der Brust und davon reichlich. Wir tragen synthetische Hemden und beginnen zu träumen. Wie das wohl wäre; ein richtiges Mädchen. Paul sagt, die Weiber nehmen uns genauso wenig wahr wie die Fische. Ich nicke und sage, ja, weil wir es nie richtig machen. Was, fragt Paul. Das Angeln oder das mit den Frauen? Beides, sage ich und Paul bestellt noch einen KiBa. Kirsch-Bananensaft, alkoholfrei. Paul ist schon ein harter Hund. Wir bräuchten mal jemand, der uns zeigt, wie man richtig angelt. Aus Versehen schütte ich etwas Cola-Korn über mein helles Hemd. Das auch noch. So kann es ja nichts werden. Morgen wieder angeln, fragt Paul. Was soll das bringen, sage ich, ohne Angeln, ohne Köder? Das ist doch kein Angeln. Der Fleck auf meinem Hemd sieht ziemlich ekelhaft aus; wie Magensäure. Vielleicht sollten wir tanzen, schlägt

Paul vor. Guck mal, wie ich aussehe, entgegne ich. So stelle ich mich doch auf keine Tanzfläche. Paul rümpft die Nase. Wollen wir dann eventuell noch zu mir? Ich habe den kleinen Hobbit da. Ich starre Paul an. Wir sind sechzehn, meilenweit vom ersten Kuss entfernt und kurz davor endgültig unsichtbar zu werden, aber Paul hat den kleinen Hobbit da. Na dann!

Vielleicht liegt es an solchen Ideen, aber vor allen Dingen an deren Umsetzung, dass wir da stehen, wo wir stehen. Paul ist einfach der falsche Freund für mich. Manchmal möchte ich ihm eine reinhauen. Und dann wiederum könnte ich mir selbst eine reinhauen, weil wir nur eine Stunde später tatsächlich in Pauls Zimmer sitzen und *Der kleine Hobbit* gucken. Wir sitzen auf einem Kindersofa, das Paul schon seit zehn Jahren hat. Seine Nähe ist unerträglich. Ich rieche Pauls Schweiß. Er schläft in Hallo-Spencer-Bettwäsche und an den Wänden hängen Star-Trek-Poster.

Meinst du, ob wir jemals einen Fisch fangen, frage ich. Und Paul sagt, die Angeln sind doch nicht echt. Wir müssten uns echte Angeln besorgen. Dann vielleicht. Aber ich möchte keinen Fisch töten. Nicht zum Essen, nicht zum Verkaufen und erst recht nicht zum Vergnügen.

Eigentlich meinte ich mit Fisch Mädchen. Meinst du, ob wir jemals eine abbekommen?

Klar, sagt Paul. Irgendwann bestimmt.

Aber wann denn wohl, frage ich.

Der kleine Hobbit hat auch keine Frau, sagt Paul.

Vielleicht sollten wir das mit dem Küssen wenigstens schon mal üben, schlage ich vor.

Und wie? Mit einer Puppe?

Nein, an uns!

Ich muss zugeben, dass die dämlichen Ideen nicht nur von Paul kommen. Warum sage ich so etwas bloß? Für einen Moment ist es mucksmäuschenstill in Pauls Zimmer. Ich weiß, dass ich die Nummer jetzt durchziehen muss.

Wir könnten uns küssen, sage ich. Zur Übung. Zu Trainingszwecken. Was wäre schon dabei. Es wäre ja nicht echt. Also nicht, dass du denkst, ich würde auf dich stehen. Ich finde dich weder attraktiv noch sonst irgendwas. Ich finde, du stinkst. Vor allem aus dem Mund. Bilde dir also nichts darauf ein.

Spinnst du, fragt Paul. Er schaut mich mit Kuhaugen an und ich bekräftige, dass ich garantiert keine Lust verspüre seine pickelige Visage zu knutschen, und dass ich lieber einen Haufen Hundekacke küssen würde.

Ich glaube, dass uns das mit den Mädels helfen könnte. Wer gut küssen kann, bekommt Mädchen. Sowas spricht sich rum. Und Übung macht den Meister. Ausgerechnet mit dir zu üben, wäre also einfach nur ein notwendiges Übel.

Ich weiß nicht, sagt Paul. Das ist doch nicht normal.

Zehn Minuten später sitzen wir Nase an Nase auf dem Bett mit der Hallo-Spencer-Bettwäsche.

Augen zu, Paul, sage ich. Mir ist übel. Paul riecht so, als wäre in seinem Mund etwas gestorben. Ich öffne leicht den Mund und halte die Luft an. Dann spüre ich Pauls Lippen. Meine Zunge schiebt sich zaghaft nach vorn, tastet nach der seinen. Der kleine Hobbit ist im Hintergrund in einen Kampf verwickelt.

Plötzlich weht ein eiskalter Luftzug durch das Zimmer. Ich blinzele. In der Tür steht …

Paul!? Was macht ihr da? … Pauls Mutter.

Paul reißt die Augen auf. Wir versuchen den größtmöglichen Abstand zwischen unseren Oberkörpern herzustellen.

KANNST DU NICHT ANKLOPFEN?

Ich bin knallrot. Der kleine Hobbit spaziert gerade durch eine grüne Landschaft und lächelt.

Am nächsten Nachmittag stehen wir wieder am Ufer des Sees. Keiner sagt etwas. Wie Paul seiner Mutter die Situation wohl noch erklärt hat? Ich frage ihn nicht. Wir müssen den Vorabend schnell vergessen. Pauls Mutter denkt sicherlich, dass wir schwul sind. Ich beschließe, dass wir ihr das Gegenteil beweisen müssen. Wir brauchen Mädchen und wir brauchen Liebe. Hör´ mal Paul, rufe ich ihm zu, wir brauchen jetzt echt mal Fisch. Los, wir kaufen uns zwei richtige Angeln. Ok, sagt Paul, aber dann brauchen wir auch richtige Köder. Sonst beißen sie nicht.

Logisch, sage ich.

Wir kaufen Klamotten, von denen der Verkäufer meint, dass sie cool sind und jetzt gerade total angesagt wären. Paul sieht aus wie ein Hippie mit rutschenden, viel zu großen Hosen und ich frage mich, ob es wirklich so cool ist, wenn das Shirt nicht einmal den Bauchnabel bedeckt. Wir lassen uns die Haare schneiden. Nachmittags trinken wir Bier, hören Rap-Musik und tragen unsere Cappys verkehrt herum. Wir gehen auch nicht mehr in die Tonka, sondern in den Hip-Hop Schuppen gegenüber. Da sind die Weiber noch viel geiler, sagt Paul. Und dann merken wir, dass wir in dem Laden genauso verloren sind. Was seid ihr denn für Spacken, fragt ein Typ, der *wirklich* gut aussieht und gleich von zwei Frauen umringt ist. Mir ist schlecht und Paul sagt, wir könnten ja noch zu mir. Ich habe den neuen Harry Potter da.

Jetzt, genau *jetzt,* wäre der ideale Zeitpunkt, um Paul richtig eins in die Fresse zu hauen. Aber stattdessen sage ich: und deine Mutter?

Die hat Nachtschicht, sagt Paul.

Ich zucke mit den Schultern.

Wenn wir jetzt zu Paul gehen ... wie weit würden wir gehen?

Wir gehen stattdessen zum See. Ohne Angeln und ohne Äste stehen wir am Ufer und starren auf die dunkle Oberfläche des Wassers. Über uns die Sterne und überall Unendlichkeit. Und da unten stehen wir und wissen nicht, wohin mit uns.

KOTZENDE STERNE

Meine Sonne scheint nicht mehr.

Unser letzter gemeinsamer Sommertag. Es ist heiß. Zu heiß. Die Hitze flirrt über dem Asphalt. Die Sonne droht Planet Erde zu versengen. Wir sterben vor Hitze. Wir legen uns in den Schatten auf den kühlen Beton. Wir sind nackt. Der harte Boden weich wie ein Bett. Wir spüren sofort wie das Leben zurückkehrt. Wir pressen uns an den erfrischenden Beton. Wollen mit ihm verschmelzen. Wollen ihn atmen. So schlafen wir ein. Als ob der Schlaf diesen perfekten Moment nie vergehen lassen würde. Als könnten wir die Zeit anhalten und nackt auf Beton diesen Moment in unseren Traum hinüberretten.

Ich öffne meine Augen als leichter Nieselregen unsere Körper streift und uns sanft und belebend weckt. Der einzigartige Duft von Sommerregen umkreist uns. Mein Blick ist frei wie ich und bewegt sich verloren durch die Luft. Dann in Richtung Himmel, den entgegenkommenden Tröpfchen entgegen. Dieser Moment sollte ewig sein und doch schon ferne Vergangenheit.

Ich schließe noch ein letztes Mal meine Augen. Genieße die Ruhe vor dem Sturm. Gleich ist unser letzter Moment vorbei. Wir sind alle wie Regentropfen, die auf einer Wasseroberfläche landen und kleine Kreise bilden. Jeder für sich zieht seine eigenen kleinen Kreise bis sie ungesehen in der Endlosigkeit verlaufen. Ich konnte dich und deine Kreise sehen. Unerreichbar und schön. Doch wir waren wie dumme Vögel, die gegen eine Scheibe fliegen und dann bewusstlos zu Boden stürzen und auf den Beton klatschen. Tot.

Die Windböen werden launischer und der Beton unter uns allmählich ungemütlich und unangenehm klamm. Unsere Liebe; wir waren mit der Zeit auch wie dieser kalte Beton geworden. Wie ein Fels, der kein Fels in der Brandung mehr war. Schwer. Hart. Unbeweglich. Aber vor allem kalt. Eiskalt. Erfroren. Wir waren flüssig-warm. Ergossen uns jeweils in das Leben des anderen. Verschmolzen, wurden eins, bauten unsere gemeinsame Basis; *unser Fundament, verbunden durch Gefühlszement, den man als Liebe kennt.*
Und dann kam das Wasser, der Regen. Genau wie jetzt auch. Wolke 7 wurde erhärtetet. Wolkenbeton. Betonwolke. Die Hausnummer war abgefallen. Wir waren kotzende Sterne. Und wie einen längst toten Stern kann ich dich noch immer sehen. So, als ob du noch immer da bist und neben mir leuchten würdest. Wir verbrannten die Nacht oder die Nacht uns. Wir, mit unserer lähmenden Scheißliebe. Und wenn der Himmel von lila zu feuerrot und schließlich blau wurde, habe ich immer fest geglaubt, dass es reichen

würde. Was einmal ein loderndes Feuer war, war irgendwann nur noch qualmende Asche und irgendwann hat selbst diese nicht mehr geatmet. Jeder Versuch dem Feuer wieder Leben einzuhauchen, bewirkte nur das Gegenteil. Was verbrannt ist, ist verbrannt. Wiederbelebung zwecklos. Kein Phönix aus der Asche.

Die Scherben einer zerbrochenen Vase kann man zusammenkleben, damit sie wenigstens wieder einigermaßen aussieht. Und nur die Eingeweihten wissen, dass sie einmal kaputt war und bloß stümperhaft, wenn gleich gut kaschiert, zusammengeklebt ist. Einen platten Reifen kann man flicken, dann hält er wieder einige Kilometer. Zur Not schmeißt man den Reifen weg und ersetzt ihn durch einen neuen. Eine Wunde kann man nähen, eine Wohnung neu streichen oder tapezieren, ein Auto reparieren, ausgeblichene Kleidung kann man neu einfärben, abgewetzte Schuhe bringt man zum Schuster, ein abgerissener Knopf wird angenäht, ja selbst ein abgetrennter Finger kann wieder angenäht werden, der gebrochene Arm wird eingegipst und für Kopfschmerzen gibt es Aspirin. Bei einem erloschenen Herzen helfen kein Gips, kein Aspirin, kein Kleber, kein Flickzeug, keine Werkstatt und auch kein Feuerzeug. Alle Molotow-Cocktails der Welt könnten diese Gefühle nicht wieder in Brand stecken.

Was verbrannt ist, ist verbrannt. Das ist völlig logisch. Für mich jedenfalls ist das sonnenklar. Was bleibt, ist eiskalte, schwere Asche, die uns die Luft nimmt. Wir erfrieren und ersticken gleichzeitig. An uns selbst.

Früher hast du mich mit deinem einzigartigen Lächeln angesehen und deine glänzenden Augen sagten tanzend: *Glück.* Heute sehe ich nichts mehr in deinen Augen. So, als ob der Glanz und deine Leichtigkeit und du zusammen mit ihnen aus deinem leblosen Körper ausgezogen seid. Ich frage mich, wohin ihr wohl gezogen seid und ob ihr jemals zurückkommen werdet. Und wenn ihr zurückkommt, wer wird dann bemerken, dass ihr zurück seid? Ich jedenfalls werde es nicht sein, weil ich dann nicht mehr da sein werde. Doch wer auch immer es bemerkt, wird nicht wissen, dass ihr jemals weg gewesen seid. Der Regen könnte jeden Moment erbarmungslos auf uns einschlagen und uns zum Aufstehen zwingen, doch er lässt sich Zeit. Aus reiner Boshaftigkeit lässt sich dieser Teufel Zeit. Er zögert. Mit Absicht. Lässt uns da unten zappeln wie eine Maus über einem Schlangenmaul. Wenn wir uns jetzt erheben, sehen wir uns vielleicht nie wieder!

Es wäre möglich, dass wir uns tatsächlich nie wieder sehen. Klingt komisch, ist aber gar nicht witzig.

Vielleicht ist es auch besser so. Ein Neustart mit allem, was dazu gehört. Das ist nur konsequent.

So macht man es, wenn man es richtig macht. Wenn man es durchzieht. Und wir ziehen das durch. Darüber waren wir uns einig. Nie wieder bedeutet wirklich NIE NIE wieder.

Nie wieder ist endgültig. *Nie wieder* ist wie tot sein. *NIE wieder* bedeutet, definitiv morgens nicht mehr aufstehen, nie mehr zur Arbeit gehen, nie mehr die Sonne sehen, den Wind rauschen hören.

Nie mehr einfach grundlos lachen, nur weil du dich nicht mehr einkriegst vor Lachen. Nie mehr Musik mit allen Sinnen inhalieren und darin versinken, als ob es nichts Besseres gibt und sich die Welt für einen Moment nicht mehr dreht.

Nie mehr auf unserem Balkon, biertrinkend, über vorbeikommende Passanten lästern. Nie mehr Fingernägel kauend Gruselfilme gucken und dich danach in den Schlaf retten. Nie mehr den Blick über die unendlichen Weiten des Meeres schweifen lassen und dabei die Füße im weichen Sand vergraben; ganz tief, bis über beide Knöchel. Nie wieder Achterbahn auf dem Jahrmarkt.

Nie wieder ein Eis auf dem Nachhauseweg, drüben an der Straßenecke, für jeden zwei Kugeln. Nie wieder die Lichtspiele der Wasserorgel, Wein aus der Pulle trinkend, im *Planten un Blomen*, an einem faulen Sommertag.

Nie wieder *nie wieder* sagen und es nie so meinen. Nie wieder *für immer* sagen und hoffen, dass es stimmt und schon irgendwie reichen wird. *Nie wieder* heißt weg sein. Für immer weg sein. Nicht woanders, sondern ganz verschwunden und verschluckt von Vergänglichkeit, Zeit und Raum.

Und die Erde dreht sich einfach weiter. So wie sie es immer getan hat.

Die Erde und kein Mensch auf dieser Erde bemerkt auch nur annähernd, dass irgendjemand nie wieder kommt. Denn ein Irgendjemand ist gleichzeitig auch immer ein Niemand. Ein Nichts. Unbedeutend, ungesehen und ungehört verschwindet bloß ein Niemand. *Macht nichts*, denkt die Erde und dreht sich weiter um die Sonne. *War was?*, fragt das Universum und dehnt und streckt sich als wäre es ein träger Bär.

Nie wieder würde bedeuten, dich nie wieder ansehen zu können. Aber ich bin noch nicht tot! Und wenn sie nicht gestorben sind, dann leben wir. Zumindest heute. Zumindest jetzt.

Nie wieder ohne Tod bedeutet, dass zumindest die Möglichkeit bestünde und doch nicht mehr eintritt. Was für ein schauriger Gedanke. Man könnte schon, aber es geht eben nicht. Das ist wie lebendig begraben zu sein.

In mir regt sich ein leiser Zweifel. Leise, wie das noch weit entfernte Gewittergrummeln in den dunklen Wolken über uns. Dabei war doch alles schon geregelt.

Wir waren uns einig, dass es bis hier hin gut war, nun aber eine Veränderung unumgänglich ist und dass auch dies gut ist. Gut sein wird.

Keine Szene, kein Streit, kein Hass und keine Wut. Das Positive sehen. Wir durften einen Teil unserer Leben Seite an Seite verbringen und nun war es an der Zeit, dass jeder auf einem anderen Weg weitergeht. Das Feuer ist aus, der Vorhang gefallen, unsere gemeinsame Reise war beendet. Ich war in deiner Welt nur ein Besucher, ein Dauergast, der lange Zeit willkommen war, meist sogar herzlich. Nun aber war mein Gastspiel auf deiner Bühne beendet. Wäre ich gerne mehr als nur ein Tourist in deinem wunderbaren Land gewesen? Ja, ganz bestimmt sogar.

Ich fühle mich entsetzlich nackt, möchte mir eine Kapuze über den Kopf und weit ins Gesicht ziehen, aber ich bin tatsächlich nackt. Wir waren noch nie so nackt wie in diesem Moment. Du warst lange nicht mehr so wunderschön. Obwohl ich dich nicht ansehe, bist du wunderschön in diesem Moment. Was du wohl jetzt gerade denkst? Was fühlst du? Ich traue mich nicht dich zu fragen. Ich habe Angst vor der ausbleibenden Antwort.

Gleich wirst du aufstehen, dich anziehen, in dein Auto steigen und deinem neuen Leben entgegenfahren. Und ich werde hier allein zurückbleiben. Nackt. Verwirrt. Hilflos. Sprachlos.

Ich werde mich stumm und verbogen auf einen harten Stuhl setzen oder auf dem Sofa kauern und in die Leere hineinhören. Eine schwere Stille wird sich über unsere Wohnung legen. Ich werde tagelang nicht essen und trinken und schlafen. Ich werde nur ins Nichts starren, das du hier hinterlässt. Den Blick geradeaus. Mit den Gedanken meilenweit weg von hier. Vielleicht werde ich weinen. Ich kann die erste Träne schon fühlen, aber es ist bloß ein armer dummer Regentropfen, der sich seinen Weg bahnt. Verdunsten will er und wieder in den Himmel. Und dann? Reset. Neustart. Alles von vorne. Dummer Regentropfen, denke ich und meine mich selbst, weil ich gerne ein Regentropfen wäre. Ich will auch: Reset. Neustart. Alles von vorne. Stattdessen: Alles wird wehtun. Schmerzen. Richtige Schmerzen, in jeder Körperzelle; das Herz am meisten; im Magen unzerkaute Steine.

Und dann diese peitschend leere Leere und diese unerträglich stille Stille. Ich werde mit Leere und Stille eine Dreier-WG machen. Und wenn der Schlaf mich doch einmal übermannt, werde ich mit Leere und Stille gemeinsam einnicken, damit Leere und Stille auch meine traumlosen Träume ausfüllen können. Wenn ich am nächsten Morgen aufwache, sind Leere und Stille schon längst wach und putzmunter, damit sie mir mit ihrer Gegenwart gleich wieder einen vor den Latz ballern können. Dann werde ich Frühstück für uns drei machen und mir wünschen, sie würden endlich verschwinden. Aber natürlich werden sie mir diesen Gefallen nicht tun, sondern mir nur dreckig ins Gesicht kichern. Dafür werde ich sie abgrundtief hassen. Aber irgendwann, ich weiß nur nicht genau wann, werde ich mich an sie gewöhnen. Und irgendwann in den Abendstunden werde ich *Mensch, ärgere Dich nicht* mit ihnen spielen.

Und wem soll ich ab jetzt vorführen, wie wagemutig ich Spinnen von der Wand oder der Decke entfernen kann? Vor wem soll ich jetzt schwere Geschütze in Form eines Staubsaugers auffahren und dabei die Melodie von *Ghostbusters* summen? Die Spinnen werden Überhand nehmen und langsam ihre Netze in der ganzen Wohnung verteilen. Sie werden alles einweben. Die Möbel, die Türen und Fenster, die Leere, die Stille und ganz am Ende auch mich.

Woher ich das alles weiß? Weil es schon einmal so war: ich kam nach Hause und du warst weg. Einfach weg. Zettel auf dem Tisch. Du müsstest raus, bräuchtest eine Pause, Zeit zum Nachdenken, wärest vorerst bei deiner Schwester.

Und alles sah so aus, als ob du nur mal eben kurz Kippen holen gegangen wärest. So wie immer eben. Deine Seite vom Bett war nicht gemacht. Wie immer. Die Bettdecke aufgeschlagen, so als ob du gerade erst aufgestanden wärest. Dein Kopfkissen zerknüllt vom Kampf in der letzten Nacht. Dein Kaffeebecher stand noch auf dem Küchentisch. Den letzten Schluck samt Milch hattest du mal wieder nicht ausgetrunken. Daneben dein angebissenes Brot vom Frühstück. Der leichte Duft deines Parfüms lag in der warmen Wohnungsluft. Alles wie immer. Alles war da. Nur du hast gefehlt.

Alle deine Sachen waren auch noch da. Deine Klamotten und Schuhe und Taschen, Bücher, die überall verstreut rumlagen. Ordnung war nicht deins. Deine geliebten Yucca Palmen, die darauf warteten, gegossen zu werden. Der volle Aschenbecher, benutzte Abschminkpads, deine Zahnbürste. Du kannst doch nicht ohne deine Zahnbürste gehen!

Meine Hände zitterten als ich deine Nachricht las. Mir wurde schwindlig, ich wollte zerbrechen. Doch damals bist du zurückgekommen, damit wir es noch einmal versuchen. Damals warst du nur für zwei Wochen weg, die mir vorkamen wie zwei Jahrzehnte.

Du solltest bis morgen warten und nicht bei dem hereinbrechenden Unwetter fahren. Aber deine Sachen sind alle bereits im Auto verstaut. Deine Zahnbürste (!) ist im Auto. Wenn die Zahnbürste einzieht, wird es ernst mit der Beziehung. Wenn die Zahnbürste auszieht, ist es endgültig vorbei! Mein Onkel war an seiner eigenen Zahnbürste gestorben. Beim Zähneputzen war er durch seine Wohnung gewandert, ist dabei über seine Katze gestolpert und hat sich beim

Aufprall seine Zahnbürste tief in den Schlund gerammt. Daran ist er dann erstickt. Zahnbürsten sind traurig. Nützlich, wichtig, keine Frage, aber irgendwie auch traurig. Zahnbürsten verändern die Welt. Ich frage mich, ob Menschen ohne Zahnbürsten glücklicher und freier sind. Dann denke ich an all die Obdachlosen und Straßenpunks mit ihren gammligen Zähnen. Freier? Ja! Glücklicher? Ich weiß nicht. Wenn einem das Gebiss langsam wegschimmelt, strahlt man nicht unbedingt vor Freude und mit dem künstlichen Lächeln einer Zahnarzt-Frau. Aber ich sage es ja, Zahnbürsten verändern die Welt. So oder so.

Niemand kannte mich so wie du. Nicht einmal ich selbst. Und wer erinnert sich ab jetzt an uns? Werde ich mich erinnern können? Ich werde dich vielleicht vermissen. Du wirst meinem *Leben danach* fehlen. Leider merke ich das erst jetzt. Jetzt, kurz bevor uns der Aufruhr der Elemente für immer trennen wird; jetzt, kurz bevor der bevorstehende Wolkenbruch auch uns brechen wird. Ich will dich bitten, nur noch diese eine Nacht zu bleiben, aber das würde den anstehenden Moment des Abschiedes nur verzögern, nicht verhindern.

In einer Nacht-und-Nebel-Aktion bist du damals bei mir eingezogen. Bei Gewitter am letzten Sommertag ziehst du wieder aus. Ein Knall wie bei einem Autounfall. Der erste laute Donner über uns läutet den Abschied ein.

Damals hatte es zwischen dir und deinen Eltern auch richtig geknallt. Zuerst die Tür, dann die Hand deines Vaters in deinem Gesicht. Du hast zwei große Taschen mit deinem wichtigsten Krempel gepackt und bist ausgerissen. Nach zwei Stunden Autofahrt und mit verheulten Augen standst du mitten in der Nacht vor meiner Tür.

Jetzt sind deine Taschen wieder gepackt. Dieselben Taschen, dasselbe Auto, nur fünf Jahre später. Wie eine warme Dusche braust der Regen jetzt in Bächen auf uns herunter und perlt an uns ab. Rinnsale von Regenwasser laufen an uns herunter und bilden rings um uns kleine Pfützchen. Es donnert. Jetzt ist es wohl soweit. Wir müssen aufstehen. Du musst gehen. Ich will nicht, dass du gehst. Zum ersten Mal seit Wochen will ich nicht mehr, dass du gehst. Verdammt, ich will, dass du bleibst. Ich könnte dir sagen, dass ich will, dass du bleibst. Was hätte ich zu verlieren?

Ich friere, aber innerlich wird mir warm. Zum ersten Mal seit Wochen fühle ich wieder diese Wärme. Die Wärme, die du damals mitgebracht und als Erstes ausgepackt und in jeden Raum gelegt hast. Diese Wärme, die du irgendwann als Erstes in deinen großen Taschen verpackt haben musst. Taschen, die doch viel zu klein dafür sind, solche Mengen an Wärme in sich zu tragen. Schon lange bevor wir uns getrennt haben, hast du die Wärme heimlich versteckt. Dass sie bereits abreisebereit in deinen Taschen deponiert war, wusste ich nicht. Dann hätte ich mir die Suche gespart.

Ich stehe nicht auf. Zuerst du. Wenn du aufstehst, stehe ich auch auf, aber ich stehe auf keinen Fall als Erster auf. Das kannst du vergessen. Ich hoffe insgeheim, dass du genauso denkst. Wir sind nackt und nass und so liegen wir da. Auf dem Beton. Keiner sagt ein Wort. Wir sehen uns nicht an. Von mir aus können wir hier für immer so liegen bleiben. Solange du da bist, ist mir das egal. Wir könnten hier ewig im Regen liegen. Blitze könnten einschlagen und würden uns nicht treffen. Wir könnten hier im Winter bei Schnee liegen. Und wenn rings um uns die Welt untergeht, könnten wir hier auch noch liegen. Wir hätten uns. Wir. Unverwundbar. Seite an Seite. Das würde reichen. Aber ich habe ja immer gedacht, es würde reichen. Und am Ende hat es uns auch tatsächlich gereicht; nur eben nicht so wie ich dachte.

Über uns am Himmel zucken die Blitze mittlerweile wie blöde. Wie ein Wasserfall klatscht der Regen jetzt auf uns. Von oben sehen wir vielleicht aus wie zwei angeschwemmte Wasserleichen.

Komm´, will ich sagen, ich drehe die Zeit für uns noch einmal zurück. Deine langen Haare sind wasserdurchtränkt und schmiegen sich an den Beton und trotzen dem Sturm. Ich möchte noch einmal sehen, wie der Wind mit deinen Haaren spielt, wie er sie sanft zerzaust, sie in dein Gesicht bläst und sie dann wieder behutsam über deine Schultern auf deinen Rücken gleiten lässt. So wie an diesem Tag am Meer an der Küste von Cornwall. Du an der Klippe, ich verzweifelt mit dem Fotoapparat, bemüht um das perfekte Bild. Der Horizont sonnengeflutet. Ein Regenbogen schimmerte wie gemalt von einem Rand des Meeres bis zum Ende der Welt. Das Foto ist, wie die meisten meiner Fotos, nichts geworden. Verwackelt, verschwommen, falsch belichtet. Du weißt nicht wie bezaubernd perfekt du warst.

Doch das Bild existiert. Es lebt noch immer irgendwo in mir, doch ich kann es dir nicht zeigen. Unverfälscht. So wie es tatsächlich war. Den vollkommenen Moment kann niemand auf einem Foto festhalten. Fotografien sind Lügen. Fotografien sind Trugbilder und suggerieren Dinge, die sie suggerieren sollen.

Ich habe dich schon immer geliebt. Ich kam, sah und liebte dich. *I knew I loved you before I met you.* Dein erster Blick aus deinen alles durchdringenden Augen; dein erster Satz und dein erstes Lächeln aus deinem fehlerlosen Mund. Dein halb geneigter Kopf auf deinem makellosen Körper; alles an dir strahlte und wünschte sich frech und herausfordernd: FANG MICH! Ich wusste nicht, wer du warst, aber ich hatte bereits ein Leben lang auf dich gewartet.

Ich federte wie auf Wolken, wollte dich einfangen und nie wieder loslassen. Aber du warst schon immer unbändig, trotzig, rastlos, direkt, unorthodox und auch das, nein, *gerade das*, habe ich an dir so geliebt.

Ich erinnere mich, wie du eines Sonntags aus dem Bad geschlendert kamst. Gelangweilt, nach einer Aufgabe, einer kleinen Revolution für den Tag suchend. Irgendwas, was die Welt noch heute und am besten sofort ein Stückchen besser macht; dem Tag, der Minute einen Sinn geben; das war dein Ding. Die Hände in den Taschen schlurftest du da rum. Deine Augen suchten in den Regalen, auf dem Boden und schließlich an deinen Fingernägeln nach einer New World Order und erspähten schließlich eine Besser-Als-Nix-Alternative auf dem Sofa.

Hey, was machst du?

Nichts. Ich denke nach …

Hast du Lust *Fluch der Karibik* zu gucken und ein bisschen zu vögeln?

Welchen Teil?

Ich habe nur Teil 3.

Den mit Keith *Faltenteppich* Richards? Nö. Dann keine Lust!

Ich so: Grins.

Du so: Nicht-Grins.

Es ging jetzt eigentlich nicht um den Film, du Idiot.

Pause.

Und über was denkst du nach?

Dann mussten wir beide lachen. Über Nichts. Über Nichts lachen war auch dein Ding. Und lachen, nur weil du lachst, war mein Ding. So einfach. Und dann hast du dich aufs Sofa geschmissen, dich um neunzig Grad gedreht, deine Beine hoch an der Wand abgelegt. Dein Kopf baumelte von der Sofakante, deine Haare auf dem Fußboden. Die Welt mal eben auf den Kopf stellen. Auf deine Art. Vom Sofa aus. An einem Sonntagnachmittag. So warst du.

Wenn etwas Sinn machte, dann warst es schon immer du gewesen. Wenn es für alles von Anfang an einen Grund gegeben hatte, warst du das Ziel. Ich war tausend Tode gestorben und hatte überlebt. Das Leben hatte noch einen Plan. Dich und mich. Dachte ich. Die Zusammenführung zweier Seelenverwandter, deren Irrwege von vornherein dazu bestimmt gewesen waren, sich irgendwann zu kreuzen und zu vereinen.

Just a fool to believe I have anything she needs.
She´s like the wind.

Ich höre den Regen und den heulenden Wind auf den Dächern und wie sie gemeinsam an die Fensterscheiben prasseln und hämmern. So angenehm, so andächtig und beruhigend. Ich wünschte, sie könnten all unsere gesäten Zweifel einfach mit sich reißen und in die Gullis spülen.

Stattdessen spült der Regen meinen aufkeimenden Schmerz aus allen Poren und ich frage mich, WARUM gerade jetzt?! Wir waren uns doch einig wie nie.

Das Wasser, der Regen, der uns zu kalten, harten Steinen werden ließ; der Regen, der an allem Schuld war, nimmt und gibt. Der Regen ist wahnsinnig. Der Regen ist ein Psychopath und spielt gerne lustige Spielchen. Erhärtet den Beton, macht alles kaputt; und jetzt meint er also, das gefrorene Herz wieder auftauen zu müssen?! Meint er nicht, ich hätte keinen unsichtbaren Regenschirm von Selbstachtung bei mir? Was denkt sich dieser wahnsinnige Teufel eigentlich? Gestörte Natur.

Dein Lächeln kann einen wahnsinnig machen vor Glück. Als ob du nur dafür geboren wurdest. Das Grinsen, das von deinen Lippen über deine Mundwinkel bis hin in deine kleinen Lachgrübchen spielt und sich dort sammelt. Der Widerstand, dich nicht lieben zu wollen, wäre zwecklos gewesen. Warum lachst du nicht mehr wie früher? Dein Lächeln ist auch ausgezogen; vorgefahren und wartet nun schon in deinem neuen Leben auf dich. Ich habe nicht bemerkt, wann es verschwand und dass deine letzten Lachreserven aus deinen winzig süßen Grübchen aufgebraucht waren. Dafür hasse ich mich.

Stattdessen: Dein bekiffter, glasiger Blick. Das höchste Maß an Fröhlichkeit und Leben, was du einem noch entgegenbringen konntest. Leerer Blick über die Schulter. Leicht verzogener Mundwinkel statt Worten. Nur ein Zucken, und selbst das kostete dich Mühe. MIR-DOCH-EGAL stand darin geschrieben. Wenn du wenigstens bekifft gewesen wärest. Man stelle sich vor, dieser Blick, diese Geste ist das Letzte, was man sieht, bevor man stirbt. Da wird man doch seines Lebens nicht mehr froh, dachte ich sturztrunken von Dummheit und adaptierte dein Verhalten.

Wir heuchelten nie. Geheucheltes Glück? Keine Chance. Warum auch. Gespieltes Glück, innerliches Leid, die Illusion an einer Beatmungsmaschine am Leben halten, Show und Schein und Fassade. *Ich liebe Dich* sagen, ohne es auch so zu meinen und zu fühlen? Weder dein noch mein Ding. Warum seid ihr überhaupt noch zusammen? Das fragten wir andere. Für uns stellte sich die Frage nicht. Entweder richtig, ohne Masken, ohne gekünstelte Gefühle, oder gar nicht. Lieber allein, dafür zufrieden. Besser als dieses geheuchelte Glück deiner Freunde. Oder meiner Freunde. Gewohnheitsliebe, weil es doch immer Liebe war und nicht einfach aufhören kann Liebe zu sein. Das geht doch nicht, das macht man nicht. Gesicht wahren, Fassade wahren. Was sollen die anderen denken?! Lieber ein unehrliches Schauspiel für die Welt und für sich selbst darbieten. Das war einfach, weil es einfach so sein musste. Angst vor dem Alleinsein, vor dem Zurückgelassen werden, Furcht vor den

Schmerzen und dem Nie-wieder-glücklich-werden. Echt nicht unser Ding. Ganz oder gar nicht. Alles oder Nichts. Leben oder Tod. Die volle Dröhnung, das ganze Paket von vorne bis hinten. Wenn das nicht geht, dann lieber ein leerer, schlabbriger Stoffbeutel. Dafür aber ein ehrlicher Stoffbeutel und kein verlogenes Kompaktpaket voller Scheinheiligkeit.

Verbrannt ist verbrannt. Wir wollten echtes Feuer und keinen künstlichen Kamin, der uns mit gelogener Wärme erfüllt oder eine elektrische Fackel, die unseren schattigen Garten im Paradies schönt, um ein Trugbild aufrecht zu erhalten; um eine Halluzination für Wahrheit erklären zu können. Nein, nein, nein. Nicht dein Ding. Nicht mein Ding. Unser Ding gibt es ja nicht mehr.

Dann wurde ich 33! Geburtstag. Gebrauchter Tag. Überflüssige Scheiße. 33 ist das Alter, in dem man nicht mehr als jung gilt, aber auch noch nicht zum alten Eisen zählt. Irgendwo verloren mittendrin ist 33. 33 ist nicht das Schlechteste, aber auch nicht gut. 33 ist halbscheiße und Schnapszahl. Das Verlangen nach Schnaps hält sich allerdings in Grenzen, weil 33 auch bedeutet, dass der Körper leichte Signale von Schnaps-Aversionen sendet. 33 ist der Anfang vom Ende. Die letzten guten Kilometer bei einem Marathon, kurz bevor man sich zerschossen mit Tunnelblick nur noch ins Ziel quält.

Es war lächerlich. Ich wollte weder Kuchen noch Kerzen. Keine Geschenke, keine aufgebauschten Festlichkeiten. Keine Freunde, keine Familie, keine Glückwünsche, keinerlei Aufmerksamkeiten. Lass es doch einfach einen Tag wie jeden anderen sein und gib´ mir einen Kuss. Nur einen einzigen Kuss, aber einen Ehrlichen. Kitte mich. Kitte uns. Aber das wäre Seemannsgarn gewesen. Fata Morgana, liebe Jana. Schauspielern kannst du übrigens auch nicht. Der Lügendetektor rasselte ja schon, wenn er dich in weiter Ferne wahrnahm.

Stattdessen: Du musst arbeiten. Du schleichst dich um fünf Uhr morgens aus der Wohnung. An anderen Tagen schaffst du es nicht einmal um sechs, kommst immer zu spät zu deiner Schicht. An diesem Tag aber, bist du überpünktlich. Pünktlichkeit, Höflichkeitslügen, das Nicht-Überdramatisieren; alles nicht deins. Eigentlich.

Am Mittag eine Nachricht. Du müsstest auch für die nächste Schicht einspringen. Notfall. Ein Kollege sei plötzlich krank gewesen. Du würdest erst am Abend nach Hause kommen. Nachricht Ende.

Doppelschicht. Zum ersten Mal seit du vor zehn Jahren angefangen hast zu arbeiten.

Zweite Nachricht: *Alles Gute*. Nachricht Ende. Zwei Wörtchen, zu denen du dich durchringen konntest. Immerhin. Zwischen einem Kuss und diesen zwei Worten lag ein ganzes verficktes Universum. Wo auch immer du an diesem Tage warst; Lügen waren nicht für dich gemacht. Flunkern stand dir nicht gut. Wie schäbige Kleidung; Doppelschicht in einem grässlichen und ziemlich mies sitzenden Kostüm. Drei Wochen später hast du deine Zahnbürste eingepackt.

Ich sehe dich manchmal noch immer auf dieser Bettkante bei deiner Schwester sitzen. Du, mit dem Märchenbuch, ich durch den Türspalt blinzelnd. Ich höre dich vorlesen. Deine kleine Nichte ist längst eingeschlafen, doch du liest einfach unermüdlich weiter, als ob du unbedingt wissen müsstest, ob das Märchen ein Happy-End hat. Dabei gehen Märchen immer gut aus. Jeder weiß, dass Märchen immer gut ausgehen. In dieser Sekunde war ich mir sicher, dass auch du eine wunderbare Mutter wärest und wir eigene Kinder haben würden. Nichts wünschte ich mir in diesem Augenblick mehr. Doch wir waren eben keine Figuren in einem Märchen. Und das wussten wir. Bald danach.

Der Regen verliert langsam die Geduld, als würde er realisieren, dass er uns beide nicht von der Stelle bewegen kann. Das Gewitter fährt noch ein letztes Mal wie beim großen Finale eines Feuerwerks dick auf. Und jetzt verpiss dich doch endlich, denke ich, und meine den Regen. Und mein Kopf sagt, dass ich nicht den Regen meine. Und mein Herz weiß sowieso schon lange nichts mehr.

Und ich will mir selbst auf den Kopf und ins Gesicht schlagen, damit die Gedanken und Erinnerungen Ruhe geben. Und ich will mir wie bei einer Wiederbelebung wuchtig mit den Handballen auf mein Herz drücken und trommeln, damit es endlich wieder anfängt zu schlagen und die Gefühle auf meine Zunge gelangen können.

Und dann sage ich dir, dass ich dich liebe und hole uns von drinnen Bier. Und dann sitzen wir noch die ganze Nacht lang draußen und reden wie früher. Und irgendwann schläfst du an meiner Schulter ein. Und dann ziehe ich deine Decke, mit der freien Hand vorsichtig etwas höher, damit du nicht frierst. Und irgendwann muss ich dann ganz dringend pissen und mein Arm schläft ein und wird taub, aber ich stehe nicht auf, weil ich dich nicht wecken will. Und wenn du leise im Schlaf Geräusche von dir gibst, streifen meine Lippen ganz leicht deine Stirn und ich nehme den blöden Traumgedanken von dir. Und irgendwann öffnest du deine Augen, siehst mich an wie früher, lächelst wie früher und deine Lachgrübchen füllen sich mit Leben. Und dann hebst du langsam und schlaftrunken deinen Kopf und der Wind pustet dir eine Strähne über deine glanzvollen Glücksaugen. Und dann streiche ich die Strähne sachte zurück, damit du siehst, dass du in Sicherheit bist. Und dann weiß ich genau, wofür ich gerne fast das Überlaufen meiner Blase und den Verlust meines Armes riskiert habe.

Und dann bringe ich dich, eingewickelt in deine Decke, ins Bett. Und erst dann humpele ich mit tonnenschwerer Blase und einarmig zur Toilette und denke beim Pinkeln daran, wie unendlich doll ich dich liebe. So, als wenn es das Natürlichste der Welt wäre, beim Pissen an Liebe zu denken. Genauso hätte es wahrscheinlich alles in diesem Märchenbuch gestanden.

Ich traue mich nicht irgendeine Regung zu zeigen. Meine Gedanken-Achterbahn braucht Pause. Aus meinem Augenwinkel erkenne ich deinen reglosen Körper. Nass und nackt und starr.

Warum sagst du noch immer Nichts? Warum sage ich nicht endlich was? Warum ist es wie immer und eben nicht wie immer? Warum stehst du nicht endlich auf?

Ich will dich ansehen, dir mein Gesicht zuwenden, doch mein Kopf ist schwer wie tausend Tonnen Gefühlsblei. Oder Gefühlsbrei. Gefühlslichtschalter ausgeknipst. Der Regen lässt spürbar nach; er hat fertig. Ich drehe meinen Kopf, du drehst deinen Kopf.

DAS KONFETTI
MEINER MUTTER

»Carolin, was möchtest du auf deinen Geburtstagskuchen?«

»Mama, ich werde 30! Ich möchte gar keine Figuren mehr auf meinem Kuchen.« Das ich das noch sagen muss. Nicht zum ersten Mal. Eigentlich möchte ich nicht mal Kuchen, aber das kann ich ihr nicht sagen, weil sie sonst wieder eingeschnappt ist.

»Aber letztes Jahr wolltest du doch auch noch den *König der Löwen*. Oder war das die *Eisprinzessin*?«

Ich sage nichts, verdrehe die Augen. Meine Mutter sieht es nicht. Sie ist in der Küche.

»Schatz?«

Ich liege auf dem Sofa und mache mich ganz klein. Vielleicht kann sie mich dann nicht nur nicht *hören*, sondern auch nicht sehen.

»Schatz?«

Noch kleiner. Embryonalstellung.

»Carolin! Schaaaatz! Caroo!«

»WAS DENN!« Das war vielleicht etwas zu heftig. Meine Mutter kommt.

»Schatz, was ist los?«

»Nichts Mama, König der Löwen ist super!«

»Aber war der nicht schon letztes Jahr?«

»Letztes Jahr war Elsa.«

»Ach so. Okay, dann *König der Löwen*. Wird lecker, wirste sehen.« Sie macht Schmatzgeräusche, um die Appetitlichkeit des drohenden Kuchens zu unterstreichen. *Jam, jam, jam.* Diese Eichhörnchengeräusche macht sie schon seit Jahren. Eigentlich schon immer. Ich kenne meine Mutter nicht anders. Um zu zeigen, dass etwas lecker war oder lecker ist oder eben lecker sein wird, macht sie: *jam, jam, jam.*

Ich schließe die Augen. Sie geht scheinbar zurück in die Küche, muss dann aber wohl auf halbem Weg kehrt gemacht und sich leise an mich herangeschlichen haben. Denn plötzlich höre ich ihre Stimme ganz nah und ziemlich laut direkt an meinem Ohr:

»UND? FREUST DU DICH SCHON AUF MORGEN?«

Ich lasse meine Tasse Tee vor Schreck fallen. Mein Herz. *Herzinfarkt sponsored by Mutti.* Ihr Kopf ist direkt neben meinem Kopf. »Habe ich dich etwa erschreckt?«

»Mensch, Mama.«

Meine Mutter macht seit dreißig Jahren den Geburtstagskuchen am Vorabend meines Geburtstages. Und das wird sich wahrscheinlich auch nie ändern. Genau wie die Prozedur an Weihnachten. An Heiligabend muss ich das Wohnzimmer nämlich nach wie vor unmittelbar vor der Bescherung verlassen. Erst wenn meine Mutter mit dem Glöckchen geläutet und verkündet hat, dass das Christkindchen da gewesen sei, darf ich wieder hereinkommen. Auch das geht bereits seit dreißig Jahren so. Wir haben es nicht ein einziges Mal ausgelassen. In all den Jahren nicht einmal darauf verzichtet. Dabei bin ich schon vor zehn Jahren ausgezogen. Trotzdem haben wir nichts geändert.

»Das sind lieb gewonnene Rituale«, hat meine Mutter mal gesagt.

»Obwohl ich schon längst ausgezogen bin?«, habe ich gefragt.

»Nicht, *obwohl* du ausgezogen bist, sondern gerade, *weil* du ausgezogen bist.«

Und, dass es doch schön wäre, dass wir so etwas haben. Alt bewährtes, etwas, worauf man zurückgreifen kann. Immer.

»Caro-Schatz?«

»Was?«

»Ob du dich schon freust, habe ich gefragt?«

»Klar, Mama. Klar freue ich mich. Man wird schließlich nur einmal dreißig. Juhu.«

Und ich ahne, wie der morgige Tag laufen wird. Nämlich so wie jeder Geburtstag. Es ist beinahe schon eine Furcht vor dem, was kommt. Es ist der erste Geburtstag ohne meinen Vater, ohne Papa. Papa ist vor achteinhalb Monaten gestorben. Das erste Weihnachten ohne ihn haben wir schon hinter uns. Weihnachten *ohne* ihn, aber dafür mit diesem dämlichen Glöckchen.

Und jetzt galt es, auch noch meinen ersten Geburtstag ohne ihn zu überstehen. Aber am

Geburtstagsritual werden wir deshalb natürlich nicht rütteln. Es ist immer ein bunter Tisch. Zwei bis drei umständlich eingepackte Päckchen, Luftschlangen, Kerzen und ein bunter Hut für das Geburtstagskind, mit dem ich schon als Kind scheiße aussah und der mir, seit ich zwölf oder dreizehn war, zu klein ist. Dazu noch überflüssiges Konfetti. Meine Mutter verstreut es überall im Wohnzimmer; auf dem Tisch, auf dem Boden, unter dem Tisch, auf der Lampe, auf dem Sideboard, auf der Fensterbank, auf dem Sessel, einfach überall. Und später muss sie alles wieder beseitigen. Das ihr das nicht zu dumm ist. Aber ich sage nie etwas, weil es zum Ritual gehört. Ich habe den Verdacht, dass es jedes Jahr dasselbe Konfetti ist. Ein nie endender Kreis: Das Konfetti wird im Raum verstreut, dann kommt es in den Staubsauger und dann aus dem Staubsauberbeutel zurück in diese kleine Tüte, in der meine Mutter es dann wieder ein Jahr bunkert. Das Konfetti ist wie Regen, das Konfetti-Tütchen wie eine Wolke. Und jedes Jahr an meinem Geburtstag regnet es bunte Tropfen und der Kreislauf beginnt von vorn.

Und dann ist morgen. Mein Geburtstag.

Und natürlich ist es wieder alles haargenau so wie befürchtet. Aber meine Mutter besteht nun einmal darauf. Und ich kann sie nicht enttäuschen oder traurig machen, nicht *noch* trauriger machen. Ich weiß ja, wie es ihr geht seit Papas Tod. Aber sie weiß nicht, dass ich es weiß. Oder sie hofft, dass ich es nicht weiß.

Um kurz vor sieben weckt sie mich mit Rolf Zuckowski. Auch das gehört zum Ritual. Sie singt, wie schön, dass du geboren bist und nicht zum ersten Mal kann ich diese Textzeile nicht bestätigen und wünsche mir, meine Mutter hätte mich damals abgetrieben. Was man eben so denkt, wenn man mitten in der Nacht aus dem schönsten Tiefschlaf gerissen wird. Natürlich weiß ich, dass meine Mutter es nur gut meint und dass sie mich liebt, aber es sind diese Momente, in denen ich ihre Liebe ernsthaft in Frage stellen muss.

Dann muss ich aufstehen und sie schiebt mich ins Wohnzimmer. Mir ist kalt, mein Gesicht zerknautscht und meine Augen nur Schlitze, aus denen ich vage den dekorierten Tisch wahrnehmen kann. Mit etwas Glück ist es nur ein Albtraum, denke ich und setze den bunten Hut auf. Dann puste ich die Kerzen aus und meine Mutter singt schon wieder: »Hoch soll sie leben, hoch soll sie leben, drei Mal hoch.«

Ich weiß nicht, wohin ich gucken soll, während sie singt. Angucken kann ich sie dabei auf gar keinen Fall. Also glotze ich mit hängendem Kopf den Tisch an. Als sie fertig ist, lächle ich gequält und hoffe, dass meine Mutter es für Müdigkeit hält. An der Wand steht eine Uhr mit einem riesigen Pendel. Das Pendel schwingt. Unaufhaltsam. Wieder sind drei Minuten rum, wieder sind zwei Tage bei meiner Mutter, in meinem

Elternhaus, fast rum. Der Frühling geht, der Sommer kommt und dann der Winter und dann ist schon wieder Weihnachten und meine Mutter läutet das Glöckchen und ehe wir uns versehen, ist ein Jahr vorbei und wir sitzen wieder hier am bunten Tisch. Vor uns der Kuchen und um uns herum das Konfetti meiner Mutter.

Meine Mutter schiebt mir ein Päckchen rüber. Zum dreißigsten Geburtstag nur ein Geschenk. Das ist mal was anderes. Ich mache es vorsichtig auf und erwarte nichts. Letztes Jahr hat sie mir einen Bildband über die Bäume der Erde, geschenkt und einen sich selbstgießenden Blumentopf (*falls du mal im Urlaub bist, Schatz*) und ein Fläschchen Parfüm. Den Blumentopf habe ich letztes Jahr beim Schrottwichteln weiterverschenkt und wo der Bildband ist, vermag ich nicht zu sagen. Und das Parfüm riecht so sehr nach alter Frau, dass es gut sein kann, dass meine Mutter es bereits von ihrer Mutter und diese wiederum schon von ihrer Mutter bekommen hat. 150 Jahre altes Parfüm. So riecht das. Es riecht nach Endzeitstimmung, nach Tod und Verwesung.

Und dieses Jahr?

Es ist ein … ein …

»Mama? Was ist das?«

»Das ist ein 400-Watt-Dörrautomat. Von Frau Fleischer«, verkündet sie beinahe stolz.

Ich ziehe die Augenbrauen hoch. Dann sage ich: »Frau Fleischer ist doch tot.«

»Deshalb braucht sie ihn ja auch nicht mehr. Aber keine Angst. Sie hat ihn nur einmal benutzt, getestet sozusagen. War aber nichts fürs sie. Und zum Wegschmeißen ist er doch zu schade.«

Ich frage meine Mutter, was ich damit soll und sie sagt, damit könne ich Lebensmittel dörren. Denn ich sei doch immer so aufgeschlossen gegenüber neumodischem Kram.

Nach drei Stück *König-der-Löwen-Kuchen* und gefühlten einhundert Tassen Tee, bin ich kurz davor zu platzen. Und dann folgt auch schon sehr bald das Mittagessen. Es gibt Hackbraten, Rotkohl und Klöße. Wo ich das alles lassen soll, würde ich meine Mutter gerne fragen. Doch stattdessen leere ich auch diesen Teller Stück für Stück, während ich überlege, ob ich im Anschluss ins Bad gehen und mir einen Finger in den Hals stecken soll. Ich werde aus meinen Gedanken gerissen als es an der Tür klingelt. *Susanne! Na endlich!*

Susanne und ich kennen uns sprichwörtlich aus dem Sandkasten. Sie hat mich damals mit ihrer Schaufel verprügelt als ich ihr nichts von meinen Bonbons abgeben wollte. Die Narbe über dem rechten Auge ist der Beweis. Eigenartigerweise sind wir danach Freundinnen geworden und geblieben.

Sie wohnt hier und ich in der Großstadt. Susanne hat einen Mann und einen kleinen Sohn. Ich bin Single.

»Überraschung«, sagt Susanne. »Wir gehen ins Café Meisenbirne. Kaffee und Kuchen. Oder möchtest du lieber Tee?«

Ich mache dicke Backen und große Augen.

Das kann doch nicht wahr sein.

»Klar, gerne!«, sage ich. »Ich muss nur noch mal eben auf die Toilette.«

Als ich am frühen Abend zurückkomme oder viel mehr rolle, fühle ich mich fett und überzuckert.

Meine Mutter, halb liegend, halb sitzend, mit angewinkelten Beinen auf dem Sofa. Sie weint und betrachtet alte Fotos. Schnell schiebt sie alles beiseite als sie mich bemerkt; die Bilder und die Tränen und ihr trauriges Gesicht. Sie will nicht, dass man sie so sieht; will nicht, dass *ich* sie so sehe.

»Mama, ich muss dann mal. Muss morgen früh raus.«

»Ach schade. Nun ist dein Geburtstag fast schon wieder vorbei. Bleib doch wenigstens noch zum Abendbrot. Was meinst du, Schatz?«

»Abendbrot?« Ich muss rülpsen und halte mir die Hand vor den Mund.

Früher war Papa *Schatz*. Ich war Carolin. Meistens aber Caro oder das Carolinchen. Seit Papas Tod bin ich *Schatz* geworden. Schatz hier, Schatz da. Vielleicht bin ich in der Familien-Hierarchie aufgestiegen oder auch nur Schatz-Ersatz geworden. Vielleicht hat es aber auch gar keine Bedeutung. Vielleicht braucht meine Mutter einfach nur immer einen Schatz in ihrem Leben oder zumindest einen, den sie so nennen kann.

»Mama, ich platze gleich. Ich kann echt nicht mehr. Bei bestem Willen nicht. Irgendwie habe ich den ganzen Tag nur mit essen und trinken verbracht.«

»Schade, schade«, sagt meine Mutter.

Und da hatten wir es dann. Das, was ich unbedingt die ganze Zeit vermeiden wollte. Ich hatte nichts gesagt, nichts zum Kuchen, nichts zum viel zu frühen Aufstehen, nichts zum albernen Kinderkram rund um den Geburtstagstisch und nichts zu den Fressorgien am Vormittag. Alles, weil ich es vermeiden wollte, meine Mutter zu enttäuschen; weil ich ihr alles recht machen wollte. Sie sollte zufrieden sein und nicht noch trauriger werden. Und nun sagte sie »schade, schade« und alles war umsonst. Denn in ihrem »schade, schade«, steckte auch immer eine Anklage, ein Art Vorwurf. Wenn andere sagen, na gut, dann eben nicht, Pech gehabt, sagte sie »schade, schade«, ist aber genauso beleidigt. Aber ich kann nicht unentwegt fressen, damit es ihr besser geht. Dafür bin ich zu alt. Dafür bin ich zu sehr Großstadt und zu wenig Schatz. Mein Vater hat immer gegessen. Meine Mutter hat gerne gekocht, gebacken, gebraten und zubereitet und mein Vater hat gerne gegessen.

Schade, schade.

»Aber vielleicht kannst du dir ja in deiner Wohnung (sie nennt es immer *meine* Wohnung und nie *bei dir zu Hause,* denn mein zu Hause ist hier, bei ihr) noch etwas dörren, wenn du Appetit bekommst. Du hast ja jetzt den Dörrautomaten.«

»Ja, Mama. Das mache ich ganz bestimmt. Wenn der kleine Hunger kommt, dann dörre ich mir noch was.«

Mir ist schlecht.

Wir gehen nach draußen. »Tschüss Mama, danke für den Kuchen.« Wir umarmen uns kurz. »Und für das Dörr-Gerät natürlich auch.«

»Dann mach´ es gut, mein Schatz. Fahr vorsichtig«, sagt sie. »Und melde dich, wenn du angekommen bist.«

»Ja, Mama, mache ich.« Ich schließe die Tür, starte den Motor und meine Mutter klopft noch einmal an die Scheibe. Ich kurbele das Fenster herunter.

»Wann sehen wir uns denn mal wieder?«, fragt sie.

»Bald«, antworte ich.

»Wann bald?«

»Ganz bald. Ganz, ganz bald.« Und dann trete ich vorsichtig auf das Gaspedal. Ein letzter prüfender Blick, ob meine Mutter noch eine weitere Anmerkung oder Frage hat. Doch dem scheint nicht so zu sein. Ich fahre rückwärts vom Grundstück. Meine Mutter steht auf dem Bürgersteig und winkt. Ich sehe sie im Rückspiegel, hebe meine Hand, drehe mich aber nicht mehr um. Der kleiner Dörrautomat klappert auf der

Rückbank. Kurz bevor ich auf die Hauptstraße abbiege, sehe ich erneut in den Spiegel. Meine Mutter steht noch immer dort vor dem Haus. Ganz klein sieht sie aus, man kann sie kaum noch erkennen.

ÜBER DEN AUTOR

Oliver Scholz, 1982 auf Borkum geboren, in Cuxhaven aufgewachsen, lebt samt Familie in der Nähe von Lüneburg. Wenn er nicht gerade schreibt, dann liest er oder beschäftigt sich mit Musik. Beruflich ist er in der Steuerberatung tätig. Als Fan des FC St. Pauli verpasst er kein Spiel. Unter Pseudonym schreibt der Autor unter anderem auch in den Genres Thriller, Crime und Horror.

Kontakt:
oliverscholz82@web.de

Inhalt